红色长篇小说经典

太阳照在桑干河上

丁玲 著

人民文学出版社

图书在版编目（CIP）数据

太阳照在桑干河上／丁玲著. —2版. —北京：人民文学出版社，2017
（2025.9重印）

（红色长篇小说经典）
ISBN 978-7-02-012784-9

Ⅰ.①太… Ⅱ.①丁… Ⅲ.①长篇小说—中国—当代 Ⅳ.①I247.5

中国版本图书馆CIP数据核字（2017）第101262号

选题策划	刘　稚
责任编辑	黄彦博
装帧设计	陶　雷
责任印制	张　娜

出版发行	人民文学出版社
社　　址	北京市朝内大街166号
邮政编码	100705
印　　刷	北京中科印刷有限公司
经　　销	全国新华书店等
字　　数	202千字
开　　本	880毫米×1230毫米　1/32
印　　张	8.25
印　　数	54001—57000
版　　次	1952年4月北京第1版 1956年8月北京第2版
印　　次	2025年9月第17次印刷
书　　号	978-7-02-012784-9
定　　价	29.00元

如有印装质量问题，请与本社图书销售中心调换。电话：010-59905336

重 印 前 言

　　人民文学出版社决定重印《太阳照在桑干河上》，我是高兴的。这本书在市场已经绝迹二十多年，只剩有极少几本收藏在黑暗尘封的书库里，或秘藏在个别读者的手中。现在的年轻人不知道有这本书，没有读过，较老的读者也会忘记这本书，因此，它的重新问世，重新在读者中接受考验，我以为是一件好事。

　　作品是属于人民的，社会的，它应该在广大的读者中经受风雨。《太阳照在桑干河上》出版以后的十年中，是比较平稳的十年，我听到的反响不算多。在老解放区生活过的人，大都经历过土地改革的风暴，对《桑干河上》的生活容易产生共鸣，容易接受。新解放区广大的读者，对土地改革、农村阶级斗争又是极为向往、急于了解的，因此尽管我也听到过对这本书有这种那种的善意建议、不理解、某些不满或冷淡，但大都还是顺耳的反映。现在经过二十多年的动荡，社会情况不一样了，读者的变化也很大，《桑干河上》必定还要经受新的、更大的考验。我欢迎这种考验，这对一个作家是有益的，对一代文风也是有益的。所以我对《桑干河上》的重版是高兴的。

　　文艺为工农兵是毛主席在一九四二年提出的。经过三十多年的实践，许多文艺工作者刻苦努力，到工农兵群众中去，给人民留下了不少优秀作品，塑造了许多生动的人物形象，成长了一大批人民所熟悉热爱的作家。实践证明毛主席一九四二年在延安文艺座谈会上的讲话有着极其重大的意义。我们现在还是要高举毛泽东思想的旗帜，沿着毛主席指示的正确方向，排除错误路线的干扰，继续深入生活,热爱人民,创作无愧于我们这一时代的文艺作品,繁荣社会主义祖国的百花园地。

《太阳照在桑干河上》不过是我在毛主席的教导、在党和人民的指引下,在革命根据地生活的熏陶下,个人努力追求实践的一小点成果。那时我对农民革命、对农村阶级斗争、对农村生活、对农民心灵的体会都是很不够的。这本书只是我的起点,没有什么值得骄傲的。我也从来没有以此自傲过。

一九四五年日本投降后不久,我从延安到了张家口。本来是要去东北的。因国民党发动内战,一时交通中断,只得停下来。我在新解放的张家口,进入阔别多年的城市生活,还将去东北的更大的城市;在我的情感上,忽然对我曾经有些熟悉,却又并不深深熟悉的老解放区的农村眷恋起来。我很想再返回去同相处过八九年的农村人民再生活在一起,同一些"土包子"的干部再共同工作。正在这时,一九四六年夏天,党的关于土改的指示传达下来了。我是多么欢喜啊!我立刻请求参加晋察冀中央局组织的土改工作队,去怀来、涿鹿一带进行土改。这对我是一个新课题。我走马看花地住过几个村子。最后在温泉屯停留得稍久一点。说实在的,我那时对工作很外行,在内战逼人的形势下,要很快地了解分析全村阶级情况,发动广大贫雇农,团结起来,向地主阶级进行斗争,以及平分土地、支前参军等等一系列工作,我都有点束手无策。工作主要是陈明、赵可做的,我跟着参加会议,个别谈话,一个多月,工作全部结束时,张家口也吃紧了。中秋节刚过,我们回到涿鹿县政府,遇见到这一带观察部队转移路线的朱良才同志。他一见到我便说:"怎么你们还在这里!快回张家口去!"这时我想到温泉屯的刚刚获得土地的男女老少,很快就要遭到国民党反动军队的蹂躏,就要遭到翻把地主的报复迫害,我怎样也挪不开脚,离不开这块土地,我曾想留下,同这里的人民一道上山打游击;但这也必须回到华北局再说。自然我不可能被准许这样做,我到晋察冀老根据地去了。在一路向南的途中,我走在山间的碎石路上,脑子里却全是怀来、涿鹿两县特别是温泉屯土改中活动着的人们。到了阜平的红土山时,我对一路的同志们说,《太阳照在桑干河上》已经构成了,现在需要的只是一张桌子、一叠纸、一支笔了。这年十一月初,我就全力投入了创作。

我以农民、农村斗争为主体而从事长篇小说的创作这是第一次。我的农村生活基础不厚,小说中的人物同我的关系也不算深。只是由于我同他们一起生活过,共同战斗过,我爱这群人,爱这段生活,我要把他们真实地留在纸上,留给读我的书的人。我不愿把张裕民写成一无缺点的英雄,也不愿把程仁写成了不起的农会主席。他们可以逐渐成为了不起的人,他们不可能一眨眼就成为英雄。但他们的确是在土改初期走在最前边的人,在那个时候实在是不可多得的人。后来我又参加过两次土改;近二十年来我绝大部分时间也是在农村,接触过各种各样的人,其中大多数是农民或农民出身的人;我遇见过比张裕民、程仁更进步的人,更了不得的人;但从丰富的现实生活来看,在斗争初期,走在最前边的常常也不全是崇高、完美无缺的人;但他们可以从这里前进,成为崇高、完美无缺的人。

我写《太阳照在桑干河上》就得进入书中人物的内心,为写他们而走进各种各样的生活。这些人物却又扎根在我的心中,成为我心中的常常不能与我分开的人物。因此我的书虽然写成了,这些人物却没有完结,仍要与我一同生活,他们要成长、成熟,他们要同我以后的生活中相遇的人混合,成为另一些人。他们要成为我创作事业中不可少的这里那里、新的旧的、各种各样的朋友。这也是我写这本书的另一点体会。

那年冬天,我腰痛很厉害。原来一天能走六七十里,这时去区党委二里来地走来都有困难。夜晚没有热水袋敷在腰间就不能入睡。白天我把火炉砌得高一些,能把腰贴在炉壁上烫着。我从来没有以此为苦。因为那时我总是想着毛主席,想着这本书是为他写的，我不愿辜负他对我的希望和鼓励。我总想着有一天我要把这本书呈献给毛主席看的。当他老人家在世的时候，我不愿把这种思想、感情和这些藏在心里的话说出来。现在是不会有人认为我说这些是想表现自己，抬高自己的时候了，我倒觉得要说出那时我的这种真实的感情。我那时每每腰痛得支持不住，而还伏在桌上一个字一个字地写下去，像火线上的战士，喊着他的名字冲锋前进那样，就是为着报答他老人家，为着书中所写的那些人而坚持下去的。

借这次重印的机会，我要感谢胡乔木、艾思奇、萧三等同志。一九四八年的夏天，他们为了使《桑干河上》得以出版，赶在我出国以前发行，挥汗审阅这本稿子。当我已经启程，途经大连时，胡乔木同志还从建平打电报给我，提出修改意见。这本书得到斯大林文艺奖后，胡乔木同志还特约我去谈《桑干河上》文字上存在的缺点和问题。这些至今我仍是记忆犹新。

《太阳照在桑干河上》绝版以来，我心里还常怀着一种对许多友人的歉意，好像我做了什么错事，对他们不起。其中我常常想到的是，坂井德三先生、金学铁先生等。他们热心中外文化交流，把《桑干河上》译成外文。他们自然也曾为这本书的绝版而感到遗憾吧。现在，好了，好了。我虽没有什么新的好消息告慰他们，但这本书复活了，他们可能有的某些不愉快的心情也可以解冻了。我遥祝他们健康。

这本书得以重见天日，首先我应该完全感谢我们的党。我以我们正确、英明、伟大的党而自豪。世界上有过这样敢于承担责任，敢于纠正错误的党吗？现在我们的祖国不管存在多少巨大的困难，但我们是有希望的，前途是光明的。让我们团结起来，在党中央领导下，为着九亿人民的幸福，为着人类的美好未来，努力工作，努力创作吧。

一九七九年五一节于北京

主要人物表

老　董　　区工会主任
章　品　　县宣传部部长
文　采　　土改工作组组长
杨　亮　　土改工作组组员
胡立功　　土改工作组组员
张裕民　　暖水屯支部书记
赵得禄　　暖水屯副村长
程　仁　　农会主任
张正国　　民兵队长
张正典　　村治安员,地主钱文贵女婿
李　昌　　村民政,支部宣传
赵全功　　村干部,支部组织
任天华　　村合作社主任
钱文虎　　村工会主任
张步高　　农会组织
董桂花　　妇联会主任
周月英　　妇联会副主任,羊倌老婆
刘教员　　小学校教员
任国忠　　小学校教员
钱文贵　　地主
李子俊　　地主

侯殿魁　地主
江世荣　地主
顾　涌　被划成富农的富裕中农
顾　顺　顾涌之子,青联会副主任
钱文富　贫农,钱文贵之兄
黑　妮　钱文贵的侄女
顾长生娘　中农
侯忠全　侯殿魁佃户
侯清槐　忠全之子
郭柏仁　李子俊佃户
郭富贵　江世荣佃户,柏仁之子,积极分子
王新田　江世荣佃户,积极分子
李宝堂　李子俊的看果园的
刘　满　积极分子
李之祥　董桂花丈夫

目　　次

一　胶皮大车	1
二　顾涌的家	4
三　有事就不能瞒他	5
四　出侦	8
五　黑妮	11
六　密谋（一）	14
七　妇联会主任	18
八　盼望	22
九　第一个党员	24
十　小册子	30
十一　土改工作小组	32
十二　分歧	35
十三　访董桂花	42
十四　谣言	46
十五　文采同志	49
十六　好像过节日似的	52
十七　六个钟头的会	58
十八　会后	64
十九　献地	68
二十　徘徊	72
二十一　侯忠全老头	75

二十二	尽量做到的一致	78
二十三	"下到群众里面去"	81
二十四	果树园	85
二十五	合作社里	89
二十六	区工会主任老董	92
二十七	"买卖果子"	96
二十八	魆黑的果园里	101
二十九	密谋(二)	105
三十	美人计	110
三十一	"炸弹"	115
三十二	败阵	120
三十三	好赵大爷	125
三十四	刘满诉苦	130
三十五	争论	136
三十六	果子的问题	140
三十七	果树园闹腾起来了	143
三十八	初胜	153
三十九	光明还只是远景	159
四十	讹地	166
四十一	打桑干河涉水过来的人	169
四十二	县宣传部部长章品	174
四十三	咱们要着起来	177
四十四	决定	183
四十五	党员大会	188
四十六	解放	194
四十七	决战之前	198
四十八	决战之一	204
四十九	决战之二	207

五　十	决战之三	213
五十一	胡泰	220
五十二	醒悟	224
五十三	加强组织	228
五十四	自私	231
五十五	翻身乐	235
五十六	新任务	240
五十七	中秋节	242
五十八	小结	247

一　胶皮大车

　　天气热得厉害,从八里桥走到洋河边不过十二三里路,白鼻的胸脯上,大腿上便都被汗湿透了。但它是胡泰的最好的牲口,在有泥浆的车道上还是有劲的走着。挂在西边的太阳,从路旁的柳树丛里射过来,仍是火烫烫的,溅到车子上来的泥浆水,打在光腿上也是热乎乎的。车子好容易才从像水沟的路上走到干处。不断吆喝着白鼻的顾老汉,这时才松了口气。他坐正了一下自己,伸手到屁股后边掏出烟荷包来。

　　"爹!前天那场雨好大!你看这路真难走,就像条泥河。"他的女儿抱着小外孙坐在他右边。她靠后了一点,穿一件新的白底蓝花的洋布衣,头发剪过了,齐齐的一排披在背梁上,前边的发向上梳着,拢得高高的,那似乎有些高兴的眼光,正眺望着四周,跟着爸爸回娘家,是一年中难逢到的好运气。

　　"嗯,快过河了,洋河水涨了,你坐稳些!"老汉哒,哒,哒地敲着他的烟袋。路途是这样的难走啊!

　　两个车轮几乎全部埋在水里,白鼻也只露出一个大背脊,好像是浮在水上,努力挣扎,大姑娘抱紧了孩子,抓住车栏,水从车后边溅到前边来。老头用鞭子在牲口的两边晃,"呵,呵,呵"随着车的摇摆而吼着。车前边的一片水,被太阳照着,跳跃着刺目的银波。老头子看不清车路,汗流在他打皱的脸上,车陷下去了,又拉出来了,车颠得很厉害,又平正了。好容易白鼻才爬出水来,缓缓的用四个蹄子在浅水处踏着。车又走到河滩的路上了,一阵风吹来,好凉快啊!

路两旁和洋河北岸一样,稻穗穗密密地挤着。谷子又肥又高,都齐人肩头了。高粱遮断了一切,叶子就和玉茭的叶子一样宽。泥土又湿又黑。从那些庄稼丛里,蒸发出一种气味。走过了这片地,又到了菜园地里了,水渠在菜园外边流着,地里是行列整齐的一畦一畦的深绿浅绿的菜。顾老汉每次走过这一带就说不出的羡慕,怎么自己没有这末一片好地呢?他对于土地的欲望,是无尽止的,他忍不住向他女儿说:"在新保安数你们八里桥一带的地土好;在咱涿鹿县就只有这六区算到家的了。你看这土多熟,三年就是一班稻,一年收的比两年还多呢。"

"种稻子收成是大些,就是费工,一两夜换一次水,操心得厉害,他爷爷还说咱暖水屯果木地好,听别人说今年是个大年,一亩地顶十亩地呢。"大姑娘想起娘家的果木园,想起满树红丹丹的果子,想起了在果园里烧着的蒿草堆,想起了往年在果树园里下果子,把果子堆成小山,又装入篓子驮去卖的情形,这都是多么有趣的事啊!但她心想起了果园里压折了的一棵梨树,她皱着眉,问道:

"钱二叔的那棵柳树锯掉没有?"

老头子没有答应,只摇了一摇头。她的声音便很粗鲁地说道:"哼!还是亲戚!你就不知道找村干部评评,村干部管不了,还有区上呢。"

"咱不同他争那些,一棵树穷不到哪里去,别地方多受点苦,也就顶下了。莫说只压折了一半,今年还结了不少的梨呢。唉。"前年春天顾老汉的儿子顾顺挖水渠的时候,稍稍动了一下钱文贵的长在渠边的一棵柳树,后来刮大风,柳树便倒下来,横到渠这边,压在顾家的梨树上,梨树压折了半边。钱文贵要顾顺赔树,还不让别人动他的树。依顾顺要同他论理,问他为什么不培植自己的树?可是老头子不准,全村的人也明白,都看着那棵梨树一年年死下去,都觉得可惜,可是谁也只悄悄的议论,不肯管这件闲事。

老头子这时又转过脸来,用他一年四季从早到晚都是水渍渍的眼睛瞅着他女儿,半天才揸了一下眼睛,又回过身去,自言自语地说道:"年纪也不小了,还是不懂世道!"

于是他又把全力注意在前面的骡子去了。车子已经绕过白槐庄,桑干河又摆在前边了。太阳已在向西山沉落,从路两边的庄稼丛里,飞出成团的蚊子围在人的四周。小外孙被咬得哭了,妈妈一边用手帕挥打,一边就指着河对面山根下的树丛哄着孩子说:"快到了,快到了,你看,那里全是果木树,树上结满了红果果,绿果果,咱们去摘果果,摘下来全给不爱哭的娃娃,啊!啊!啊!"

车又在河里颠簸着。桑干河流到这里已经是下游了,再流下去十五里,到合庄,就和洋河会合;桑干河从山西流入察南,滋养丰饶了察南,而这下游地带是更为富庶的。

可是顾老汉这时只注意着白鼻,并且欣赏着它,心里赞叹着这牲口和这装置了胶皮车轮的车,要不是胡泰的这胶皮轱辘车子,今天要走那一段泥路和过两趟河是不容易的啊!

他们的车又走上河滩。到了地里的时候,还留在庄稼地锄草的人,都好奇地望着这车子和坐在车子上的人,他们心里嘀咕着:"这老头子又买了车么,庄稼还没收呢,哪里来的钱?"可是他们没有时间多想,在渐渐黑了下来的地里,又弯下腰仔细的去锄草。

地势慢慢的高上去,车缓缓地走过高粱地,走过秫子地,走过麻地,走过绿豆地,走到果园地带了。两边都是密密的树林,短的土墙围在外边,有些树枝伸出了短墙,果子颜色大半还是青的,间或有几个染了一些诱人的红色。听得见园子里有人说话的声音,人们都喜欢去看那些一天大似一天,一天比一天熟了的果实。车子走过了这果园地带,转到了街上。许多人都蹲在小学校的大门外,戏台上空空的,墙这边也坐了一群人,合作社窗户外也靠得有几个人,他们时时和窗里边的人谈话,又瞭望着街头。胶皮车也惊动了这些正在闲谈的人,有人就跑拢来,有人就大声问:"甚么地方套了这末一辆车来？看这头好骡子。"

顾老汉含糊地答应着，他急急地跳下车，拉着牲口笼头，赶忙趲过这十字街口,向自己家里走去。大姑娘要招呼几个熟人也来不及,车陡地转了弯。她便也感到有些话想向什么人说说,却又很难说。

二　顾涌的家

从十四岁就跟着哥哥来到了暖水屯,顾涌那时是个拦羊的孩子,哥哥替人揽长工。兄弟俩受了四十八年的苦,把血汗洒在荒瘠的土地上,把希望放在那上面,一年一年的过去。他们经过了一个朝代又一个朝代,被残酷的历史剥蚀着,但他们由于不气馁的勤苦,慢慢地有了些土地,而且在土地上抬起头来了。因为家属的繁殖,不得不贪婪的去占有土地,又由于劳动力多,全家十六口人,无分男女老幼,都要到地里去,大家征服土地,于是土地的面积,一天天推广,一直到不能不临时雇上一些短工。于是穷下来的人把红契送到他家里去,地主家的败家子在一场赌博之后也要把红契送给他。他先用一张纸包契约,后来换了块布,再后来就做了一个小木匣子。他又买了地主李子俊的房子,有两个大院,谁都说这末多年来就他们家有风水,人财两发。

他的第三个儿子顾顺,更有了进学校的福气,拿回过一张初级小学毕业文凭,他能写能算,劳动也好,是一个诚实的青年,在村子上也参加些活动,他是青联会的副主任。这主任只要不太妨碍他的生产,他父亲并不反对。

他的大女儿已经二十八九了,嫁到八里桥胡泰家。胡泰家里很不错,这两年又置了车,又有了磨坊,八里桥在铁路线上,他们家又做运销生意,生活越过越好,也不需要妇女们到地里去,都只在家里做点细活,慢慢还有点繁华,爱穿点洋货。二姑娘嫁给本村钱文贵的小儿子钱义。钱文贵是本村数一数二的有名人物,他托人来问聘,顾涌心里嫌他们不是正经庄稼主,不情愿,可是又怕得罪他,只好答应了。女儿嫁了过去,常常回到娘面前哭哭啼啼,在婆家过不惯,但生活上总算比在娘家还好,他们家里的妇女,也是不怎么劳动,他们家里就没有种什么地,他们是靠租子生活,主要的还是靠钱文贵能活动。所以钱家不过六七十亩地,算不得大地主,日子却过得比一般人都要舒服,都有排场。

去年秋天村干部把顾涌的第二个儿子动员去当兵了,顾涌心里想,日本人投降了,当兵也不会长久,误点工也误得起,家里这两年总算还宽裕。三个儿子嘛,好,叫去就去,他什么也没有要。儿子去了就驻在涿鹿县城,常有信来,只要不打仗就不要紧,过一时再说吧。今年春上钱文贵也把儿子送走了。钱义是自愿当兵,他的老婆不愿意,但也没什么好说,也不敢说什么。人家父亲钱文贵还喜欢着呢,钱文贵说他就拥护八路军,看着共产党就对劲,钱文贵还对顾涌说:"送去当兵好,如今世界不同了,有了咱们的人在八路军,什么也好说话。你知道么,咱们就叫作个'抗属'。"

三　有事就不能瞒他

自从胡泰的胶皮车被顾涌赶到了暖水屯之后,暖水屯的人就多了谈话的题材。暖水屯地势靠山,不是交通要道,附近几个村子都没有这样漂亮的大车。从前李子俊家里也只有铁轮大车,前年江世荣买了他那部车,今年合作社又买了李英俊的一辆旧车。如今怎么顾二伯弄了这末部好车回来?有些好奇的人就去打听,也没有打听出什么新鲜事,好像只是因为八里桥的胡泰生了病,他赶不了车,车搁着没用,就让他亲家借回来使用几天。顾涌果然第二天就到下花园装煤去了,第三天又去,大家也就相信了他,不再追问了。村子上只有一个人不信他这话,这人便是钱文贵。钱文贵家里本来也是庄户人家。但近年来村子上的人都似乎不大明白钱文贵的出身了;虽说种二亩菜园地的钱文富同大家都很熟识,大家都记得他就是那个钱广庚老汉的儿子,说起来也知道他和钱文贵是亲兄弟,可是钱文贵总好像是个天外飞来的富户,他不像庄稼人。他虽然只在私塾读过两年书,就像一个斯文人。说话办事都有心眼,他从小就爱跑码头,去过张家口,不知道是哪一年还上过北京,穿了一件皮大氅回来,戴一顶皮帽子。人没三十岁就蓄了一撮撮胡髭。同保长们都有来往,称兄道弟。后来连县里的人他也认识。等到日本人来了,他又跟上层有关系。不知怎么搞的,后来连暖水屯的人谁该做甲长,谁该出钱,出夫,都得听他的话。他不做官,也不做乡长,甲长,也不做买卖,可是人都得恭维他,给他送东西,送钱。大家都说他是一个摇鹅毛扇的,是一个唱傀儡戏的提线线的人。他就有这末一份势力。他们家过的生活就简直跟城里人一样,断不了的酒呀,香片茶呀,常吃的是白面大米,一年就见不到高粱玉茭窝窝,一家人都穿得很时新。如今日本鬼子跑了,八路军来了,成了共产党的世界,四处都清算复仇。去年暖水屯就斗争了许有武,许有武曾经做过大乡长,他逃到了北京,家里人也去了张家口,村子上没收了他的财产。今年春上又斗争了侯殿魁,侯殿魁赔了一百石小米。可是钱文贵呢,他坐在家里啥事也不干,抽抽烟,摇摇扇子,儿子变成了八路军,又找了个村治安员做女婿,村干部中也有人向着他,说不准还是他的朋友,谁敢碰他一根毛?村子上的人遇见了他,赔上笑说:"钱二叔,吃啦吗?"遇不着最好,都躲着他些,怕他看你不顺眼,在什么看不见的地方就来害人。他要坑害人可便当,不拘在哪里说几句话,你吃了亏还不知道这事从哪儿说起,究竟是谁的过。老百姓背地里都说他是一个"尖",而且是村子上八大尖里面的第一个尖。

听见别人说顾涌借了胡泰的车子,他心里好笑:你顾老二是个老实头儿嘛,也学着扯什么谎?要真是胡泰病倒了,还能放他媳妇回娘家?不是已经到了收蒜的日子吗?胡泰今年至少也能种上四五亩蒜,他们八里桥今年正是种菜的年头,光靠他们自己家里的女人编蒜,都编不过来咧,这里面一定有讲究。钱文贵既然发现了,他就一定要知道,他喜欢打听。要是有事情瞒着他,他一时又闹不清楚,他是不舒服的。他就开始去侦查这件事,尽管大家都信以为真。

在吃早饭的时候,他注意地望着他媳妇,这顾家二姑娘忙着把饭菜端到他的炕桌上,回头就走了。她很怕她公公。这时公公却问道:"你回家去来么?"

"没有。"二姑娘站住了,用怀疑的眼睛望着公公。二姑娘生得有一副很端庄的面貌。

公公又看了那黑油油的头发一眼,接着说:"你姐姐回来了。"

"听说是昨晚跟你爹回来的。别人家说穿得可是花花绿绿,八里桥到底是一个大村庄,那里的娘们谁都讲究个穿咧。"快五十岁了的婆婆,已经落了两三颗牙齿,还梳上一个假髻,常常簪一朵鲜花在上边。这时她跟着也插嘴了。

公公的眼光已经落到二姑娘的手上,手腕上套了一副银镯子,粗糙的手在这种咄咄逼人的扫射下,很拘束,她卷着衫角,雪白的洋布短衫便把那黑红色的手盖住了。她看见公公端上了酒杯,便又打算走出去,这时公公却又说了:"吃过饭回家去看看吧,问问你姐姐,她们那里的收成怎么样?"

二姑娘走出房来赶忙走到厨房里去,嫂嫂和侄儿也正在吃饭,小姑黑妮在烧开水沏茶,二姑娘一走进来就忍不住喊:"黑妮!"

厨房里的人全愣起眼睛望着她,黑妮闪着两颗大黑眼珠,半天,也哧的一声笑了:"二嫂!看你发的什么疯?"

二嫂正要告诉她,北屋里的公公却叫他侄女儿了。黑妮便忙着把开水倒在茶壶里,用一个小茶盘托着两个茶杯和茶壶到她伯父那里去。二嫂便跟着走出来,站在门外边看院子中的两棵石榴花树和两棵夹竹桃。有一个蝴蝶在那些火红的花上面穿来穿去。

钱文贵又嘱咐了侄女,他要黑妮陪她二嫂一道回娘家,看看那个从八里桥回来的女人,问问胡泰什么病,看那边有什么风声没有。那里在铁道线上,消息灵通,有什么变动知道得快些。他是很担心着"中央"军的行动,和即将爆发的内战的。

黑妮说:"管它呢,问这些干什么?和咱们又没关系。"可是她挨骂了。她不敢再顶嘴。心里却想着:"哼,你就爱管闲事!"

她吃过了饭,换了一件衫子,还是和二嫂一道到顾家去了。她打算着一定照二伯父叮嘱的去问,却不一定都告诉他。她不喜欢二伯父,也不被喜欢,她怕他,不过近来她对他的感情比以前要稍微好一些,因为她觉得二伯父近来已经不那末苛刻,很少责怪她,有时还露出了一些同情的样子。

四 出 侦

顾二姑娘离开了这个家,就像出了笼的雀子一样,她有了生气,她又年轻了,她才二十三岁。她本来很像一棵野生的枣树,欢喜清冷的晨风,和火辣辣的太阳。她说不上什么美丽漂亮,却长得茁壮有力。自从出嫁后,就走了样,从来也没有使人感觉出那种新媳妇的自得的风韵,像脱离了土地的野草,萎缩了。她和钱义倒也没有什么可说的,人家是个年轻人,性子粗一点,可是他们是一对正经夫妇,用不着大家使什么心眼儿。春上钱义去参军,她不愿意,也不是为的舍不开男人,只觉得有些委屈,又说不出理由,她哭了。钱义也有些忍心不下,想着她年轻,没有儿女;但他父亲一定要叫去,钱义心一横就走了。她想另开过日子,公公曾经在春天分了五十亩地给两个儿子,在村上也另报了户口,形式上是分了家,不过要真的另开过就不行。公公说另开了谁给我烧饭?我现在也是无产阶级,雇不起人啦。顾二姑娘是一个种庄稼出身的女人,她欢喜在野外……费劲的简单的事,现在一天到晚闷在家里……她实在不情愿。曾经要求和黑妮一道……——其实这都不是使她生活不安的理……呢?这是连她自己也不敢对自己说的,

……村子的中心,这里有一个小学校,它占……前的龙王庙。这小学校里常常传出……欢笑,只有天黑了才会停止活跃。学……规则的石凳,常有人来歇凉,抽烟。……底,或者就只抱着她们的孩子。学校……平台,这原来是一个戏台,现在拆成……大槐树,两棵树上边交织着,密密的……凉棚。这边树底下也常歇下来……边两侧有两条半圆形的街道,……在合作社旁边安置了一个大……条大字的标语:"永远跟着毛……全是砖房,村子里的有钱的……是土房子。这里住得又拥挤,又脏,……

一两……
左边……
黑板扎……
主席走……
人住在……
挤,又脏,……

顾二……用处转出来,向朝南的街上走。顾涌一家已经……搬到这中间街上来好几年了,住的是李大财主李子俊的房子。

这时顾家已经只剩下顾涌的妻子顾二妈和几个孙子在家；大姑娘陪着她娘没出门，正在洗濯侄儿侄女们换下的衣服。早晨院子里有一半地方阴凉，还不觉得很热。顾二妈坐在女儿侧边，拣着四季豆，两人在拉家常。几个孩子在院子里拖着一个翻了转来的小板凳，凳子前面系了一根绳，凳子中放了块砖头。

转过了骑楼进了门，二姑娘便叫姐姐，大姑娘回头看见妹妹身后还跟着黑妮，就站了起来，伸开两只湿手，迎了过去，大家互相打量着，寒暄了起来，顾二妈也说：

"黑妮！今儿什么风把你也吹来了？你二哥有信来没有？"

她们也在院子中的阴地方坐了下来，大姑娘从房里拿来了一把折扇给黑妮，黑妮打开看上边的画。

二姑娘也跟着拣四季豆，她姐姐正在向她们述说她们村子上一个人变狼的荒唐的故事。这全是听来的无稽之谈，可是说的人说得好像真有其事，听的人也津津有味。后来她又谈起她们村子上有名的马大先生，这个老秀才这次又写了黑头帖子到县上去，告村干部是"祸国殃民，阴谋不轨"，说他们是傀儡，村上干部把这封信从区上拿了回来，大家都看了，谁也不懂，大家都笑着问："什么叫傀儡？"如今在村子上没有人理他，他儿子都不爱同他说话，从前他媳妇就是因为他，因为那个老毛驴才跑走的。那家伙简直不是人，如今六十多岁了，还见不得女人。全村子谁不知道他。

大姑娘把洗的衣服晾到了铁丝上，她们转移到上房里去，纱窗破了，也没有人补上，屋子里好些苍蝇，娘自己也说把人家的大房子都住糟了。

顾二妈把拣好了的豆子放到厨房里去，又提来了一壶茶，于是她们又继续道叙，大姑娘又讲起一个戏的内容来了。这是她最近去平安镇看的。这戏里说一个佃户的女儿怎样受主家少爷的欺负，父亲被逼死了，自己当丫头去还债，老太太打她，少爷强奸她，她有了私生子，没脸见人，后来还要卖她……大姑娘称赞这戏演得太好,说看戏的人有许多都哭了。她们家隔壁住的一个女人哭得最厉害,她的日子就和戏上的差不多,也是这末被卖出来的。戏演完了大家还舍不得走。在回家的路上大家把那大少爷骂得好凶。大家都说:"好了他,应该让大伙揍死的!为什么不处决又押到县上去了?知道哪天才会毙他。"

黑妮听了一会,觉得疲乏了,她就告辞先回家去,她们也没有留她。她把二伯父的嘱咐全忘了,一句也没问。她走了后,她就又变成她们谈话的材料,她们说到她的年龄,说到她没父母的可怜,唉,看起来长得很好,也穿得不错,就没有人疼,到现在还没个着落,缺一个婆家,知道将来是一个怎样的命!

最后大姑娘告诉她妹妹,她们村上言语很多,村干部到平安镇开会去了,平安镇闹得很热闹,天天开会,要共产啦,均地啦,听说八里桥也要闹起来啦。她公公为这事可发愁,去年八里桥闹清算,打死了一个人,没收了他的财产,今年又要共产,唉,有好些人已经在盘算她婆家的地了。公公安排找干部们去求情,要均地就让均吧,只是别斗争。公公又怕把两辆车也均去,所以让爹赶回来了一部,公公告诉人就说卖啦,等这阵子过去了再说。后来大姑娘也学着她公公的口吻说:"共产党,好是好,穷人才能沾光,只要你有一点财产就遭殃;八路军不打人,不骂人,借了东西要退还,这也的确是好,咱们家这大半年来,做点买卖也赚了,凭良心,比日本人在的时候,日子总算要强得多。可是一宗,老叫穷人闹翻身,翻身总得靠自己受苦挣钱,共人家的产,就发得起财来么?"

五　黑　妮

黑妮五岁上死了父亲,娘跟着她胡揪过了两年,地土少,怄气,又没个儿子,守不住,只好嫁人,本想把女儿也带走,钱文贵不答应,说这是他兄弟的一点骨血,于是黑妮便跟着她二伯父过日子来了。伯父伯母都并不喜欢她,却愿意养着她,把她当一个丫鬟使唤,还希望在她身上捞回一笔钱呢,因为这妮儿从小就长得不错,有一对水汪汪的眼睛。钱文贵自己还有一个女儿,起名叫大妮,比黑妮大,长的不漂亮,狡猾像她的父亲,也是个爱欺侮人的。黑妮同他们有着本能的不相投。伯母是个没有个性的人,说不上有什么了不起的坏,可是她有特点,特点就是一个应声虫,丈夫说什么,她说什么,她永远附和着他,她的附和并非她真的有什么相同的见解,只不过掩饰自己的无思想,无能力,表示她的存在,再末就是为讨好。两个堂兄也无趣味。黑妮虽然住在这样一个家庭中,却并不受他们影响。她很富有同情心,爱劳动,心地纯洁,她喜欢种菜的大伯父钱文富,她常常到他园子里去玩,听他的话。他是一个孤老,忠厚的人,很愿意要这个侄女做伴,可是钱文贵不放。黑妮十岁上也跟着大妮到小学校去念书,念了四年,比哪个都念得好,回到家里还常常出来玩,欢喜替旁人服务,有人看见她是钱文贵侄女,不愿和她接近,可是只要接触她一二次后,就觉得她是一个好姑娘,忘了她的家庭关系。她一年年长高,变成了美丽的少女,但她自己并不懂得也不注意那些年轻男人为什么在悄悄地注视她。

  当黑妮长到十七岁的那年,她伯父家里来了一个烧饭的长工,这人叫程仁,原是李子俊的佃户。李子俊把地卖给顾涌了,顾涌自己种,用不着佃户,程仁就不得已到钱家来烧饭。钱文贵贪着他年轻力壮,什么活都叫他做。这时钱义兄弟还种着五亩葡萄园子,程仁就得下地去。家里有了他,就不再买柴烧饭,也不必去下花园驮煤,工价又低,也算一房远亲,名义说照顾他,实际还是占他便宜。程仁在这里做了一年工,便又成了他们的佃户,现在还种着他们八亩水地。

  家庭对黑妮既然没有一点温暖,这个新来的结实而稳重的年轻人,便很自然地成了她的朋友。她觉得他是可以同情的,便常常留在厨房里帮助他烧火洗碗筷,有时还偷着同他一道上山去砍柴。程仁也正在不得意,从小就是孤儿,就得出卖劳动力养活自己和娘,也就很看重这种友谊。他们相处越久,就越融洽,可是他们却被猜忌了,被防闲了。钱文贵是不会让他侄女儿嫁给一个穷光棍的。钱文贵停了他的工,却抽出了几亩地给他种,因为他是个老实人,而且是缺亲少友,不得不依靠着他求活的人,他还是可以叫他做些别的事。

　　程仁搬走以后,黑妮发现了自己缺少了什么,发现自己生活的空虚和希望,她先是不敢,后来偷偷地做点鞋袜去送给程仁,程仁也害怕,却经不起黑妮的鼓励,也悄悄的和黑妮约会,有时在黑妮大伯父的菜园子里的葡萄架下,有时在果树园里。他常常答应她道:"我一定要积攒钱,我有了钱就来娶你。"她这时恨她的伯父,想起自己没娘的苦处,她站在他身后,紧紧地靠着他,她赌咒发誓,并且说:"你还有什么不知道的,咱一个亲人也没有,就只有你啊!你要没良心,咱就只好当姑子去。"

　　时间又过去了一年,毫无希望,钱文贵在同人谈起她们姊妹的婚事来了,黑妮急得直哭,程仁也只能干瞪眼,想不出办法。正是这个时候,新的局面忽然到来,日本投降了,八路军到了这地区,村子上过去的工作公开了,重新建立了各种组织,农民闹起清算来。程仁卷入了这个浪潮,他好像重新做了一个人,他参加了民兵,后来又做了民兵干事,今年春上农会改组,他被选为农会主任了。

　　八路军解放了这村子,也解放了黑妮,二伯父谈起的那头婚事放下了,并且对她的态度也转变了,显得亲热了许多。她一天天看见程仁在村子上露了头角,好不喜欢;虽然他们见面的机会一天天在减少,但她相信程仁不是一个没良心的人。她并不知道程仁的确有了新的矛盾。程仁是在有意的和她疏远。程仁知道村子上的人都恨钱文贵,过去两次清算虽然都没轮上他,但他却是穷人的死对头。程仁现在既然做了农会主任,就该什么事都站在大伙儿一边,不应该去娶他侄女,同她勾勾搭搭就更不好,他很怕因为这种关系影响了他现在的地位,群众会说他闲话。尤其当钱文贵闺女大妮嫁给治安员张正典以后,人们都对张正典不满,他就更小心了,不得不横横心;其实这种有意的冷淡在他也很痛苦,也很内疚,觉得对不起人,但他到底是个男子汉,咬咬牙就算了。

不过村子上有些干部对黑妮的看法倒不一样,认为她也是被压迫的,还把黑妮吸收到妇女识字班当教员。她教大伙识字很耐烦,很积极,看得出她是在努力表示她愿意和新的势力靠拢,表示她的进步。她给人的印象不坏。只是程仁的态度还是冷冷的。

慢慢黑妮也发现了前途有危险,她越想抓住,就越觉得没有把握,她的这些心事只能放在心上,找不到一个可以谈谈的人。在这个时候,二伯父倒像知道了什么似的,也不说她,也不禁止她,还常常给她一些同情或鼓励。黑妮是不会了解他的用意的,心里还对他有些感激。因此在这个本来是一个单纯的,好心肠的姑娘身上,涂了一层不调和的忧郁。

六 密 谋(一)

黑妮回到了家,隔着花枝看见从她伯父房里窗子上飘出来袅袅的烟丝,猛然想起叫她打听的那些事她却一句也没有问。她不说自己忘了不应该,反转来在心里却埋怨道:"唉,真是坐在家里没有事做,穷打听!"

这时又听到二伯父房里有客人说话的声音,黑妮把脸贴到窗户缝上去,刚瞧见了坐在炕对面的任国忠的脸,冷不防二伯母便在西廊上叫起来了:"黑妮!啥时候回来的?"

黑妮离开了窗户,向她伯母冷冷的一望,鼻子里悄悄的哼了一声,走回了自己的房。她鄙夷地想道:"这些人,真是,有什么了不得,值得这末鬼鬼祟祟!"

钱文贵用两个指头捻着他的胡须,把眼睛挤得很小,很长,从眼角里望着那小学校教员。任国忠抽了一口烟,便又继续说他刚才说到的那些新闻:

"……报纸上也登载了这号子事,说是孙中山的主张,平安镇都已经闹得差不多了。财主家的红契都交出来了。咱涿鹿怕也逃不脱。凡是共产党八路军管的地面就免不了。"

这时钱文贵的眼睛就更眯成了一条缝,他说:"那当然,这是共产党的办法,不,是……是叫政策!这个政策叫什么?呵,你刚才说过了的叫什么呀?啊!这叫作'耕者有其田'!是的,'耕者有其田',很好,很好,这多好听,你叫那些穷骨头听了还有个不上套的!嗯,很好,很好……"停了一会,他又接下去说道,"不过,唔,天下事也不会有那末容易,你说呢,老蒋究竟有美国人帮助。"

任国忠赶忙说道:

"是呀!嗯,共产党总是说为穷人,为人民,这也不过只是些好听的名词,钱二叔,你没有去张家口看一看,哼,你说那些好房子谁住着?汽车谁坐着?大饭店门口是谁在进进出出?肥了的还不是他们自己?钱二叔!我说,如今又是武人世界,穿长褂子的人吃不开了。"他说完后便把眼睛极力去搜索着他对面的那张脸,看有些什么反应。

钱文贵抖了抖他的袖子,弹去他白竹布短褂上的烟灰,鼻子里笑了一声说:"本来么,一朝天子一朝臣。老任,你莫非有什么憋屈,哈……你是小学校教员,你应该'为人民服务'呀,哈……"

给这一笑,有些僵了起来的任国忠忍不住说道:"咱横竖是一个靠粉笔吃饭的人,在什么地方什么时候都是看别人颜色,就说不上有什么憋屈。不过,总觉得有些闹得太不像话了,你看,咱们教

15

员要受什么'民教'领导,这也不要紧,钱二叔!你也是知道的,什么'民教',还不就是李昌那小子么?李昌那狗王八蛋的,识几个大字,懂得个屁,却不要脸,老来下命令,要这要那的……唉!"

"哈……"钱文贵仍继续着他的笑,"李昌自己原有八亩地,地是不怎么样,去年闹斗争,分得了二亩,如今是十亩地,他和他老子,还有那个童养媳妇,三口人过活也差不离了。可是他们还算是贫农。你呢,你有几亩地?呵……你是个不劳动的!"

"咱一个月赚一百斤粮食,什么也没有了,可是这一百斤粮也不是好赚的,过去读书花的本不算,一天到晚和那些顽皮孩子胡缠,如今还得现学打霸王鞭,学扭秧歌……别人爱的就是这一套下流货呀;陶渊明不为五斗米折腰,咱却为了一百斤粮食受尽了李昌的气,嗯!"

"哈……一个月一百斤粮食,那不就结了,管他们共产也好,均地也好,保险闹不到你头上,跟咱一样,咱就不怕他们这一套。比方咱春上分了五十亩地给儿子,如今咱们是三户。咱这一户只剩下咱老两口,加上黑妮,三个人,只十几亩地了。一年能收个十来石粮食,穷三富五,咱顶多就成了个不穷不富。他们爱怎么样闹,就怎么闹去吧,咱们就来个看破红尘,少管为妙!"

这个乡村师范的毕业生到暖水屯来教书已经两年了。越来越觉得自己是鹤立鸡群,找不到朋友。开始还和李子俊来往,后来觉得那位没落的地主太无能。还有个刘教员应该是相处得来的,可是他的程度不如他,还不要紧,他却靠着会巴结村干部,成天带着小学生唱那些"没有共产党,就没有新中国",或者写标语,喊口号,他就因为会闹这些而被信任,而显得比任国忠还高明起来了的样子,这却使任国忠心里不服气。因此慢慢地任国忠就只有钱文贵是个可谈的对象了。有时更觉得是一个知己,一个了解他的才情,可以帮助他的心腹人了。当他听到有什么消息的时候,总爱来和钱文贵谈谈,以排遣自己的抑郁。这里也没有什么希望,也没有什么冀图,甚至有时反而更为空虚的走了回去,但总有些安慰。这天他又带着一种高兴而来,但钱文贵对这新闻却表示冷淡,无动于衷的,任国忠便觉得有些不自在。

没有风的夏天,又是中午,房子里,也觉得很闷热,钱文贵叫老婆又沏了壶茶。任国忠挥着蒲草编的小团扇,仰头呆呆地望着墙上挂的相片,又望望几张美女画的屏条。钱文贵体味到对方的无聊,便又递过去一枝太阳牌烟,并且说:"老任!俗话说得好,'寡妇做好梦'一场空,老蒋要放过了共产党,算咱输了;你等着瞧,看这暖水屯将来是谁的?你以为就让这批泥浆腿坐江山?什么张裕民,他现在总算头头上的人,大小事都找他做主了。哼,这就是共产党提拔出的好干部!嗯,谁还不认识,李子俊的长工嘛!早前看见谁了还能不哈腰?还有什么农会主任,那程仁有几根毛咱也清楚,是咱家里出去的。村子上就让这起浑人来管事,那还管得好?如今他们仗着的就是枪杆。还有,人多。为啥老是要闹斗争,清算没个完?嘿,要这样才好拢住穷人么——说分地,分粮食,穷人还有个不眼红,不欢喜的?其实,这些人也不过是些傻瓜,等将来'国'军一到,共产党跑了,我看你们仗谁去?哼,到那时候,一切就该复原了,原来是谁管事的,还该谁管。你,咱说,老任,说文才,全村也没有人能比得上你,就说你是外村人,不好管事,总不会再白受这起混蛋的气呀!"

"二叔真会说笑话,咱是个教书匠,也不想当官,管事,不过不愿看见好人受屈。二叔,话又回到本题,这次土地改革,咱说你还得当心点。"

钱文贵看见他又把话逼过来,便仍然漾开去:"土地改革,咱不怕,要是闹得好,也许给分上二亩水地,咱钱义走时什么也没有要呢。不过,为咱们这些穷人打算,还是不拿地的好,你在学校里有时候是可以找找他们和他们的子弟,聊聊天,告他们不要当傻瓜,共产党不一定能站长!嗯,这倒是一桩功德。"

任国忠听了觉得很得劲,他现在有事可做了。他会去做的,也会做得很机密。不过他总觉得钱文贵把事看得太平稳了,他还得提醒他:"张裕民那小子可鬼呢,你别以为他看见你就二叔二叔的叫。还有,说不定什么地方会钻出一个两个仇人的。"

　　"嘿……放心!放心!咱还能让这末几个孙子治倒?你回去,多操心点,有什么消息就来,报纸上有什么'国'军打胜仗的地方,就同人讲讲,编几条也不要紧,村子上也还有懂事的人,谁还不想想将来!嘿……"他边说边下炕来,任国忠也穿好了鞋子,心满意得,从炕桌上又拿了一支太阳牌烟,钱文贵忙去划火柴,这时他们都听到对面房子里的帘子呱啦的响,两人不觉交换了一下眼色,而钱文贵便大声问:"谁呀?"

　　"二伯,是咱,"答应的是黑妮的声音,"咱赶猫呢,它在我屋子里闹得可讨厌。"

　　任国忠不觉地又坐到炕沿上,钱文贵明白这年轻人,明白他为什么常到自己家中来,总想扳拉自己,但他却对他使眼色,并且说:"不留你了,孩子们该吃过午饭上学了,有空再来。"他打起了日本式的印花纱帘,任国忠只得跨了出来,这中间屋子里供得有祖先和财神爷,红漆的柜子上摆设着擦得发亮的一些铜的祭器。听得对面屋子里有纸扇撕拉撕拉地响。钱文贵随即又掀起到院子里去的竹帘。两人一同走了出去,一股火热的气息直扑到身上。几只蜜蜂在太阳下嗡嗡地叫着,向窗户上撞去。钱文贵直送到骑楼下,才又会意的交换了一下眼色。

七　妇联会主任

　　就在这闷热的中午,趁着歇晌的空闲,顾涌的儿媳妇跑回娘家找她嫂嫂董桂花去了。嫂嫂住在村西头的一间土房里,用高粱秆隔了一个院子出来,院里还有一株葡萄,房小院窄,可是倒收拾得干干净净,明明亮亮。

董桂花也刚送饭回来,正在灶头洗碗筷。她小姑站在她旁边喘气,用神秘的眼光望着窗子外边。

"你说的这些都是真的么?"董桂花一手拉着她姑娘,两人便都趑过身来挤着靠在门边,"唉,我劝过你哥,你看他拉下了十石粮食的窟窿去买了五亩葡萄园子,唉,早知道就不该买那些地。"因为消息来得太突然了,她心里不知想哪一头的好,好像这消息可以使她得着什么似的,同时又怕失去了什么。她在铅丝上拉下了一条破毛巾,揩了揩脸上的汗,坐在一张矮凳上,打算再从头来仔细思索。

她不知一时从哪里想起,她姑娘也没有时间和她研究,匆忙的又赶回去了。她关心她的兄嫂,他们除了这所小院和新买的五亩地以外,就只剩一屁股的债。而嫂嫂又成了村干部,他们把她拉出来当了妇联会主任,这在她看来,也很倒霉。

这位妇联会主任在四年多以前从关南逃难到这里,经乡亲说合,跟了李之祥过日子。李之祥图娶她不花钱,她看见他是一个老实人,两厢情愿的潦潦草草地结了婚。她是一个快四十岁的女人,很俐洒,配这个三十多岁的光棍也就差不多。两人一心一意过日子,慢慢倒也像户人家了。旁人都说李之祥运气好,老婆不错。她是吃过苦来的人,知道艰难,知道冷暖,过家有计算,待人和气,西头那一带土房子的人都说她好。去年暖水屯解放了,要成立妇联会,便把她找了来,她说她什么也不懂,又不是本地人;可是不成,她便被选上了。村子上有什么事的时候,村干部就要她去找人开会。后来又办了识字班,她都很负责。

姑娘走了后,她仍旧坐在矮的小凳上,望着院子里的天空。天空上一丝云彩也没有,是一块干净的蓝色。她感觉到也许有风暴要来,终有一天暖水屯又要闹腾起来,人们又像发了疯一样。她回忆着去年,今年春上,那个时候她是多么辛苦啊!她一家一家的去找,男人们都在骂妇女落后,可是妇女呢,总说"咱知不道嘛!咱听不精密"。开会的时候,谁也不张口,不出拳头。她也不懂什么,可是不得不站在台阶上喊,叫。可是后来呢,有些人家分到了地,她们也没分到,只得了些粮食,吃不到四个月就光了。就算买了五亩便宜地,可是却欠着十石粮食啦,那还是村干部们给的面子。现在呢,现在又要闹起来了,她觉得这对她会是件好事,要是能把窟窿填上那才好,可是……——她正要仔细地再去想一想的时候,妇女识字班的上课钟当当地响了起来。她立即站起,梳了一下头发,用夹子牢牢夹住,把身上穿的那破蓝布衫也脱了,换了一件新做的白洋布衫,锅里的碗也顾不上再洗,带关了门,扣上一把锁,匆匆的便朝识字班走去了。她很想找个人谈谈,把这消息告诉他。

识字班设在许有武家里的大厅上,这所大院已经在去年就分给六七家没房的人住下了。房子很好,原来有很多精致的摆设,如今却破破烂烂,乱七八糟,留下很多桌子放在厅子里上课。这时才到了几个年轻的妇女,她们挤在一道瞧一个绣了花的枕头,接着又津津有味地谈到丝线绒花的市价,她们完全不可能注意到她们妇女主任不安定的心情。

人越来越多,到处都叽叽喳喳。吃奶的孩子也抱着来了,她们又要哄孩子。后来黑妮也来了,黑妮是她们的教员。她一到识字班,于是她们就开始识字了。也有人在后边悄悄地谈些别的。

董桂花呢,她孤独地坐在一旁,她要告诉她们一些什么的欲望消失了。她一个一个的去找寻,她才发现还留在班上识字的,坚持下来了的一半都是家里比较富裕的人,那些穷的根本就无法来,即使硬动员来了,敷衍几天便又留在家里,或者到地里去了。只有这些无忧无愁的年轻的媳妇们和姑娘们,欢喜识字班,她们一天来两三个钟头,识三四个字,她们脱出了家庭的羁绊和沉闷,到这热闹地方,她们彼此交换着一些邻舍的新闻,彼此戏谑,轻松的度过一个春天,而夏天又快完了。这时只有董桂花这妇联会主任一人是显然的同她的群众有了区别,她第一次吃惊自己是如何的不相宜的坐在这里。她虽然还不算苍老,不算憔悴,却很粗糙枯干,她虽然也很会应付,可是却多么的缺乏兴致啊!

她陡地有了一种奇怪的感觉,她不懂得她为的是什么?这些年轻女人并不需要她,也不一定瞧得起她,而她却每天耽误三个钟头坐在这里。从前张裕民告诉她说妇女要抱团体才能翻身,要识字才能讲平等,这些道理有什么用呢?她再看看那些人,她们并不需要翻身,也从没有要什么平等。她自己呢,也是一样,她和李之祥是贫贱夫妻,他们也很安于贫贱,尤其是多少次濒于饿死的她,有现在的日子,也就该满意了,当然他们并不能满足,他们还有希望,他们欠了十石粮食的债,他们还需要一点点财富,他们最怕的是秋后还不了债,日子就要过得更操心更坏,如今她坐在这里有什么好处呢?唉,张裕民吹得多好,他硬把她拉到这妇联会来,他老说为穷人做事,为穷人做事,如今为了个什么穷人,连自己还要更穷了呢。

"丰,丰是丰富的丰,丰富就是多,就是有多余的意思。衣,就是咱们穿的衣服……"黑妮用手指着黑板,从她的嘴唇上发出带着银质的声音。

"咱哪里有什么多余的衣服,他妈的,去你的吧。"董桂花站了起来,对平日本来有着好感的黑妮,投过去憎恶的眼光。她走出了院子。

董桂花第一次很早的离开了识字班,心里好像吃饱了什么一样的胀闷,又像饿过了时的那样空虚。巷子里没有什么人来往。一两只狗吐着舌头趴在那里,她又不愿回家去,她打算去找周月英,她是羊倌的老婆,又是妇联会的副主任,却好久不来识字班,她觉得她的话羊倌老婆一定会欢喜听的,她们彼此会很了解。

八　盼　望

　　由顾涌赶回了大车而引起的一些耳语,慢慢的从灶头,从门后边转到地里,转到街头了。自然也有的是从别方面得到了更丰富的更确实的消息。他们互相传播,又加入一些自己的企望,事实便成了各种各式,但有一点却是一致的:说"共产党又来帮穷人闹翻身,该有钱的人倒霉了"！当大家歇晌的时候,他们仰卧在树荫下,遥望着河那边的平原,向往着那平原上燃烧着的复仇的火焰。他们屈指数着那边有名的坏人名字。当他们听到某些恶霸被惩罚的时候,当他们听到去分散那些坏人家财的时候,他们并不掩藏他们的愉快。他们村子上曾有过两次清算,有些人复了仇,分得了果实,但有些人并不满意,他们有意见,没有说出来,他们有仇恨,却仍埋在心底里。也有人感谢共产党,但也有人埋怨干部们,说他们欠公平,有私心,他们希望再来一次清算,希望真真能见到青天,他们爱谈这些事。一伙一伙的人不觉的就聚在一团,白天在地里,在歇晌的时候,晚上在街头巷尾,蹲在那里歇凉的时候。同时也还有一些另外的集团,他们带着恐惧,这些人都是属于生活比较宽裕一点的,他们怕的是打倒了地主打富农,打倒了富农打中农。他们也常三五成群,互相交换些新闻,盼望得到一些较好的消息。天呀！只不要闹得太厉害就成了！他们总是小声地谈话,一看见有新人加入,便扭过头去敲烟锅,把话题又扯到天气上去,或者扯到妇女身上。这一个短时期,他们所有人都变得敏感了。只要区上一下来人,或者村子上不见了张裕民和程仁几个人,他们便传开了,说暖水屯要闹开了,干部都去开会受训了,他们便早早的从地里回来,想方设计去打听消息,他们心里着急地想:"假如有什么事一定要发生,那末,就让它早些来吧!"这热的天气显得多么的闷人啊!

和这些议论同时而来的,谣传着火车又不通了。国民党又调来了许多师,许多兵,这些军队都是有许多美国的大炮,这些炮比日本的还好,八路军连见也没见过的大炮。那个叫什么马杏儿(马歇尔)的美国官,本是来调解,要国民党"改编"共产党,现在也不满意共产党了,要讲和已经没有希望了。美国又运了许多许多的什么坦克、大炮、飞机,还帮国民党办军官学校。共产党怎么也打不过,他们的枪就不行,兵也少,八路军就站不长,说不定哪天就背着小包袱走了。咱们暖水屯还得重改政权,那些闹红了的就得当心他们的脑袋,除非你拼了家不要,当八路军去……——这些谣言谁在讲着呢,好像又都是老百姓自己,他们并不愿意共产党吃败仗,他们就怕八路军站不长,可是他们却又悄悄地散播着这些谣言。

张裕民和程仁都到区上去过,回来后也没有什么动静,他们自己仍旧下地去,老百姓便又安定下来了。又当着是锄第三遍草的时候,下过雨,草长得真快,他们忙也忙不过来,于是他们便又专心到他们的谷子地、秫子地、高粱地、麻地,他们的果木园、菜园。他们像蜜蜂似的嗡嗡了一阵,他们猜疑,他们害怕,他们热望,不安定,他们起过各种各样的心,可是像夏天的阵头雨一样,一会儿就过去了。他们盼望了一阵子,没盼到什么,他们又把所有的精力集中到他们经常的劳动中去了。快乐,忧愁,都变成了平静。谣言呢,没有人听,也没有人讲了。通不通车,离暖水屯还远着呢。"中央"军来不来,有八路军挡着呢。再说,"中央"军也是中国人,咱们劳动吃饭,又不想当官当权,咱们还是做咱们的老百姓,庄稼人。如今这里是太平的天下,今年雨水很好,庄稼果木都长得不坏,还是等着即将到来的,丰收的秋天吧。

九　第一个党员

离现在两年以前,还是一九四四年春天的时候,刚过了旧历年不久,在一个落雪的晚上,在日本人政权底下当甲长的江世荣披着他新买的羊皮短袄,独自轻轻地溜出了他家的大门。风仍旧很刺骨,他缩紧了头,露着两个小眼张望着,街上没一个人影,他悄悄地走到寡妇白银儿诨名叫白娘娘的门口。门还没上闩,他轻轻地托开门走了进去。看见西屋里灯光很明亮,他在院子里不觉地停住了脚步,听见骰子清脆的正在一个瓷碗里滴溜滴溜的转,一个粗暴的男人声音在吼着:"靠,靠,二三靠呀!"同时一个沙嗓子也在喊:"三变六,三变六,哈……七点,七点!"骰子停了。一阵子喧哗,接着是数钞票的声音,人影在窗子上晃动。这个寡妇不只做着女巫,并且还招揽一些人来赌钱。江世荣急步朝静悄悄的那寡妇住的上房走去,他立刻闻到一种习惯的他认为特别好闻的气味从那有着棉门帘的房子里喷出来。

白银儿正横躺在炕上,就着小灯在收拾那些吸烟的家具,看见闯了进来的甲长,忙坐起身来让座。她接过了那件新羊皮衣,做出一副惊诧的亲热的神情,说:"啊,还在下雪?冷么?快上炕来暖一暖!你没有上西屋里去?天冷,来的人少,就几个穷鬼在那里。"

江世荣把帽子也脱了,抹那沾在皮毛上的水,他坐到了暖炕上。白银儿在炕头的小灶上端过一把茶壶,满满地倒了一杯浓茶,并且会意地说:"让咱来替你烧一口。"

江世荣就势躺了下去,却问道:

"张裕民在西屋里么?"

"他刚来一会儿,又不知在哪里喝了酒。"

"你去,你去把他找来。"他接过了那根细签子,蘸了点膏子。放到灯火苗上去,白银儿会意的便走出去了。

当白银儿再回来的时候,长得很结实的张裕民走在她的前面跨进房来。他敞着棉衣,拿着一顶旧的三块瓦皮帽,预感着有什么事要发生,却装出一副满不在乎的样子。

"啊!三哥!快上炕,来!咱替你烧一口。"倒是甲长先招呼起来了。张裕民更看出这里面有讲究。

"不,这个东西咱不来,咱抽纸烟。"张裕民跨坐在炕沿上,一个脚盘着,一个脚蹬着,头靠着墙壁,从怀里掏出自己的纸烟来,并且顺手把白银儿递过来的一根烟送回到烟盘里。

江世荣不得不坐起身,拿过刚刚落到盘子里的那支烟,在烟灯上接上火,赔着笑脸说:"哈,三哥!咱们都是自己人,咱们什么不好谈……——哈哈,你也来这里玩,哈哈,这两天运气怎么样?"

张裕民也就半真半假的笑说道:"这两天运气不好,闹肚子痛,别人都说白大嫂的白先生灵验,咱来找白先生瞧瞧,不知道是真灵假灵,哈……"

炕对面柜子上正供得有一个红绸神龛,在朦胧的灯底下,静静的垂着帘帷,好像摆出了一副哭笑不得的神气,白银儿装做没有听见的样子,扬着头伸手从神龛旁边拿过一枝水烟袋,点燃纸媒,靠着柜子咕噜咕噜的抽着水烟。

"说正经话,三哥!咱有件事,要请你帮个忙,帮也得帮,不帮也得帮。"这时甲长把脸拉正了。

"成,你先说吧!"是张裕民爽朗地回答。

江世荣递了个眼色给白银儿。等她走出去之后,他才咳了一声嗽,把最近一件为难的事告诉了张裕民。

打上月他就收到了一封从八路军那里寄来的信,这是封很有礼貌的信,但等不到他去报告日本人,八路军的人就到他家里来了。这些人年纪不大,可是厉害,一阵软,一阵硬,说得漂亮。他们说你当甲长也不能全怪你,时势所逼嘛,不过,你既然是中国人,就应该有良心;咱们也只向你们村上借点粮,数目不多,你要能行,那就好。假如你要丧尽良心,串通日本人来收拾我们,那也行,咱们也不杀你,咱们也只去据点里报告声你通八路就成,据点里还有咱们的人呢。江世荣听了这番话吓得不成,怕这些人杀他,满口答应一定交粮,还先写了个字据,好容易等这群人走了,他才像捡得了一条命似的。可是怎么办呢?去报告么,不行,自己写了亲笔字在人家手里。不去报告么,又怕日本人知道了杀头。他找钱文贵商量,钱文贵说,这是唬人的,不用管。为什么要怕他?可是八路军的信又来了,跟着又来过人。他不得不应付他们。可是钱文贵还啃住了他,说他通八路,要去大乡里说呢,他不得不拿钱送给钱文贵。也不得不收集了几担小米,几斗白面,送给八路军去。但这差事有谁能办呀! 又要机警,不能让据点知道;又要胆大,这是去见那杀人放火的八路军呀! 事情要办得不好,起码也得坐牢监,谁也怕惹下这是非。他想了好几天,才想起了张裕民来。张裕民刚刚和李子俊闹了别扭,辞了工,手边正紧得很;这人又胆大心细,能办这件事,所以他这天特别到白银儿这里来找他。当江世荣述说这段历史的时候,自然把八路军渲染了一番,说送粮食去也是应该的,是替村子消灾免难,要不,八路真的来烧房子杀人怎么办。

　　静静地听着,一声也没响,张裕民心里已经明白了甲长的企图,而且盘算定主意了。可是他不说,只顺着答应:"呵,""有这末回事?""是呀!""唉,""这真作难呀!""……"

　　"只有你,三哥! 只有你才能办,你就辛苦一趟吧! 缺什么,都有咱,咱们哥儿们,还能让你吃亏!"甲长单刀直入地提出了问题。

　　"嘿……"接过了另一支烟,张裕民摇了一摇头,说,"不是咱不帮忙,实在咱办不了这差事,咱是个粗人,一个大字不识,嘴又笨,这送粮食看着不打紧,可是,哈,这就好比两国相交。不成,不成,村子上能说能行的人多着呢,你点兵点错啦! 要是差个粗活,扛锄头,抬木料,拉犁,咱张裕民帮你几个工倒是不在乎的。哈……"

江世荣又叫白银儿整了酒菜来,她也坐在旁边陪客,又帮助恭维他。张裕民心里怪好笑的,因为他一听说这差事心里就很乐意,趁机会去拜访一下早已闻名的八路英雄,是可以满足他的年轻人的豪情的。人家都说共产党什么杀人放火,他就不信这一套,他一个光杆,什么也没有,也不怕,梁山好汉还替天行道咧。但他却得装做出不愿意去的样子,他知道江世荣这起人都不是些好家伙,有了事就会把祸害全推在他身上,并且他想在这个时候落得搭搭架子。江世荣没有办法,给了他亲笔信,盖了私章,还给足了路费,并且把张裕民的舅父郭全也找了来,当面立下了保,如果出了事,叫江世荣花钱买人,这样,张裕民才算勉勉强强地答应了。

当天的晚上,张裕民披了江世荣的新羊皮袄,赶着两头大骡子,向南山出发了。第二天的夜晚,他到了一个有四十户人家的小村,找到了他要找的人。八路军穿得像普通老百姓一样,腰上插了杆短枪,露出一角红绸子。他们待人很和气,很亲热,很大方。他们说他辛苦了,倒酒给他暖身体,擀面条给他吃,同他谈这样谈那样。他很注意地看他们,听他们,他觉得这些人很讲义气。打日本,反汉奸是天经地义啦,他们又打富济贫,这全对他的劲。他们讲平等讲义气,够朋友的。于是,他就告诉他们一些村上的事,他向他们骂江世荣,说他是日本人的走狗,是村上的一个"尖",要他们多提防他。

这一次的旅行给他很满意的印象,但他向江世荣却谈得很简单。掩蔽着他的心情,江世荣就不得不屡次屡次来求他,从此他就和八路混得很熟了。他自从八岁上死了父母,和刚满周岁的兄弟住到外祖母家去以后,他就从来不知道有什么亲爱一类的事。他成天跟着他舅舅郭全在地里做活。舅舅是个老实人,像条牛,生活压在他头上,只知道受苦,一点也不懂得照顾他。他们的关系,是一同劳动的关系,像犁跟把一样。外祖母也无法照顾他,常常背着他兄弟到邻村去讨吃。因为舅舅收得的粮食都交租了，即使是好年成，他们也常常眼看着别人吃肉，吃白面，吃小米，他们是连几顿正经高粱饭也难吃到的。他就像条小牛似的，只要有草吃也可以茁壮起来。他长到了十七岁，于是他自己立了门户，他拿自己的工资来养活着他兄弟。那瘦孩子就担负着捡柴，烧饭等等的事。这一切只使他明白一个道理，穷人就靠着自己几根穷骨头过日子，有一天受不了苦啦，倒在哪里，就算完在哪里吧。他是一个在暴日寒风中锻炼大的人，有一把好力气，有钱的人都愿意找他做活，他靠着两个臂膀也就生活下来了。可是这次他遇到了八路军，他不觉地在他们的启示和鼓励之下同他们讲起了过去的生活。这些从来想也不愿去想的生活，如今回忆起来，向他们描述的时候，他第一次感觉到难受，感觉到委屈。这是如何的困苦，如何的孤零零，如何的受压抑和冤屈啊！但他却得到很多安慰，第一次找到了亲人似的，他觉得他们对他是如此的关心，如此的亲切。当一个人忽然感到世界上还有人爱他，他是如何的高兴，如何的想活跃着自己的生命！他知道有人对他有希望，也就愿意自己生活得有意义些，尤其当他明白他的困苦，以及他舅舅和许多人的困苦，都只是由于有钱人当家，来把他们死死压住的原因。从此张裕民不去白银儿那里了。他本来也是最近因为辞了工心里烦闷才去的。假如他心里又觉到难受的时候，他就去找朋友，找那起年轻的穷小子，告诉他们他看见的八路军同志们。他以能认识他们为夸耀，他也学着八路军同志们去挑动他们对生活的不平：为什么穷人的命这样苦，是不是天生的要当一辈子毛驴？在这年的夏季，暖水屯因为他开始有了共产党员。接着他发展了李昌，和张正国。在这年的冬季他领到了一支橛枪和一支土枪，他们秘密的搞起民兵来了。八路来村子上的次数，也就比较多，有时就去找甲长，江世荣不能不保护他们；有时就住在西头，民兵会替他们放哨。

但工作并不是很容易就能开展的，村子上有出名的八大尖，老百姓恨这些人,却又怕这些人。江世荣就是这八大尖里的一个代表,他因为会巴结他们,他们才要他当甲长,如今已挣到了一份不错的家私。他借日本人压榨了老百姓,又借八路军来勒索,村子上也许还有比江世荣更阴险的人,但现在只有江世荣最出面。八路同志曾经帮助过张裕民他们布置过减租减息,向老百姓宣传,在背底下他们也赞成,可是不敢出面闹。直到一九四五年夏天的时候,才发动起一个改选村政权的大会。在一个夜晚,民兵和八路军的同志们突然封锁了村子,放了哨,集合了全村的老百姓在学校里面开大会。老百姓看见江世荣被绑着,便胆大了,又因为在黑夜,认不清面孔,他们就敢在人群中说话。他们第一次吐出了怨恨,他们伸出了拳头。江世荣被打倒了,他们选了赵得禄,赵得禄是个穷人,能干,能应付日本人,赵得禄自己原来怕当村长,怕村子上的旧势力来搞他,但看见那末多人举他的手,他又高兴被选上。他当了村长,他就在八路军的区干部的帮助之下,和张裕民几人商量着应付了日本人,日本鬼子一点也不知道这村子上的情况,还满相信他。村子上的几个有钱有势的人,也被他们分别看待,团结他们,也孤立、分化、威吓住他们,就连许有武、钱文贵他们一时也没想出什么好办法来,从此暖水屯的老百姓当了权。不久,就是一九四五年"八一五",苏联出兵东北,日本投降了,抗联会主任张裕民在村子里便公开的成了负责的人。他领导了两次清算复仇,穷人们有事便来找他,大家都高兴地说:"他可露脸了,他给八路军教成了一个能干人。"有些人心里瞧不起他,谁还不看着这穷孩子长大的呢,想跟他过不去,可是见了他倒更凑上来叫"三哥",为什么是"三哥",连他自己都不明白这来历。也许因为他伯父有过两个儿子,但他伯父和他叔伯兄弟在他很小的时候就逃荒到口外去了,一直也没有回来,也没有过音讯。在过去也很少有人叫他三哥,除了有人要找他做活,或者他的赌友在他赢了钱的时候,但现在这称呼似乎很自然和很流行了。

十　小　册　子

张裕民和程仁曾经到区上拿回了一本石印的小书。这是县委宣传部印发的。他们两人都识字不多,到了夜晚便找了李昌来,三个人挤在一个麻油灯底下逐行逐行的念。李昌还把一些重要的抄在他的小本上。他那个小本子抄了很多珍贵的东西,入党的誓词,做一个党员的起码条款,如:一,死活替穷人干一辈子;二,跳黄河一块跳,异口同音,叫我怎办就怎办;三,要交党费;四,凡不在党的,不管父、母、妻、子,该守秘密的事,也不能告诉他们……——都写在上边。每当碰到有什么为难的问题,李昌便去查他的小本子,常常就可以在那里边找着答案。这个有雀斑的,不漂亮的年轻党员,是个爱说话而且有唱歌天才的小伙子。

他们三个人一道研究这本"土地改革问答",却各有各的想法。总是容易接受新事物而又缺乏思考的李昌,他越念下去越觉得有兴趣。他常常联系村上的具体人物来说明谁是地主,谁是富农,谁是中农;应该打击谁,应该照顾谁,愉快的笑不离开他的脸。在他心里不断地涌起对党的,对毛主席的赞叹,他忍不住叫了起来:"这个办法可好呀,这样才把那些有钱的人给治下去了,穷人真真的翻了身嘛!"他对于本村的土地改革觉得是轻而易举,有十足的把握。程仁呢,因为春天他参加了做"合理负担",他对于本村的土地比较熟悉,他又把那个户口册子拿了来翻阅,那上面登记得有详细的土地数字,他对于成分的鉴定特别细心。他常常说:"天呀!李大海有三十亩地,你能说他是富农,或中农么?他那个地是什么地呀,给人也没有人要的嘛!"或者就是说,"别看刘振东地少,一个青壮年,三亩好水地呀!"或者就又说,"李增山论地是贫农,可是他有手艺,他又讨了老婆,老婆还穿着新棉衣呢。"他觉得土地的分配是一个非常不容易的问题,要能使全村人满意,全村都觉得是公平的才算把这件事做好了;如果做不好,会反而使自己人闹起意见来,反而不好做工作了。这里只有张裕民说得比较少,他只考虑到一个问题,这就是他们究竟有多少力量,能够掌握多少力量,能否把村子上的旧势力彻底打垮。他深切地体会到要执行上级的决定,一般的是容易做到,因为有党,有八路军支持着,村子上的人也不会公开反对。但要把事情认真做好,要真真彻底铲除封建势力,老百姓会自觉地团结起来,进行翻身,可不是件容易的事。他总觉得老百姓的心里可糊涂着呢,常常就说不通他们,他们常常动摇,常常会认贼作父,只看见眼前的利益,有一点不满足,就骂干部。同时张裕民也觉得:又只有靠近他们,自己才有力量,可是他们又常常不可靠,忽东忽西的。要完全掌握住他们,张裕民清楚还是不可能,因此他对这即将到来的土地改革,虽然抱着很高的热忱,却有很多的顾虑。他只希望区上会早一点派人来,派一个得力的人来,能把这件大事好好地办妥。

不久,离他们七里路远的孟家沟也开了斗争恶霸陈武的大会。陈武在这一带是一个有名了的"胡髭"。谁要在他的地里走过,谁都得挨揍,他打人,强奸女人,都只是家常便饭。他买卖鸦片,私藏军火,也是无论什么人都知道的。当他们开大会的那天,暖水屯的村干部全体都去参加了,还去了一些老百姓。在那个大会上有四五十个人控诉他的罪恶,说到一半就忍不住冲到陈武的面前唾他,打他,妇女也站出来骂,挥动着戴手镯的膀子,劈头劈脑地去打。暖水屯的人都看痴了,也跟着吼叫,他们的心灼热起来,他们盼望着暖水屯也赶快能卷入这种斗争中,担心着自己的村子闹得不好。张裕民更去向区上催促,要他们快派人来。老百姓也明白这回可快到时候了,甚至有些等得不耐烦了。果然两天之后,有几个穿制服的人背着简单的行李到了暖水屯。

十一　土改工作小组

这正是八月中旬,照旧历来讲是过了七月半不几天的一个傍晚,从区上来的几个人打东北角上的栅栏门走进村来。区工会主任老董走到合作社去找张裕民,还有三个穿得比较整洁的年轻人,像是从县里或省里下来的。他们走到小学校的门口,卸下了背上的背包,拭着满头大汗,走过去,走过来,一会看看街上贴的标语,一会张望那正要散学了的学校的内部。坐在对面树底下谈闲天的人,便都悄悄议论起来。他们都狠狠地打量他们,想窥测出他们是些什么人,究竟有些什么能耐。刚打地里回来的人,也远远站住了朝这边望。那个最惹人注意的,生得身材适度,气宇轩昂的一个,做出一副很闲适的态度和他旁边一个小孩开着玩笑。那孩子不习惯在生人面前说话,便绷着脸走开了。那个儿小些的便朝合作社走去,并且回过头来问:"老乡!张裕民在合作社么?"只有那个瘦个子倒仍站在小学门口,他和着里面的歌声,轻快的唱着:"东方红,太阳升,中国出了个毛泽东……"

张裕民走在老董的前面,后边还跟着李昌和刘满两个人,他们一拥就拥到了这边,抢着把背包往肩上一扛便招呼着向南街走去了。那个瘦个子赶忙来抢背包,不留心脚底下一块石头,他踢着往前扑去,冲出去了好远,好容易没有让自己摔下去,站住了脚。他望见街上的人都望着他,便朝大家憨憨地笑了。大家也就都笑了起来。他又赶上去抢背包,可是李昌刘满他们已经走了好远。他们边走也边呵呵地笑,瘦个子就嚷着:"咳,咳,让咱自己拿吧,咳,这哪行,这哪行!"

张裕民把他们带到韩老汉家里。老汉家的西房正空着,老汉是个勤苦的人,他在今年春天加入了党,这房子是张裕民在春天提议分给他的,也是许有武的家财。房子很干净,又清静。他的儿子刚打山东复员回来,只有一个八岁大的孙子正上学,张裕民也为的是区上下来什么人,好安置在这里,叫老韩烧点茶水,照顾门户都很方便。

李昌像个主人似的,一进屋就让大家上炕,他用着热情的眼光打量着几个来客,惊奇地拿起一把绑在背包上的胡琴。

"这就是村支部书记张裕民,又兼村的武委会主任,过去是抗联会主任。"做过三十年长工的老董介绍着。他回头又介绍土改工作组的同志们:"这是文采同志,是工作组组长,这个瘦子是胡立功同志,那小个是杨亮同志。"他又从怀里掏出一封介绍信给张裕民,这是区委书记关于这三位同志的组织介绍信,它说明他们代表区委会在这里执行土地改革的工作。他自己也参加这个小组工作。

"你们这里有多少党员呀?"文采同志即刻用着一个调查的口吻来问了,也没有注意到杨亮阻止他的眼色。

张裕民却只说:"同志们肚子一定饿了,先烧饭来吧。韩廷瑞,你帮助一下你爹,赶忙烧饭;刘满,你到合作社去称几斤面来!"他也不答复杨亮要求去吃派饭的请求,并随即自己也走了出去。他到韩廷瑞的房里拿出一盏高脚的麻油灯,点燃了灯,他又向老董说:"你们先休息一会,我出去就来。"他丢下这群刚来的人,快快地跑走了。这时房子里还剩下一个李昌,他舍不得走开,拿出了那二胡,一面调着弦,一面就问胡立功:"你会唱梆子么?"文采走到房门口张望,黑了下来的院子里很寂寞,对面厨房里又拉开了风箱,水气在灯光下升腾,孩子、女人、老头都挤在一个屋子,忙忙碌碌的很热闹。他又转过身来找老董谈闲天,极力想抹去适才他对于张裕民所起的不良的鬼鬼祟祟的印象。

老董伏在炕桌上在写些什么,这个老长工在三年的党的工作下学到了能写简单的信。他的学习精神常被人称许,他也很自得,在他的挂包里是不会忘记带着那盖了区工会公章的信纸信封和他自己的私章的。只要有机会他就写信,如同只要有机会他就要长篇大论地讲演一样。

晚饭做好了的时候,张裕民才又走了来,他只默默地坐在旁边抽烟,杨亮又说到以后不能吃白面,也不必自己烧,最好大家都去吃派饭,并批评他不该这样费事。文采看见他敞开的胸口和胸口上的毛,一股汗气扑过来,好像还混合得有酒味。他记起区委书记说过的,暖水屯的支部书记,在过去曾有一个短时期染有流氓习气,这话又在他脑子中轻轻漾起,但他似乎有意地忽略了区委书记的另外一句更其肯定的话:这是一个雇工出身诚实可靠而能干的干部。

吃过了饭,按照杨亮和胡立功的意见,先了解这村的情况,区委书记和老董虽然曾经简单地说了个大概,究竟还模糊。张裕民和李昌也赞成这意见,正准备说开去,可是文采同志认为人太少,他决定先召开村的干部会,并说明这是走群众路线。张裕民和李昌只得到街上临时四方去找人。过了很久,来了村副赵得禄,治安员张正典,民兵队长张正国,农会主任程仁,村工会主任钱文虎,支部组织赵全功,李昌是支部宣传,连张裕民一共是八个人。只有村长没有来。村长是谁呢?却恰恰是去年打倒了的江世荣。在今年春天,他们又在赵得禄的提议下把他复了职,他们的理由是要他来跑腿办事,说他是有钱的人,误得起工,只要不让实权落在他手上就行。这意见村干部都以为很合理,于是便这末办了。

八个人都没有什么准备,心里很欢喜,一时却不知怎么说,加上这几个人都还陌生,也怕说错话。像张正国这种老实人,只觉得腼腆和拘束,他蹲在房门口,连炕也不肯上。他的心是热的,也有许多想头,就不会说,也不打算说,他自从参加了暖水屯的民兵工作,就认定水火都不怕,他是出力卖命的,却不是说话的。

爱说话的老董在这小小的会议上传达起土地改革的意义,他每次说话总是这样的开着头:"土地改革是消灭封建剥削大地主……"接着便说要去掉三怕思想,跟着话便说远了,连什么加拿大工人罢工,意大利水兵……,不知道什么时候听下的故事都说出来了。听的人完全不懂,他也不觉得,反津津有味,若不是文采同志阻止了他,他怕要把这一晚上的时间都占去了。文采同志想挽救会议的沉闷,尤其觉得首先应该把干部的思想搞通,于是他接着逐条的解释着晋察冀中央局关于执行土地改革的指示,这些几乎他都背熟了的。

他们谈得很晚,一直到他们相信在座的人都全部明了才停止,并且文采同志决定第二天晚上要开群众会,各种群众团体可以同时开会,传达政策,这几个新来的同志可以分别出席。这个通知是要在明天早晨老百姓上地里去之前就要发到的。文采同志的意见是至少一个星期,最多十天要结束这个工作,因为平绥路的局势很紧张,国民党时时要动枪刀,不得不赶快。

人都走了之后,张裕民还留在这里,似乎有些话要说。文采同志没有注意到,只再三向他指示着:要面向群众,要放手;说党员太少了。对这些批评,张裕民也不置可否,都接受了,他还想说什么时,却看到他们很疲倦,大声地打着呵欠,只得退了出来。在出来时他告诉他们,他已经放了哨,并说明在后院的院墙外边有一条通西头的小巷,那巷里全住的是自己人,还交代着他们,这村子不容易出事情的。

他走了后,文采同志给了他一个结论:"这人胆子小,还有些哥老会的作风。"

十二 分 歧

张裕民从西屋里走出来,心里总觉得有一些遗憾似的。老韩

还坐在厨房门口歇凉,老韩问:

"你还回来不?"

"不。闩门吧。"

老韩跟着他走到外边,悄悄地说:"村子上人都知道了,都在向咱打听呢,问他们是从区上,还是从县里省里下来的?"

"嗯,就说从区上下来的。"张裕民头也没回从小巷转到南街上去。看见那黑汉子张正国肩了杆枪站在街头上,他心里想:"这小子是个靠得住的。"他就走过去。

张正国在屋子里的时候,已经很瞌睡,但一出来,在凉幽幽的街头走了两个来回,倒清醒了。这时他迎了上来,用肘子去碰张裕民,悄悄地说了三个字:"合作社。"张裕民在薄明的黑夜中又望了望他的面孔,没有说什么,朝北到合作社去了。

合作社的门没有关,一推就开了。在小院子里便听到许多人在里屋说话,一股热气从房里钻出来。只有刘满一个人站在外屋的柜台边,他赤着上身,两个胳膊抱在胸上,嘴里叼了一支香烟,恶狠狠地望着进来的张裕民。张裕民没有注意到他,只听见赵全功在里边说:

"你说他是经营地主,对,他不雇长工,可雇短工啊,要论地,除了李子俊就数他多了。"

程仁却接下去说:"经营地主,嗯,他也算地主么?那末,他这个地主可跟李子俊不一样,李子俊是坐着不动弹,吃好,穿好,耍钱,……他老顾么,是一滴汗一滴血赚来的呀!他的生活也不强,省吃俭用,咱们要把他同李子俊一样看待,管保有许多人不乐意!"

合作社主任任天华也接着说:"这次要把李子俊的地拿了,他准得讨饭。这个人连四两力气也没有,那年张三哥同他闹了架,他们家烧饭的又病倒了,他到井边去挑了半挑水,一摇三晃,走到大门口迈不过门槛,就摔倒了。说出了一身汗,着了凉,感冒了两个月才好呢。"

"哼！你们天天嚷替老百姓办事,替老百姓办事,到要改革地主了,又慈悲起来,拿谁的地也心疼。程仁！你个屌农会主任！你们全是软骨头！"

这说话的是张正典,长久都不活动了,今晚却留在合作社里,他说的话听来很有道理,只是使张裕民很注意,他就不进去,在刘满的旁边,柜台上坐了下来。

里边屋子里是刚才从老韩家里出来的一伙,他们在那里没有什么话说,瞌睡得很,可是一出来,大家脑子里都涌出了很多问题,谁也不想回家去,几人就到合作社来,把已经睡了的任天华也吵起来。不过他们的思想都很混乱,不知道这土地改革该从哪里做起。他们的意见也不一致,虽然不能说一人一样,可是总不齐心。尤其是赵得禄觉得很无意思,他一人坐在面柜上,心里想:"说让江世荣做村长做坏了,说这是机会主义?……"这一点曾经被文采同志批评过,他很不痛快,心里有些不平:"这又不是咱一个人的意见,从在日本人手里,咱就是村长,到如今一年多,咱误了多少工！咱是个穷人,一家五口,才三亩坡地,一年四季就靠打个短;两次分果实,咱什么也没有得到。江世荣是有的,他又能干,叫他跑跑腿,不正好？他们却说刀把子捏在人家手里去了,混话！如今江世荣敢动个屁,哪件事他不要看咱们的脸色？咱又不是个傻子,咱不弄他,还让他弄了咱不成？"他便又想到江世荣知道他日子艰难,不好当面说,托人转手借了两石粮食给他,要不是这两石粮食,他们五口人早就没饭吃了。

钱文虎是个老实人,他做了十多年长工,解放后,雇长工的人少了,他就专门打短。别人都知道他和钱文贵是远房兄弟,也知道他们并不对劲,钱文贵即使在本家也没有人说他好。

李昌也不赞成任天华的意见,却不服气张正典骂别人软骨头,他便嚷了起来:"典五哥！这次瞧咱们哥儿们的了。这次可比不得去年,去年你叫嚷得凶,那是许有武上北京了,他人不在家,谁也敢

37

骂他的祖宗;今年春上找个老侯,清算出一百石粮食,老侯那时病倒在床上,他儿子又小,大家心里盘算得罪他不要紧。这次,嗯!程仁!你是农会主任,你看今年该斗争谁?"

"今年是只分地嘛,还是也要闹斗争?"赵全功也跟着问。

"按土地改革,就是分地,只是——"程仁想起了孟家沟的大会,又补充道,"也要斗争!"

"当然罗,不斗争就能改革了?"李昌满有把握似的。

"只是,孟家沟有恶霸,咱们这里就只有地主了;连个大地主也没有。要是像白槐庄有大地主,几百顷地,干起来多起劲,听说地还没分,多少好绸缎被子都已经放在干部们的炕上了。"逐渐腐化了的张正典,对于生活已经有了享受的欲望——不过假如他真只是有某些自私自利,那倒是可以被原谅的。他还向不大舒服的赵得禄说:"咱们这些土共产党员可同人家不一样,不是村子被解放了,哪能像大海里的鱼,自由地游来游去。咱们都有个家,叶落归根,到底离不了暖水屯。要是把有钱的人全得罪了,万一将来有那末一天——嗯,谁保得住八路军站得长,别人一撅屁股就走了,那才该咱们受呢。干水池子里的泥鳅,看你能滑到哪里去?"

赵得禄瞧不起这些没骨气的话,要害怕,当初就不用干这一行。他心里骂他是动摇分子,又不愿得罪人,就不说出来。

张正典明白有人不赞成他的婚姻,都说他给钱文贵套走了。他觉得这些人真不讲道理,"钱文贵不是反动派,也算不了什么地主,八路军连他儿子也要去当兵,为什么咱就不能要他的闺女?过两年钱义要混得一官半职,还不是八路军里面叫得响的干部,看你们还有啥好说的?"过去他在村子上很得信仰,张裕民也很看重他,到这半年来,他就一天天脱离了大伙,他觉得别人对他抱意见,他也就少管事,他的想法,说话,也就常常和别人不一样,有时他为怕别人打击他,就装得很左,有时又很消极,在后边说些泄气的话。

李昌还在追着问:"咱们这次该斗争谁?"

这个问题把大家都难住了,他们脑子里一个一个的去想,有时觉得对象太多,有时又觉得都不够条件,或者他们想到过谁,却有顾忌,他们不好说出来。

"这还要费脑子么,当然拣有钱的,哼!李子俊的甜馒头不错啊!你们都哑了?董主任不是说过土地改革是要消灭封建剥削大地主?依我说,明天就把他看起来,后天公审他。"张正典又做出一副理直气壮的样子。

李昌也争了起来:"拔尖要拔头尖!像李子俊这号子人,并非咱们是一个姓就来护住他,他有钱是有钱,可是在咱们手里他敢动一根毛,叫他向东他就不敢向西。"

张正典也接下去:"那末依你说,守着地主不斗争,是不是只有许有武才有条件?难道还得上北京把他找回来?你说咱怕他,好,只要你能找回来,咱就敢毙他。"

"哼!好费话!"赵全功也忍不住了,"咱说,你们谁也不要包庇谁。这些有钱的,吃冤枉的,作践庄户主的,谁也不能放过他。"

这把两个人都说得生气了,两人都跳起来质问他,可是赵全功还要补充说:"谁有心病,谁自己知道。"

赵得禄为解救这个要坏了下去的局面,便问大家要不要临时立个大灶,安几口大锅。他们都知道有些村子就是这样。去年暖水屯闹清算也安过。这样办起事来方便,干部们和民兵在一道吃饭,叫人有人,免得稀稀拉拉为了回家吃饭误事,这样大家也更有劲。可是又有了两个意见,而且又冲突起来了。张正典说干部日夜要开会,民兵日夜要放哨,当然要,白槐庄就是这样,五六十人一道吃饭,可不多热闹。这又不要另外开支,有什么吃什么,现存的胜利果实,有什么不应该。程仁反对这个意见,说这是浪费,干部们要开会,老百姓也要开会,民兵放哨,民兵还要打仗呢。再说区上来的几个同志,他们已经交代过了,他们有粮票菜金,哪一家都可以去吃饭,动不动胜利果实,胜利果实该归老百姓,难道就让干

39

部吃光了？要是没有胜利果实吃，干部就不开会了？程仁这一着意见立刻得到大家的拥护，把张正典气得噘着个嘴，咕噜着："你们就会说漂亮话，看你程仁这回分不分地！"

李昌趁机会也说："你就是和大伙儿闹对立，你要不想包庇人，咱就不信。"

张裕民本来老早就想进去的，但他觉得当他们争论的时候，尤其是今年该斗争谁的问题，他很难发表意见，因为他还没有和区上的几个同志取得一致的意见。他们刚来，他和这几个人也还没搅熟，没有和他们搅成一体。他曾想起县上的章品同志，那是一个非常容易接近的人，尤其因为他是来开辟这个村子的，他了解全村的情况，对他也完全相信的。现在他看见屋子里的人们，要闹起来的样子，他最怕自己人先闹个不团结。他跳下柜台打算走进去，不防却一把被刘满抓住了。刘满不知怎么知道了许多人都在这里，也跑来站在外边听，他这时一手抓住张裕民，一手在空中划着，一个字一个字好像警告他似的说："三哥！老实说，嗯，告诉你，拔尖要拔头尖，吃柿子拣软的可不成！嗯，这回，咱们就要看你这武委会主任了。哼！"他眼睛瞪得很大，像要吃人似的，又把两个拳头在赤膊的胸上擂，一说完也不等别人的回答，掉转头就大步地走出去了，口里还不住地带着察南说话时的特别腔调："嗯，嗯。"

张裕民没有防备他这一着，开始不觉骇了一跳，却立即站住了，也大声地送过去他有力的回答："有冤报冤，有仇报仇，你有种，你就发表！哼，咱还要看你的呢！"

里屋的人没听清外边说什么，都把头伸过来："三哥！快进来吧！"

他一走进去，便成了中心，大家都望着他，等着他发言。

他说道："咱们这里，连任天华也算上，都是党员，是不是？"

"那还要说吗？"大家给他的回答。

"不管日本鬼子在的时候就闹起的，还是解放后才加入的，咱们都是生死弟兄,是不是?"

"咱们有福同享,有祸同当,跳黄河一齐跳。"大家又响应了他。

"那末,咱们要是有啥意见,咱们自个儿说说,可不敢说出去。"

"那当然!"李昌证明着,"党章上有这一条。"

"工作,该怎么办,有董主任,还有工作组的同志,咱们党员,只有服从。"

"那当然,"李昌又补充他,"这是什么呀,呵……"他又在他的单衫的口袋里去找那小本子,还没拿出来,却已经想到了:"呵,是组织规矩。"

"这次该斗谁呢?说老实话,咱们也凭不了自个儿的恩仇去说话,咱们只能找庄户主大伙儿乐意的。他们不恨的人,你要斗也斗不起来,他们恨的人,咱们要包庇也包庇不来。"他把眼睛去睃了一下张正典。

"对,咱们是替老百姓办事么。"赵得禄也说了。他还想把张正典对他说的无耻的话说出来,可是一想,又咽了下去。

"咱们入党都起过誓的,咱们里面谁要想出卖咱们,咱们谁也不饶他。咱张裕民就不是个好惹的。你们说怎么样?"

"谁也不敢起这个心。"大伙儿也说了。赵得禄又把眼睛去盯张正典。他心里有点痒,好像什么东西咬着他似的。

总之,大家的思想是否就一致了呢,不一定,大家也并不明白明天该办些什么事,但大家都轻松了好些,他们的情感结在一体了。他们都有一种气概,一种赴汤蹈火的气概。

他们开始觉得天气不早了。

"咱们都回去吧,明天还要开会呢。"谁在提议了。

"对,明天还要开会,谁也不要下地去。"张裕民首先走了出来。

下弦月已经升到中天,街道上凉爽得很,安静得很。赵全功和钱文虎朝南走,剩下来的人都绕过豆腐坊朝西去,但正要转到巷子里去的时候,张裕民回过头,觉得队伍里少了一个人,而在靠北的

41

街边上,有一个人的背影。他心里完全明白了,却没有动声色,只悄悄地同李昌说了两句话。

十三 访董桂花

文采派杨亮参加村妇联会开会,杨亮一清早便去访问董桂花。他原在边区政府图书馆管理图书,年龄虽说不大,才二十五六岁,又没有进过什么学校,只在小学里读了几年书,但在工作中,尤其是在图书馆这一时期,他读了好些书籍。他不只爱读书,也还有一种细致、爱用脑子的习惯,所以表面看来他不过是一个比较沉静的普通干部,但相处稍久,就会觉得这是一个肯思想,有自己的见解,努力上进的青年。图书馆的工作虽给了他很多好处,但他却不希望再继续这个工作了。他常想去做地方工作,到区村去,因为他在去年年底曾经到过怀来乡下,参加村的清算工作,一个多月的经历,给了他很大的兴趣。他觉得农村是一个大的活的图书馆,他可以读到更实际的书。这些实际的生活,更能启发他和明确他的人生观,以及了解党的政策。尤其使他愿意去的是这里有一种最淳朴的感情,使他的冷静的理智,融会在群众的热烈的浪潮之中,使他感觉到充实和力量。他本来就是农村出身的,因为工作脱离了十来年,现在再返身到这里面,就更能体会这些感情,这是他在管理图书工作上所不能找到的。所以这次,他一知道政府准备派几个同志参加土地改革工作实习队,他就极力争取到这个机会。他是多么的愉快,他多么希望能在这次下来之中,做出一点成绩,和学得一些东西啊!因此昨晚文采同志分配他去参加妇女们开会,又要他去了解一下妇女的情形,虽然这使他感觉这工作对于他并不恰当,也不方便,但他也很乐意地接受了。他明白他们之中并没有女同志,妇女工作总是要人做的。他想,慢慢的来吧。趁着早晨凉快,去打听妇女主任的家宅。

他走进了村西头的第三条小巷。巷很窄,两边都是土墙,墙根下狼藉着孩子们的大便。有一个妇女正站在一家门口,赤着上身,前后两个全裸的孩子牵着她,孩子满脸都是眼屎鼻涕,又沾了好些苍蝇。她看见杨亮走了过来,并不走进院去,反转过脸来望,孩子也就在母亲身后伸过小脸呆呆地望着。杨亮不好意思去看她,却又不得不招呼,只好问:"你知道李之祥住在哪儿么?"

女人不急于答应他,像对一个熟人似的笑了:"不进来坐坐么?"

"以后再来看你们吧。你是谁家的?你贵姓?现在我要去找李之祥。"

女人仍旧那末憨憨地笑着,答道:"进屋里来吧,看看咱们的破屋子,咱们是赵家,是村副家里,赵得禄,你看见过了吧?"

"啊!你们就是村副家?"杨亮不觉望了这个半裸的女人,她头发蓬乱,膀子上有一条一条的黑泥,孩子更像是打泥塘里钻出来的。杨亮从心里涌出一层抱歉的感情,好似自己有什么对不起她们母子似的,他很自然地去抚摸那两个孩子,答应她以后一定来看她,又问老赵在家不在。

于是他匆忙地跑走了。女人在后边还大声地说:"就是隔壁,隔壁的院子里。"

李之祥已经下地里去了。董桂花也只穿一件打了补丁的背心,伸出两只焦黄的手臂,在院子里的葡萄架下松土。看见进来了穿制服的客人,很拘束地笑着,从架下走出来。

"吃了吗?"她不知道说什么才好。

"还没有呢。你是董桂花?我是来看看你的。"

"啊……"她从架下走了出来。

"今天晚上你们要开会的事,你知道了么?"

43

"知道了。唉,咱们这个妇女会没有什么开头呀,谁也不会说。"

"不会说,没关系,要是大家都不欢喜开会,咱们就不一定开会,找几个人道叙道叙也成。你看怎么样?咱们现在拉拉,商量商量出个办法好不好?"杨亮便坐在她屋子门外的土台阶上。

"您还没吃饭咧,咱去替您烧点吧。"她不顾他的阻止,仍旧跑进去了。再出来时手里端了一碗高粱米汤,递给杨亮,说道:"咱们吃的不像样,没有什么好吃的,喝碗米汤吧。"这时她已经把那件破背心脱了,换了那件唯一的白布单衫。

他并不同她谈妇女会的事,只谈些家常。开始的时候,她还很拘束,总是问一句答一句,后来就自己讲开了。她原来是关南人,也是受苦人。从前那个丈夫被日本抓去当兵,走了后就没信来。她还有一个儿子,丈夫走后家里就更没法过活,过不下去,又遭年馑,没有法,公公把她卖给一个跑买卖的了。她跟着他离开了家乡,后来时运不济,他又病死了,她才随着几个逃荒的到了这里。如今跟了李之祥,李之祥也是个穷人,老实。她自己呢,身体可不如以前了。可是生活逼着她,她还抽空做鞋卖,也赚不了几个钱,都是替几个穷街坊做的,他们都是些光身汉,又嫌街上买的鞋不结实。她如今还想从前的那个孩子,那孩子该有十多岁了。这些话平日也没个说处,这会不知怎么她瞧着这小个儿可亲热。他耐烦地听她说了这又说那,他还问来问去的。后来她也问起他家里还有没有父母,想不想家。原来他从小就没有了母亲,他是个孤儿,老父亲也是个庄户人,在家里种着四五亩地,几年也没有通消息了。他是跟着他的叔叔跑出来参加革命的。现在他是走到哪里,哪里就是他的家。他自己是个穷人,穷人家里就是他的家。他就愿意把穷人日子都过好了,他的老父亲也就有好日子过了。她听着他讲,心里替他难受,越觉他可亲。她又一定要去替他再热点饭来吃。他不肯,她便又替他装了一碗冷高粱饭,他吃得很香,他的肚子实在饿了,他还称赞那一小碟酱萝卜丝腌得好。这使她很满意。

他了解了这个村的妇联会的大概情形,它并没有固定的会员,要开会时,便挨家挨户的去叫,来的总是识字班的占多数。妇联会有两个主任,还有组织和宣传,大家都并不知道该管什么事,横竖有事都由董桂花一人去叫。实际工作是在识字班,识字班还有些成绩,在附近几个村子里算最好的,春上还表演过霸王鞭。但穷的妇女都没有时间去上课,也不喜欢打霸王鞭。识字班开始的时候是强迫上学,后来没法继续下去,只好随便了,来的大半都是家境比较好的。她们开会都不讲话,倒欢喜来听,有的是因为她们年轻,容易接受一些新的思想;也有的是受了家庭的指使,好多知道些事情。

她先告诉杨亮说妇女对村子上的事都不热心,后来又说妇女对分果实真注意得紧,不说张家分多了,就说李家分少了,要是自己多分得一把扫炕的扫帚都是欢喜的。妇女在开会的时候不敢说话,害臊,怕说错,怕村干部批评;会后就啥也不怕,不说这家,就说那家,同人吵架,还有打架的呢。

杨亮说:"李婶婶!"他叫她婶婶了,"我看你就很会说话,有条有理,她们选你当主任是找对了人啊。尤其是因为你受的苦多,这样才会懂得别人的苦处。咱们都是穷苦人,只有穷苦人才肯替穷人办事。"

他告诉她不要开会了,她只要挨家挨户的去找那些穷人,把刚才他同她讲的那些道理去告诉她们,同她们谈家常,听她们诉苦,看她们对村子上的谁最有意见,对村干部的意见也要说。

董桂花心里很舒服,她觉得他为人真对劲。开始当他刚进来的时候,她有一点怕他,怕他要她召集大会,要她在会上讲一套,那些事她是不容易做到的。现在呢,她只要去"串门子",他就是这么说的。只要去同人叙道,就像他同她谈话一样,这个她有准,别人

45

一定也会欢迎她的。她常常难受了就去找羊倌老婆,她们可谈得来呢。她答应他能行。连她自己都觉得她的枯瘦的面颊上泛着微红,她还以为是今天天气特别热的缘故。

阳光的确很灼热,他们坐在阴凉的台阶上,也慢慢地觉得火似的热气从四周逼来。他再三嘱咐她,才站起来往外走。她送他到门外,向他指点着她的邻舍。他想起答应去看赵得禄的,于是就走到隔壁的那个连门也没有的院子里去了。

院子很小,却很杂乱,没有人,杨亮只好大声喊老赵。原先看见的那个赤身女人便从房子里转了出来,她仍是很殷勤地招呼着。杨亮看见在房里还有一个穿得很干净,头发梳得放亮的年轻女人。那女人好像是害羞,把身子藏到屋角里去,只伸出一副雪白的脸探望着。杨亮不便进去,又不便走,只好问:"孩子们呢?"

"睡觉了。"中年了的村副的老婆很坦然地说,"到屋里去坐坐么?咱们家就这么一间半小屋,转身子也转不过来,这南边的两间,是咱们兄弟的,放得满满的一屋子破破烂烂。你不进来看看?他爹一会儿就回来了。"她又凑近了些,悄声说,"那是村长家里的,看人家穿得多精致。唉,咱要找件成形的衣衫也没有。"她自己把眼睛扫过她光着的膀子,和松松的下垂的乳房。

"村长家里的?"杨亮心里自己问着,却没有表示出任何惊诧,只温和的告别了这个好性子的女主人。女人回到屋子里去时,听到里面立刻发出吃吃的笑声。

十四　谣　言

杨亮回到南街上时,在另一条小横巷子里走出来好些人,他们都显着神秘的兢兢业业的神情,互相小声说着话,警告些什么。他们刚走到巷头上又站住了,回头再去望巷里的一家。杨亮不明白他们干什么,走到人群中间找到一个挂土枪的小民兵,问他这是回什么事。这个小民兵大约才十七八岁,白布头巾包着头,两个尖角垂在两肩上,他天真地望着杨亮,不答应,只憨憨地笑,看见杨亮老追着问,没有法,才不好意思的说:"咱也不清楚,老百姓迷信嘛!"

这时从后边又走上来一个人,也插嘴问:"你看见没有?"

"没有。"小民兵做出一副可惜的样子。

"什么?"杨亮再问时,那个人又跑回巷里去了。

杨亮也就跟着走进巷里去。

突然从那门里跑出一群人,有一个妇女披着头发,眼睛哭得红红的,手里抱着一个孩子。周围的人也屏住气,用着同情和恐惧的眼光随着她走,直跟到街上去。也有些人只站在远处望,慢慢地也就散了。杨亮觉得很奇怪,老百姓又都吞吞吐吐地不愿说。这是回什么事呢?他回头看见那家的大门并没有关,他被好奇心所驱使,决定闯进去看看。

院子里很清静,不像刚刚有过那末一大群人的。有一股香烛气味飘出来。他轻脚轻手的直往里走,在上屋里的玻璃窗上凑过脸去,看见里面炕上正斜躺着一个女人,她穿一身白衣服。她的脸向里,但她好像已经听到窗外边的声音,并不回过脸来,只安详的娇声娇气的喊道:"姑妈!你把刚才送来的葫芦冰① 拿到屋里来吧。"

杨亮赶忙悄悄地退了出来,说不出的惊诧。这时从西房又走出来一个老妇人,那浓烈的气味就正从老妇人身后的屋子里飘出来。杨亮有些莽撞地抢过去伸手就掀帘子,老妇人并没有拦阻,反朝杨亮频频地努着嘴,又噘着向北屋里指,她的脸又瘦又枯,干瘪瘪的,眼眶周围像镶了一道红边。已经看不清她的表情了,从她的

---

① 葫芦冰是苹果一类的果子,老百姓又叫果子,又叫冰子。

挤眼、努嘴也难使人一下明白她的用意。杨亮掀起帘子,走进去一看,原来这里正点着香烛,地下一个铜钵子里还有刚刚烧尽的纸钱,柜子上供了一个神龛,沉沉地垂着红的绸帐,白的飘带上绣着字,锡蜡台和锡香炉都擦得雪亮。杨亮又要去拉红绸帐幕,老妇人却又撅着屁股走了进来厉声地问道:"你是找谁的?你来干什么?"她的身体像一张弓似的站着,两只小脚,前后不住地移动着。

"这是什么?你们这里是干什么的?"杨亮逼视着那个老妇人。

这时院子里又响起那娇声的叫唤了:"姑妈,你在和谁说话?"

杨亮在老妇人身后也走出来。刚才那个躺着的女人已经站在门外的走廊上,一身雪白的洋布衫,裁剪得又紧又窄,裤脚筒底下露出一对穿白鞋的脚,脸上抹了一层薄薄的粉,手腕上带了好几副银钏,黑油油的头发贴在脑盖上,剃得弯弯的两条眉也描黑了,瘦骨伶仃的,像个吊死鬼似的叉开两只腿站在那里。她看见从西屋里走出来的杨亮,丝毫没有改变她慢条斯理的神情,反笑嘻嘻地问道:"你找谁?"

杨亮赶快往外走,说不出是股什么味道的心情,好像成了《聊斋》上的人物,看见了妖怪似的。他急步跑到街上,原来还是在酷热的炎日下,他顾不得再看什么了,忙着向前走,并忙着去揩汗,背后却传来胡立功的愉快的笑声。

"一上午你跑到些什么地方去来,让我好找。"

杨亮抓住他的手,露出精神不定的笑容,正想告诉他什么,李昌却不知道从哪里也钻了出来,大笑着说道:"哈哈哈,看你这个同志,你怎么就会跑到那个地方去的?"

"那是谁家?他家里是干什么的?供着菩萨咧。"杨亮赶忙地问。

"那是有名的女巫白银儿,诨名叫白娘娘的。"李昌眨着鬼眼,继续说道,"她是个寡妇,会医病,她那个姑妈也是个老寡妇,年轻的时候也会医病,如今传给她侄女了。哈……"他笑个不停,却又把头凑过来,悄悄地说,"别人都说她会治个想老婆的病……哈……"

胡立功也哈哈大笑起来,用拳去捶杨亮的背部。

"鬼话可多呢。"李昌又接下去了。他们三人边朝老韩家里走着,李昌又说:"真也奇怪,今天早晨在她家里出现了一条蛇,蛇又钻到屋檐下去了,她一早就下了马,下马,你懂得吗,就是她被神附了身,她代替神神讲话,说那是她的白先生显原身——呵,'白先生'你们不懂,那就是她供的神嘛!白先生说真龙天子在北京坐朝廷了,如今应该一统天下,黎民可以过太平日子了,百姓要安分守己,一定有好报,……她就常编这末些鬼话骗人,今天好些人都跑到她家里去看白先生。刘桂生的老婆抱着娃娃让她瞧病,她说白先生说的村上人心不好,世道太坏,不肯发马,药方也没开,把那个女人急得要死。"

他们已经走回老韩的家里,文采同志还伏在桌子上写东西,他们便继续谈白银儿。杨亮盘问着她的历史,李昌又说了很多笑话,胡立功咯咯地不断地笑。后来文采便一本正经地警告了杨亮,要杨亮注意群众影响,不要随便四处走。但杨亮似乎已经胸有成竹,他对于这种警告,毫没有放在心上。

十五 文采同志

文采同志正如他的名字一样,生得颇有风度,有某些地方很像个学者的样子,这是说可以使人觉得出是一个有学问的人,是赋有一种近于绅士阶级的风味。但文采同志似乎又在竭力摆脱这种酸臭架子,想让这风度更接近革命化,像一个有修养的,实际是负责——拿庸俗的说法就是地位高些——的共产党员的样子。据他向人说他是一个大学毕业生,或者更高一些,一个大学教授。是什么大学呢,那就不大清楚了,大约只有组织上才了解。当他做教育工作的时候,他表示他过去是一个学教育的;有一阵子他常同一些作家来往,他爱谈文艺的各部门,好像都很精通;现在他是一个正正经经的学政治经济的,他曾经在一个大杂志上发表过一篇这类的论文。

　　他又博览群书,也喜欢同人谈论这些书籍。有一次他同别人大谈茅盾的《子夜》和《清明前后》,以及中国民族工业的困苦的环境及其前途。人家就请教他,为什么茅盾在这两篇作品里同样安置一个那末精明、泼辣的女性,她极端憎恨她的周围,却又不得不像个妓女似的与那些人周旋。他就乱说了一通,还说那正是作者的恋爱观,又说那是最近代的美学思想。听的人都生气了,说他侮辱了茅盾先生。他以为别人要揍他了,才坦然的承认这两本书都没看,只看了《子夜》的批评文章,《清明前后》的序和一些演出的新闻。

　　另外一次,他在一个县委家里吃饭,想找几句话同主人谈谈,他便说:"你的胖胖的脸很像你父亲。"那个主人很奇怪,问:"你见过他老人家么?"他指着墙头挂的一张木刻像说:"这不是你父亲么?你看你的两个眼睛多像他。"不防备把一屋子人都惹笑了,坐在他对面的人,忍不住把满嘴的饭菜喷了一桌子。"天呀!那是刘玉厚嘛,你还不认识,同志,亏你还在延安住过。""刘玉厚的像我看得多了,这个不是的,这真不是你父亲么?"他还装出一副满不在乎的样子。后来才又自己解嘲说,这张像不知道是谁刻的,一点也不像,只有古元刻的最好,古元到他家里住过很久的。人家便又指着那木刻下边的署名,他一看却是古元两个字。这一来他没有说的了,便告诉别人,古元这个名字在外国如何出风头,美国人都知道中国共产党里有个天才的木刻家,古元同志。他认不认识古元,大家都不清楚,但他的确喜欢拜访名人,只要稍微有名的人,仿佛他都认识,或者知道他们的生平;他更喜欢把这种交往让那些没有机会认识这些人的人们,和也没有兴趣打听这些消息的人们知道。

这都是他过去的事。他在延安住了一年,学习文件,有过很多反省,有些反省也很深刻,并且努力改正了许多不务实际的恶习。他诚心要到群众中去,向老百姓学习。但他去了之后,还是爱发挥些理论,把他那些学问,那些教条,那些道听途说,全搬了出来。有时他也明白,这些不会帮助他接近群众,不过可以暂时吓唬住他们,和得到些尊敬,他便也很自满了。

这次他用研究中国土地、农村经济等问题的名义,参加土地改革的工作来了。组织上觉得让他多下来学习锻炼是好的,便要他正式参加工作。可是到了区上之后,区上并不了解他,只觉得他谈吐风生,学问渊博,对他非常客气,也就相信了他,要他做个小组长,代表区委会,负责这个二百多人家的村子——暖水屯的土地改革了。

工作还刚刚在开始,文采同志便意识到有困难,这还不是由于他对村子上工作有什么了解。而使他不愉快的,甚至影响到生理方面去的,是他觉得他还没有在小组中建立起威信。他认为胡立功不过是一个普普通通做做宣传工作的人,文化程度也不高,却很骄傲,而杨亮又是一个固执的人。因此不论考虑什么问题的时候,他都会顾虑到如何能使这两个人佩服他。他并不清楚妇女青年的情形,便分配他们去参加开会,他自己则领导农会,甚至不惜花了一个上午的时间,来起草他晚上的发言提纲。这个发言既要包括丰富的内容,又要有精湛的见解,这个发言即使发表在党报上,也将是一篇很堂皇的论文才好。

老董也被派到里峪去了。里峪离这里三里地,只有五十户人家。区上的意见,那里不另派人去工作,一切由这个小组领导。恰巧里峪住得有老董的哥哥,老董也很愿意去,所以今晚的农会,主要就要靠文采同志主持了。

到了下午,那两位年轻同志又不知钻到哪儿去了。张裕民来过一次,看见没有什么事,也走了。文采一个人觉得很疲乏,天气又热,他就很无聊的倒在炕上,温习他的发言提纲,一会儿他便睡着了,大约在梦里他还会重复地欣赏着自己的发言提纲吧。

十六　好像过节日似的

这天,很多家都把晚饭提早了,吃过饭,没有事,便在街上蹓跶。好像过节日似的,有着一种新鲜的气味,又有些紧张,都含着欲笑的神情,准备"迎春接福"一样,人碰着人总要打招呼:"吃了吗?""今黑要开农会呀!"大家都走到从前许有武的院子里去。院子空洞洞的,一个干部也没有,门口来了个民兵,横挂起一杆土枪,天气很热,也包着块白布头巾。他站在门口游来游去,有人问他:"什么时候开会呀?"他说:"谁知道呀!好多人还没吃饭呢,还有的在地里。"人们又退了出来,可是无处可去。有的就到果园摘葫芦冰去了;有的坐在小学校门口捧了半个西瓜在啃,西瓜水顺着嘴流到胸脯上;也有人嗑着瓜子,抽着烟。他们一看见有干部过去,就大声地嚷:"赵大爷!还不开会呀!叫红鼻子老吴再响遍锣,唱上一段吧。"赵得禄年纪也不过三十多一点,可是辈分大,人都管叫爷爷。他好像忙得要死似的,老是披着一件旧白布褂褂,总是笑脸答应:"嘿,再等一等嘛,天一黑就开会。"张裕民也不断从这里走过,一有人看见也要问他:"三哥,今晚开会有咱的份没有?""你真寻人开心,有没有份你自己还不知道,你在不在会嘛;是贫农就都有份!"旁边听的人都笑了,在不在会自个儿也摸不清,真是掉在糨糊锅里了。

有些小孩子看见这里人多,也走了过来,又看不出有什么,便呆呆地望一会,觉得不好玩,便又走向放了学的学校大门里。里面也很冷清,两个教员都不知到什么地方去了,剩下烧饭的在侧屋门口洗碗盏,他就是红鼻子老吴,村上有事打锣也是他。孩子们便又走到空地上,不知是谁唱着今天刚学会的歌子,这是那个姓胡的同志教的,大家就跟着唱了起来:"团结起来吧!嘿!种地的庄稼汉……"这末一唱又唱出几个老头子,他们蹲在槐树下,咬着一根尺来长的烟管,他们不说话,只用眼睛打量着四方。

妇女们也出来了。顾长生的娘坐在一个石磴上,这是到南街去的街头上,她知道今晚要开会,却并没有人通知她,可是她要打听,不管开个啥会,她都想听听。自从顾长生当兵去了,村干部却只给了她二斗粮食,大家都说她是中农;什么中农她不管,她儿子既然当兵去了,他们就得优待她,说好了两石粮食却只给二斗,什么张裕民,赵得禄……这起人就只管他们自己一伙人咧,丢着她老寡妇不照顾,她还是抗属呢。她坐在石磴上,没有人理她,她鼓着一个嘴,像同她的沉默赌气似的。

这时从她面前又走过一群女孩子,也有年轻媳妇,她们几个人叽叽喳喳的兴高采烈的走过去,还有人顺手掇着吃剩的果核。顾长生的娘忽地开口了,她叫住当中的一个:

"黑妮!今晚你们开会不啦?咱也是抗属,咱能来听吗?"

"只要开的是群众会,你就能听,有啥不能?咱也不清楚开不开,咱要去问妇女主任。"黑妮穿着一套蓝底白花的洋布衣服,短发蓬蓬松松的用夹子拢住,她不等顾长生娘再问话,扭头就又随着她的女伴们走了。

顾长生娘又不高兴了,朝着那穿粉红袜子的脚踪吐过一口痰去,心里骂道:"看你们能的,谁还没有年轻过,呸,简直自由得不像样儿了!"

黑妮一伙人走到西头去找董桂花。

她们几个女孩子都是识字班的,年纪轻,都喜欢活动,喜欢开会,虽然她们的家庭经济都比较不差,甚至还很好,但她们很愿意来听些新道理,她们觉得共产党的这些道理和办法都很好。今天一早便有人告诉她们说今天要开妇女会,她们好不高兴,识字班是常常参加妇联会开会的。可是一直也没有人通知她们。在上课的时候,她们大家相邀着,吃过饭,她们又挤在一块,天都快黑了,还谁也不清楚这回事,于是她们叽叽咕咕地商量了一阵,决定去问妇女主任。她们一路谈谈笑笑,不觉就走到董桂花门口了,可是谁也不愿走前边,你推我,我推你,一群人一涌便到了院子里了,大家又吃吃地笑了起来,还是黑妮叫了一声:

"李嫂子!"大家也不等董桂花答应,又推推攘攘的一群挤到房门口。她们才看见房子里已经挤得满满的,大约有七八个女人,四五个小娃娃,不知道她们在说什么,好像谈得很起劲似的,可是因为她们这一来,都停止了说话,板着一副面孔望她们。

"什么事?"董桂花也没有让她们进去坐,只冷淡地说。

"李嫂子!"黑妮还来不及丧失她的愉快的心情,"李嫂子,咱们来问你今儿晚咱们开会不啦。"

"开啥会呀!"那个羊倌老婆,叫作周月英的,翻着她的细长的眼睛,"别人今晚开农会呀!是贫农会呀!"她把贫农两个字说得特别响,她还把眼光斜斜的瞟过去,一个一个的去看她们。

"咱不是问的农会呀,"黑妮也感觉得有些不自在了,但她仍是好心肠地笑着说,"咱是问咱们的妇女会。"

"咱们的妇女会?"屋角里坐的一个小个子女人也冷笑了。

"黑妮,走吧!咱们犯不着待在这儿碰钉子!"同去的一个女孩子说了。

这时董桂花却跑上前握住黑妮的手,她想起黑妮在识字班教书很热心,很负责,从来不要去找她,她常常很亲热地叫着她,她要有个病痛,她就来看她,替她烧米汤喝,又送过她颜料,花线,鞋面布,李昌也常说她好,她便走过去安慰她说:"黑妮,别不高兴,咱们今儿晚不开会,啥时开会,咱啥时去叫你,喜欢开会是好事嘛,多少人就不愿来,咱们妇女就是死脑筋多嘛!"

"嗯……"黑妮像一只打输了的鸡,她侧过头往外走。

"不坐会儿么,黑妮,不送你了!"董桂花站在门口,看着走出去的一群和并不回答的黑妮的后影,她心里不觉嘀咕着:这姑娘确是不坏的嘛,她伯父不好,怎么能怪她呢?

可是屋子里却有人大声说:"这都是些……,哼!谁还不清楚,又想来探听什么了。"

董桂花赶忙说:"走,咱们去开会吧。今晚先去开农会,也听听人家是怎么闹的。咱们可不能不去,这回就是要把土地闹给穷人啦,咱们女人家也有份,穷人不去,穷人自己先闹不精密,事情就不好办啦!咱们走吧。"

"走,"羊倌老婆首先站起来了,她又展开她那长眉笑了起来,"咱就见不得这群狐狸精,吃了饭,不做事,整天浪来浪去的。"

这个瘦个子女人生就一副长脸,细眉细眼,有时笑得顶温柔,有时却很泼辣。羊倌总要三四天或五六天才回家来一次,有时甚至十来天半个月。她一个人生活,太孤单,又苦,不情愿,就常拿些冷言冷语来接待他,也不烧火,也不刷锅,把剩的一点粮食藏了起来,羊倌便从布袋里拿出二斤荞面,或一升豆子。羊倌告诉她谁家的老绵羊又生了小羊,却不告诉她又被狼偷走了两只的事,只说他们那只狗太老了,他们还想另外再找条好狗。羊倌又说来年不打算再看羊了,租几亩地种也好,再种上点麦子,年成要是好,就够吃,免得现买着吃,物价又涨得厉害。羊倌已经快五十岁了,没有一点地,没法才去做了羊倌。他看见这年轻窈窕的老婆尽着诉苦,尽着生气,就自己去烧火,可是老婆还站到院子里去,还尖着嗓子骂:"只怪咱前世没有修好的过,嫁给这末一个老穷鬼,一年四季也看不到个影子,咱这日子哪天得完呀!"骂着骂着,那老看羊人也就动了火,他会像拧一只羊似的把她拧进屋来,他会给她一阵拳头,一边打就一边骂:"他妈的,你是个什么好东西,咱辛苦了一辈子才积了二十只羊,都拿来买了你,你敢嫌咱穷,嫌咱老!你这个骚货,咱不在家的时候,知道你偷了人没有……"老婆挨了打,就伤心伤意地哭了。他是多么的冤枉了她呀!可是她却慢慢地安静了,她会乖乖地去和荞面,她做扁食给他吃。他便坐在炕火前面抽着烟,摸着他那像山羊胡子的胡子。她时时去看他,感到他是多么的可怜:热天还好一点,一到天冷了,也还得赶着羊群,冒着风雨,去找一些山坳坳有草的地方;也还得找个平坦的避风点的地方支起帐篷来,垫一点点蒿草,盖一床薄被,一年到头才赚得一点儿粮食,或者几匹布,或者一两只羊羔。现在他已经不年轻了,他希望回到地里来,有几亩地种。可是,哪来的地呢?每次回来,她总还要找他闹;到后来,她慢慢地觉得对他不起,就又向他送过去温柔的眼光。他也好了,过了一夜,他们就又像一对刚结婚的新郎新妇,难舍难分。她送他到村子外,坐到路口上,看不见他了才回来,她一个人的生活是多么的辛苦和寂寞啊!

这个瘦个子女人,好像除了她丈夫的拳头就没有什么可怕,也没有什么可以慰藉。所以常常显得很尖利,显得不可忍受。她在村子里是个不怕事的女人,她吵嘴打架都有过。在去年和春上的斗争里,她是妇女里面最敢讲话的。她的火一上来,就什么也不顾忌了,这时就常常会有一群人围着她,团结在她的激烈之下。

大家都走下炕来,娃娃们也嚷起来了,只有一个老太婆说她可不敢去。

董桂花去牵她,说:"姑妈!你要不去开会,就啥也不会明白,就翻不了身啦!"

"唉,"那老太婆叹气说,"咱可不敢去,你姑父那顽固劲,你还不清楚么?他今晚要去开会的,咱一去,他就看见咱了。他去,啥也不说,回来也不说,他自己宁愿去开会,只为怕别人叫咱清槐去。他说,好好赖赖,都让他老头子顶了吧。他要看见咱去了,准会给咱一顿臭骂。唉！咱们全给他没法办……"这个老太婆是侯忠全的女人。侯忠全也是这村子上有名的人物，他把春上分给他的一亩半地，又悄悄退还给侯殿魁了。他儿子清槐气得跳脚，骂他老顽固，他还拿扫帚追着儿子打呢。农会知道了，出来干涉，他不认账，还瞒着，农会也就没有什么办法。

"你就不能骂他，告诉他如今世道变了？谁也不能像他那样死奴才根子，死抱住个穷不放手呀！"羊倌老婆又像一个麻雀子似的叫了。

老太婆还是执意不去，她一个人回去了。这群女人也动身到开会的地方，许有武的院子里去。

这时已傍黑了，人站得远一点就看不清是谁。街口上时时有民兵巡逻，许有武院子的大门外，站得有十多个人和挂枪的民兵，谁走来他们也凑过去看看。顾长生的娘也站在门外，他们不让她进去，劝她道："你老人家回去吧，天黑了。"又有人说："你要什么明天找村干部吧，别老站在这里。"她却咕哝道："咱爱站么，连街道上也不准人站了么？要是咱长生在家，你们，嘿，嗯，还说优待抗属咧，连大街上也不准人站了……"大家只好说："好，你爱站，站吧。"

院子里已经挤得满满的，说是贫农会，实际一家只来一个人的多，也有很多中农。四周的台阶上，一团一团的坐着，只听见一片嗡嗡的声音。天上星星很明亮，看得见屋脊上还有人影，那是放哨的民兵。张正国自己也是来来去去，检查了这个，又检查那个。民兵们很喜欢他们的队长，虽说在他底下不容易偷懒。李昌在这里也不知忙些什么，一会儿跑出，一会儿跑进，又叫这个，又叫那个。赵得禄还披着那件白短衫，点了一盏灯，放在上边台阶上的桌子上。

董桂花她们进来的时候，顾长生的娘也跟着进来了。她们妇女站在一个小角上，董桂花看见杨同志正同几个人在谈话，一群人围着他，时时听见从那里传出呵呵呵的笑声。

胡立功也在台阶上出现了,李昌大声说道:"咱们学一个歌好不好?"有两三个年轻的农民答应了他,胡立功便唱着:"团结起来吧!嘿!种地的庄稼汉……"

但许多人都焦急地望着门外,他们等着张裕民,等着农会主任,他们都用着最热切的心来等着今晚的这个会。他们有许多话要说,现在还不知道该怎样说,也不知道敢不敢说,他们是相信共产党的,可是他们还了解得太少,顾忌太多。

十七　六个钟头的会

当文采同志走进院子里来的时候,从黑的人群中响起了掌声。大家让出一条路来,随即又合拢去,挤到桌子跟前,几个干部又拉出一条长凳。文采同志稍微谦虚了一下就坐下去了。全场人的眼睛都集中在他身上,他微笑地望着大家。

程仁,那个年轻的农会主任,穿一件白布短褂,敞着胸口,光着头,站在桌子前面。在微弱的灯光下,也可以看见那两条浓眉,和闪烁的眼光。他有一点拘谨,望了望大家,说道:"父老们!"

底下的人都笑了。有人便说:"不要笑嘛!"

他再接下去:"今天啊!今天开这个会,就是谈谈啊,谈谈土地改革啊,你们懂不懂?听精密没有?"

"听精密了。"大家答应了他。

靠桌边站着的一个红鼻子老头,伸长着脖子大声说:"有啥不精密,把财主家的地,拿出来分给庄稼人嘛,让种地的人有地种,谁也要种地,不能靠剥削人吃饭啦!"他又把眼睛望着文采,手也伸出去比画:"咱们去年就改革了一家子,去年斗争了许有武,清算了八百多石粮食,把他的地,房子,牲口全顶粮食,分给穷人了,这个院子就是他的,同志!咱们算不算把他改革了?是这末回事么?"这个老头就是那个打锣的老头。

后边有人喊:"不要随便说话,听同志们说。"

"咱只说了一句话,不说就不说。"老头望着文采同志不自然地笑着。

"土地改革还有许多条道理,咱们今天就来把它闹精密,咱们请文采同志给讲讲,好不好?"程仁说完了,也不等群众说什么,自己先鼓起掌来。

"好。"跟着一阵响亮的掌声。

文采站了起来。底下传过一片絮絮的耳语。人都往前挤近了些。

"老乡!"文采的北方话很好懂,他的嗓音也很清亮。"咱们今天是头一回见面,也许——"文采立刻感觉到这两个字不大众化,他极力搜索另外的字眼,可是一时找不到,想不起,他只好仍旧接下去:"也许你们还有些觉得生疏,……觉得不熟,不过,八路军老百姓是一家人,咱们慢慢儿就熟了,是不是?"

"是。"有人答应了。

"咱们这回是闹土地改革,土地改革是什么呢,是:'耕者有其田',就是说种地的要有土地,不劳动的就没有……"

底下又有人悄声说话了。

程仁喊:"不要讲话!"

文采便依照着他所准备好的提纲,说下去了。

他先说了为什么要土地改革,他从人类的历史说起,是谁创造了历史的呢?他又分析了国际国内形势,证明着这一政策的切合时宜。开始的时候,文采同志的确是很注意自己的词汇,这些曾经花过功夫去学习的现代名词,一些在修辞学上被赞赏过的美丽的描写,在这个场合全无用了。因为没有人懂得。文采同志努力去找老百姓常用的话,却懂得这样的少。后来他又讲到应该怎样去实行土地改革,翻来覆去地念着"群众路线",而且条款是那末的多,来了第一又是第二,来了第五,又还来个第一。因此他自己也就忘记注意他的语言,甚至还自我陶醉在自己的"详尽透辟"的讲演中了。

底下的人都吃力地听着,他们都希望听几个比较简短的问题,喜欢一两句话,就可以解决他们的某些疑问。他们喜欢听肯定的话。他们对粮食,负担,向地主算账,都是很会计算,可是对这些什么历史,什么阶段,就不愿意去了解了,也没有兴趣听下去。他们还不能明了那与自己生活有什么联系。

他们大半听不懂,有些人却只好说:"人家有才学,讲得多好呀!"不过,慢慢地也感觉得无力支持他们疲乏的身体了。由于白天的劳动,又加上长时间的兴奋过度,人们都眼皮涩重,上边的垂下来了,又用力往上睁,旁边的人也拿肘子去碰他。于是有些人悄悄地从人群里走了出来,坐到后边的台阶上,手放到膝头上,张着嘴睡着了。

杨亮写了一个条子给文采,文采看后揉成一个小团,塞到裤子口袋里。

顾长生的娘,老早就不愿意听了,她要出去,羊倌老婆不准许,后来有个娃娃哭了起来,他妈抱着他硬要回去,顾长生的娘也帮着她,说:"开会,总要大家情愿嘛,还能强迫人!这可把人憋死了,我五十岁了的老太太,露水都打湿了衣服,着了凉生病谁管呀!咱长生又不在家……"

"这个老太婆真讨厌,谁叫你来的!横竖进来了的就得听到底!你走,你走!门口还有民兵呢。"

"啊哟哟,好凶!当了个妇女主任,就这末瞧不起人,咱又不是汉奸,咱怕你!"

许多人正觉得站得很困,听到这边妇女吵,就都回过头来,踮着脚去看,一个小民兵也嚷:"谁吵,就把谁绑起来。"

说话的声音更多,嚷成了一片,文采同志讲不下去了,他只好停下来,看着这群无秩序的听众,涌上一阵烦躁。

"不要吵啊!安静一点!"站在文采身后的一个干部,死劲地叫。

许多人都跑出去拉劝了,做好做歹,才把那两个要出去的女人放走,还听见顾长生的娘在院外大声说:"捆人!拿捆人来吓唬人,捆吧,看谁敢?……"

干部们又赶来维持着会场,张裕民也站出来说:"咱们还是开会吧。咱们今天听文同志讲,大家要用心听,有啥不懂,咱们明天再问他。咱们自个儿总要把这些问题闹清,咱们是农会么,这是咱们自己的事,是不是?咱们还是耐心的听着点。"

老百姓才又一个一个的站回了原位,有些留在后边,台阶上已经坐满了人,他们就靠着柱子。

会议又继续了下去。民兵队长张正国,他本来就是个坐不住的人,听不进去,便到街上去查哨,兜了一转。回到院子里,看见文采还在讲,于是他又上了房;房顶上一片月光,微风吹来,穿单衣也觉得有些凉。他极目四望,围绕着村子三面的,都是黑丛丛的树林,月光在这丛丛的林子上边,飘浮着一层灰白,连接到远远的沥青色的天,桑干河就隐立在那林子后边。林子里有几处冒上来一层薄烟,这烟不直冲上去,却流荡在附近的一片林子上。月光透过去,更显得朦胧轻柔。那是看园子人,为了薰逐蚊虫而烧的蒿草艾叶。天上的星稀疏而明亮,天河也只是淡淡的一抹白色。北斗星已经横下去,左近不知哪家的毛驴又喀喀喀的叫起来了。张正国再看看三个哨兵,他们都坐在屋脊上,托着杆枪或者横抱着,其中有一个悄悄地走近来,低低地叫:

"队长!队长!"他靠近了些,又说,"庄稼户都瞌睡得不行了,谁也听不懂,主任们讲得太长,太文……太文化了。队长!你记下他讲的是些啥么?"

张正国却答道："人家是为咱办事嘛，咱们就得操心。咱们要警卫得好。"

院子里黑沉沉的，灯油快干了，程仁挑了几次灯捻，胡立功又去文采耳旁说了几句，文采才结束了他的演辞。就这一下，许多人都清醒了过来，他们不等程仁宣布散会，就稀稀拉拉地往外走。程仁不得不大声通知："明天晚上早些来！"

从识字班的教室里，走出了几个揉着眼睛的干部。李昌糊糊涂涂，莽莽撞撞地问："散会了？散会了？"

张裕民伴着文采同志几人回去，一路上谁也不吭气。有几个农会会员走在他们前边，那群人也无精打采。他们大声地打呵欠，里面更有一个人说起怪话来了：

"身还没翻过来，先把屁股坐疼了。"

另外一个回头看了张裕民他们一眼，就赶上去撞那个人。那个人没有说下去，只啊啊啊的笑了几声，他们加快了脚步走远了。

杨亮问："是谁？"

张裕民答："还不是那两个胡捣鬼，嗯，复员军人呢。一个是张步高的兄弟，一个就是你们房东的儿子。"

他们到了家，韩老汉还没睡，忙着过来殷勤的问讯。胡立功严肃地说道："咱们今晚大家好好谈谈吧，工作究竟该怎样搞呀！"

文采同志从会场出来，一路上只感到辛苦和兴奋，觉得这个会开得还算不坏。他听到胡立功这种很不满的声调，不免一怔，也觉得不舒服，只想顶他几句。可是转念一想，是非自有公论，何必显得自己那末小气呢？他便仍保持了他的高兴，问张裕民道："老张！你对今晚的会有什么意见呢？你觉得不需要向农民解释，先作一个思想动员么？"

张裕民还没想好怎么答复，胡立功却抢着说了："好一个思想动员，一个会开了五六个钟头，就听一个人讲，谁要不瞌睡那才怪。文同志！原谅我心直口快，你就没有看见许多人都睡着了么？加上你的话,唉,实在太不群众化了。"

文采并不会为这几句话而失去了自信,他只感到胡立功的幼稚,他到桌子上拿起来一本《北方文化》,冷静地说道:"农民么,农民本来就落后,他们除了一点眼前的利益以外,就不会感到什么兴趣。这得慢慢地来,先搞通思想;想一下子就轰轰烈烈,那是不可能的,那只是小资产阶级的思想。我对今晚的会倒很满意,虽然,我承认我的话老百姓味道少一些。"于是他翻开了书本,去找他要阅读的一篇文章。

"你不要太看轻农民了。农民固然文化低,不会讲理论,可是农民老早就懂得战争,和怎样要土地了。"胡立功又说了,为证明他的说话,他更说道,"老张!你是本村人,对村上的事最熟悉,你也有过斗争经验,你说,照这样开会下去行不行?"

杨亮也不让张裕民说话,抢着说:"会是要开的,也需要向老百姓解释土地改革是回什么事,这个会当然也有它的作用。不过——今天太晚了,有话咱们明天说吧。"

"今晚就谈谈有什么要紧,老张又不是外人。"胡立功还愤愤不平的。

"老张还是主角呢。村上的事当然还是他们村干部最了解。我的意见是今晚都太疲倦了,就谈也不会有什么结果。今晚大家都多想想,明天再谈不更好些么。老张!你的意见怎么样?"杨亮用有把握的神情望着他。

"对,老杨!就照你说的这末办吧。文同志!你休息吧,咱走了。"张裕民很知趣的就往外走。

"等等,老张!我来替你关门。"杨亮追了出来,他拍着老张的背,低声地说话。两人走到了门口,他说:"老张!工作中总要碰钉子的,今晚的会,我也知道稍微嫌长了些,讲话又不合老百姓口味。不过也算不了什么,第一天嘛,总得谈谈土地改革的内容。你也是解放以前的党员了,又是雇工出身,有意见多向咱们提。在群众面前不要随便说,多听他们意见,站稳立场。村上的事,你要多操心。我们是新来的,有事都得和你商量。不要作难,有困难大家设法解决。咱们明天慢慢再谈,总要把这回事做好,对不对?"

张裕民虽然有他的稳重,却喜欢痛快,他答道:"好,老杨,咱们明天说吧。村子上的事,看着就这末几户人家,可不容易办咧,啥人都有。好在有你们在这儿,你们多出些主张,咱们就照着办。你们这一来,咱们就得好好儿向你们学习。"

杨亮最后更说道:"只要我们依着毛主席的指示,走群众路线,启发群众,帮助群众,一切和群众商量,替他们出主意,事情总可以搞好的。老张! 我们都要有这个信心,我们还得加油干!"

十八　会　　后

开完了会,董桂花同几个妇女回家去,月亮照在短墙根前,路两边高,中间低,又有些石块,抱着娃娃不好走,男人们都走在头里了,就撂下她们几个在后边高一脚低一脚走着。一个哭着的小孩走在她们中间,他妈手里抱着一个,一手牵着他,一边骂:"哭,哭,你作死呀! 你娘还没死呢。等你娘死了再哭吧。"

"小三,别哭了,就到家了,明天买麻饼给小三吃啊!"董桂花也去牵他。

"唉,拖儿带女的,起五更,熬半夜,这是造的什么孽呀! 六嫂,你怎么不叫小三爹带他呢?"另一个女人说了。

"唉,算了,他爹更不顶,开会都没来。农会主任找他,他说有咱就算数。他实在困得不成,连着两宿半夜就动身赶沙城去卖果子,来回六十里不打紧,要过两趟河呢。"

"你们贩的谁家的? 果子还不算太熟嘛。"羊倌老婆也问她。

"咱们哪里来的钱贩果子,是替李子俊卖的,李子俊说缺钱使,赶忙选着一些熟了的,就挑去卖了。我的祖宗,你别哭了吧。"

"有几亩果园到底好,就看着也爱人。"羊倌老婆叹息着。

"咱们村那末多园子,就没有一处是穷人的。要是穷人翻了身,一家闹一亩种种多好。"董桂花也羡慕地说着。

"是嘛,也少让孩子们看着嘴馋。"

小孩听着大人谈果子,哭得更凶了。

"天呀!翻身,翻身,老是闹翻身,我看一辈子也就是这末的。明天死人咱也不来了。"

"李嫂子,"羊倌老婆好像忽然想起了什么似的,"咱说要翻身嘛,就得拔胡楂,光说道理,听也听不精密,记也没法记,真没意思。"

"嗯。"董桂花不愿说出自己有同样想法,她以为要是说了,就有些对不起那个杨同志。

当她们已经快要转进小巷的时候,她们听到从西边地里传来凄惨的女人的声音:"小保儿,回来吧!"接着是一个沉重的男低音:"回来啦!"女人又重复着那哭声:"小保儿,回来吧!""回来啦!"也跟着重复着。

"刘桂生两口子真可怜,他小保儿的病怕不支了,连白银儿也没法,她的神神不肯发马了。"那个抱孩子的女人更搂紧了怀抱着的孩子,"唉,快走吧,小三,看两步就到家了。"

"她的白先生说人心坏啦,真龙天子在北京出世啦,北京自古儿就是天子坐龙廷的地方嘛!"不知是谁也述说着。

"嗯,听那些鬼话!咱就不信!"但已经再没有人附和羊倌老婆的话了。

她们转入小巷,还听到那"小保儿,回来吧!"的衰弱的,战栗的声音,在无边的空漠的深夜中哀鸣。

董桂花到家的时候,她男人已经点燃了灯,独自坐在炕头上抽烟。她说:"还不歇着,快鸡叫了。"她拿着笤帚在炕席上轻轻地扫,从铺盖卷上拉过一个荞麦壳的方枕,"睡吧,今儿睡得晚,倒不觉得炕热。院子里没砌个灶真不成。"她自己走下地,把那件白单衫脱下,抹上一条破得不成样的围胸,又说,"小保儿怕靠不住了,刘桂生两口子在野地里叫魂呢。白银儿的神神也不发马了。怎么,你睡着了?看你,又那么噘着一口气,谁怄你来了?橱里有一瓣西瓜,你吃不吃?"

"哼,看你兴头的,"李之祥摆着副冷冷的面孔,谁也没怄着他,可是他总觉得心里不舒服。想说老婆一顿,也没有什么好说的,"赶明儿你就成天开会去吧。"

"哎,你没有去?又不是咱爱去,还不是干部们叫的。"

"啊!你也是干部嘛!咱看你能靠共产党一辈子,他们走了看你还靠谁,那时可别连累了咱。"

"哎,那时答应他们做个啥劳什子妇女主任,张裕民还给你说来,你又没说不赞成,如今又怪咱,咱横竖是个妇道,嫁鸡随鸡。咱穷日子过了一大截,讨吃到你们这搭儿的,再坏些又熬个讨吃,咱还怕?去开会还不是为了你?你今天也想有一二亩地,明天也想有一二亩地,要不是张裕民,春上你想借得到那十石粮食?总算有了几亩地种了,你就忘了秋后要填的窟窿。土地改革又不会分给咱什么,好赖咱靠着你过日子,犯不着无头无脑生咱的气。"她吹熄了灯,赌气睡在炕那头不响了。

这老实人李之祥,也不再说下去,他把烟锅里的一点红火磕在窗户台上,又装上一袋烟,接住那点火,抽燃了,叭叭叭的使力的抽着,怪老婆吗?他不怪她,他了解她的心。可是,他想起白天他堂房兄弟李之寿告诉他的话。李之寿也是穷人,他们两个在歇晌的时候碰着了,李之寿露出一副机密的样子问:"说许有武要回来了,你听到过没有?""真的吗?"李之祥一听到许有武要回来,心就不安了起来,他那五亩葡萄园子,就是在张裕民手里买的他的,作价只抵市价一半。

"知道真呢不真,咱也是听人说的,还说八路军在不长,你看这事怎么闹的?"他更把嘴凑到他堂哥哥耳朵上,"说钱二叔接到过许有武的信,他们要来个里应外合。"

这话使李之祥没法回答了。

李之寿又补充着:"他是脚踏两只船,别看他儿当八路,水萝卜,皮红肚里白。"

他们两个人还谈了半天,只是没法办。钱文贵是八大尖里的头一尖,村子上人谁也恨他,谁也怕他。要是干部们也不敢惹他,大家趁早别说话。钱文贵总派得有耳目,看谁和他不对,他就治谁。李之寿也买了三亩葡萄园子,两兄弟越说越没了主张,谁敢担保八路军能在长?"中央"军的武器好,又有美国人帮助。但李之祥对八路军是不绝望的,他觉得他们是向着穷人的,会替穷人打算盘。他们总有办法,说不定他们已经把钱文贵扣起来了,许有武是回不来的,因此他又跑去开会。文采同志讲了那末多,有些他听懂了,觉得还有意思。后来却越听越不懂,他很焦急,又使不上劲似的,他心里说:"唉,你吹些什么呀!你那末高兴地讲,谁也不高兴听,你要不能把钱文贵扣住,把他们的同伙,他们的狗腿子抓住,你就给地也没有谁敢要。看明儿许有武回来了,你怎么招架他们的里应外合吧。"他不愿意坐下去,门口放哨的又不准回来,他心里便有些烦躁了。好容易等到散会回家,家里黑漆漆的,他去摸灯的时候,又倒了一手的油,他不免就有些怨恨老婆:"开会,开会,连家也不照一照。"躺在炕那头的董桂花,等了许久也不见他说什么,忍不住又说:"睡吧,明天还要帮大伯家割麻啦,不要咱去开会,咱以后不去就是。"

于是他告诉她:"少出头总是好的,咱们百事要留个后路,穷就穷一点,都是前生注定的。万一八路打不过'中央'军,日子又回到以前的时候,那可够咱们受的了。村子上的尖哪里一下就扳

67

得倒？……"

董桂花也只是一个女人见识,丈夫这末一说,她心也活了。她又想起小保儿,唉,白先生就说人心不好,不肯发马嘛!还说"真龙天子在北京,……"她不愿意真有这末回事,她希望一切都像那个杨同志讲的,可是,她男人的顾虑也是对的。他们是受苦的老实人,可得罪不起人呀!她很难过,有指望,没指望都不好受。她想来想去也想不出一条路,她又回想着自己过去的痛苦,她这一生就像水上的一根烂木头,东漂西漂,浪里去,浪里来,越流越没有下场了。她悄悄地流着泪,在沉默中去看那个老实的男人。疲乏已经使他的眼皮阖下来,他在享受着他唯一的享受。天却慢慢地在转明。

十九　献　　地

等李之祥醒来的时候,天已经大亮了,他听见窗户外边有人窸窸窣窣的在说话。他从那破纸窟窿看出去,听见他老婆小声说:"你公公答应没有?"

"没有,他老人家一句话也没说,扛起锄头就走了。"原来那背朝屋子站着的是李之祥的妹子,顾涌的儿媳妇。她又接下去:"一夜也没有回来,咱婆婆倒哭了。"

"本来么,地是一亩一亩置的,如今要他大片往外拿,怎么舍得?你们大爷怎么说呢?"

"大爷当面不敢说什么,背底下吵着要分开过。"她又悄声地问,"嫂子,到底怎么闹的,你们昨晚会上咋说来?"

"咱以后也不打算去开会了,没意思。"董桂花却只引起了昨夜不愉快的回忆。

"你们昨晚没说要斗争咱公公吧？咱老三顾顺说村上在疑心咱们了，说怕要斗争呢。"

"不会吧！昨晚没听说要斗争你公公嘛。文同志还说，自己下力的人，就是富有，也不分他的地嘛，怎么会疑心你们？村上就是这几个人，谁还不清楚谁呢？这几天村子上的话可多啦，还不知听谁的好呢。你们老三听谁说的？"

"知道老三是从哪里听来的？昨天开会就没要他参加，以前开会总有他啦，他是青联会副主任嘛。还听到派咱们是，是什么，是'金银'（经营）地主，真是，天知道！咱们家就是多几亩地，可是人多，要说金子，那是见也没见，就说银子，媳妇们连个镯头都没有呢，就几副银戒指，这就算什么'金银'地主？"

"你们家的地总算不少啊！就只平日老实，不是那些横行霸道的；说要斗争你们，咱想不会的，别忒多心了。"

"嫂子，咱们家已经闹得不成样子了，你到咱们家去看看吧，把昨晚文同志讲的话给学一学，让老人家也安安心。你不知道，献地还好一点，要是闹斗争，老头子可受不住啦，不送条命也落个半死。"

"咱等一会去吧，你哥还没有起来呢。"

"怎么，还没起来？"

这时李之祥便叫了她们一声。妹子也像老婆一样，蓬着头，脸黄黄的，眼皮肿肿的，李之祥便又问起刚才她们谈到的事。

事情是这末开头的：老头子两兄弟在院子里，商量着把胡泰的车送回去。弟弟说这是受人之托，只能等别人来取。哥哥说："泥菩萨过江，自身难保，送回去也好。"恰巧顾二姑娘回娘家来串门子，听到他们商量的话，便问她爹卖羊不卖。她说她们家在卖羊了，要是不卖掉也是白给人。她公公还说这一改革，要把全村都闹成穷人，谁要有点，谁就倒霉，如今这个世道，做穷人的大三辈。

女人们都不安心地站到院子里来了，两个老人家也不作声。

他们一辈子拉扯过来,不是容易的,好容易闹到现在这一份人家,可是要闹共产了。共就共吧,他们也没办法,但他们却舍不得出卖土地,也不愿分开。他们没有很多的羊,只五六只,那就更不算回什么事了。他们固然为着这个风声担心受怕,可是却更不高兴,觉得天真不长眼。后来街上敲锣喊开会,他们的顾顺便去打听,看见青联会有人也去了,他便也跑去。站岗的民兵不让他进去,他说他也是村干部。旁边有人就笑了,"你们家土地那末多,正要改革你们呢,你自己倒来了。"旁边又有人说:"村干部怎么样?连村长也不准进来,你就想来听会了?"接着还小声对人说,"这都是打听消息的。"顾顺年纪轻,脸皮嫩,他即刻感到站不住,悄悄地就走开了,可是心里非常难受。他是一个小学毕业生,是一个规规矩矩的青年,在村子里一向被人看得起。他参加青年联合会,也很热心,有时要写标语,他就自己到合作社挂私账买纸,买笔,买墨。他觉得八路军很好,他拥护他,还常常写信给哥哥,勉励他做一个光荣的军人,要他别想家。他觉得他不能去参加会,简直是很冤屈和很耻辱的。他有什么不对呢?他想怪别人,又不知怪谁好,慢慢他却对父亲生出不满来了。他以为是父亲连累了他。为什么父亲那末喜欢买土地,那末贪得无厌!要是少买一点地,那倒好些。他假使只是一个少地的农民,像李昌那样,倒也好些。尤其使他觉得难堪的,是他们派定了他是探子,只是为打听消息才去开会的,他又不是反动派,为什么会让人这末看他?他自己是想不出理由的,他愤愤地走回家去,正碰着他姐姐在说什么金银地主。顾二姑娘平日是恨她公公的,只有这次她却做了他的忠实传达者。她听见她公公说这次村子上要是闹斗争,就该轮到顾老二了,她害怕得要死,觉得要是不把这些话传给家里,她就是个没良心的人。顾顺看见他姐姐这末说,却忽然想到了另外一个问题。他说:"回到你那个家里去吧,不要同咱们有来往。要是你三天两头跑,咱们是掉到黄河也洗不清了。咱们有了你们家一份亲戚,真倒透了霉。只有你们家那个老头子,才是爱打探这打探那的。回去,要不走,咱就找同志们说理,要你家赔咱们的梨树。"顾二姑娘一听这,放声地哭了起来,边哭边骂道:"有了这份亲戚,又不是咱自个儿跑去的,还不是你们怕人家势大,才把咱丢了?如今共产党要你们的地,活该,谁叫你们有地啦!你们不情愿,找村干部说去,犯不着来撵咱……"顾顺又向他父亲说:"你老人家百事都得想开些,让人家在众人面前斗争,还不如自己先拿出去,咱们自己够吃了就成。只要爹和大伯一句话,咱就找张裕民去,这还有面子。"顾涌也不说儿子,也不答应,扛起锄头走了。大伯是个老好人,也不响。老大说:"分开过吧。咱们家人多,一分开就不像样了。谁愿意送人,谁就送吧。"顾顺还跳着脚骂:"一家死顽固,都是些落后分子,闹斗争,活该。等将来大伙儿都戴上高帽子游街,挨揍,咱可不能同你们一样。要是你们老顽固下去,咱就找二哥去,穿上一身二尺半,啥也不要了。那几亩地会跟你们进棺材的……"他的话只说得大家心里更乱,老太婆也哭了,还要劝着那个怄了气的女儿。家里像死了人似的,屋子显得空空阔阔。谁都憋住一口气,谁同谁都像有仇恨似的,就这样惶惶地熬过了一夜。后来还是老太婆想起了董桂花,她是妇女主任,又是亲戚,总会知道些情形。她便叫媳妇来问问,看看究竟怎么样,她们也好有个打算。唉,逢到了这种年头,真是新媳妇坐在花轿里,左右都是任人摆布啊!

李之祥听他妹子说完了,也提不出好办法,他觉得要是真的肯把地送出来,倒也是好事。本来么,他家自己就种不过来,总要雇短工,一个人够吃就对了,要那末多地干什么?要说斗争他这末户人家,那可不应该,他只说:"你们老三到底还是开通,有脑筋。到什么世界做什么人,如今就不时兴那个有钱有势压迫人的那种劲儿。要是你公公真能听他的,倒也好。人好人坏,大家眼睛看着的嘛,还能冤好人!为人不做亏心事,半夜敲门心不惊,也别怕斗争。劝大伯二伯别着急,路走到尽头总会转弯的,事情总有一天闹明白。你男人已经当了兵,你怕个啥,总闹不到你头上。你放心,先回吧,等吃过饭叫你嫂子过去看看。"

他妹子走了,董桂花烧起火来,她也不同她男人说什么。她觉得有些迷迷糊糊,假如顾涌家也被斗争,那不就闹到没有安生的人了?

二十　徘　徊

吃过饭,董桂花到顾家去了。李之祥觉得浑身发软,他答应替他大伯收麻的,也懒得去了。躺着又感到发慌,他便踱到巷头上,那边树荫底下蹲得有几个人,看杀猪。李之祥走过去,他们笑着问:"割一斤回家吃饺子吧,比集上便宜,一百六一斤呢。"李之祥也只淡淡地问:"生病了?""没有,好猪肉。""谁家的?大伏天杀什么猪,要是一天卖不尽不坏了?"大家却不答应他。隔半天,里面那个叫王有才的后生才说:"是咱哥的。咱哥听人说要共产了,他就这末口猪,也舍得杀了。他说一年四季没吃到什么肉,大家都尝尝腥味儿吧。卖得出去就卖些,卖不出去就自己吃,多搁些盐就不碍事。连挑到集上他都不情愿,说费那个事干吗咧。"这倒把大家都说笑了。大家说:"村子上论有钱人,要轮到你哥可早呢,真是着的什么急!"也有人说:"你哥真小气,就是共了你们一只猪,也没关系。村上就这二百多户人,不是大伯子就是小叔子,还请不得客?……"

李之祥也忘了问这群人为啥不下地去,自己又走开了。在大街上碰到了李昌,李昌的兴致仍旧很好,他喊:"大哥,没下地去?今晚还开贫农会呀!你早些来啊!""嗯。"李之祥懒懒地答应。"大哥,得起劲地闹,这是咱们穷人翻身的时候。你别信那些鬼话,说共产党在不长……""嗯!"李之祥想到昨天李之寿告诉他的话,他说:"小昌兄弟,"可是他没说出来,只说,"'中央'军有美国人呢。就拿咱们村子上讲,唉,穷人心笨,咱们都是老实人,别人有摇鹅毛扇的,赛诸葛……"李昌抢着说下去:"拔了他的鹅毛扇,怕什么!只要心齐,就不怕。我看你这劲儿就不行。"李之祥决不定告诉他不,李昌却走开了,只说:"害怕可翻不了身,晚上早些开会去吧,换换你那脑筋。"李之祥也不愿再说了,心里想:"唉,咱也想换换脑筋嘛,只是磨不开啦,咱们是翻不了身的。唉,你们翻了身,可要站得稳呀,别再翻过来才好。"

大伯一家人都收麻去了,女人们也不知到哪里去了,门上只剩一把锁。同院子的人惊诧地问:"李大哥,你病了?看你脸色白的!"

他退回来的时候,又串到了他姑丈家里。姑丈是个干瘪的老头子,刚泥完了屋顶,从房上爬下来,一身都是土。看见内侄来了,张开两只手,赶忙朝里让,一边说道:"怎么,今儿闲下了?咱这屋一年拾掇的钱可不少,太破了。前一晌那一场雨,漏得够瞧,院子里下大雨,屋子里就下小雨,院子里不下了,屋子里还在滴滴答答下不完。咱老早想搬个家,拿拾掇的钱添做房租,保险要住得宽敞些。只是,唉,别看你姑丈人老了,面皮可薄呢,开不出口嘛。这房子也是殿魁叔爷的,几十年种着人家的地,又是一家子,如今人家也在走黑运,墙倒众人推,咱不来这样事。哈哈,屋里坐吧,看你姑妈穷忙些什么。"他自己走进屋,在瓢里含了一口水,喷在手上,两手连连的搓着,洗掉了一半泥,剩下的便擦在他旧蓝布背心上了。

这个在四十多年前曾被人叫作糯米人儿的侯忠全,现在已经干巴成一个陈荞面窝窝了,只有那两颗骨碌碌转着的闪亮的眼睛,还没有改变旧形。

侯忠全的女人也笑着走下炕来:"唉,一年到头就忙着这点穷活,缝不完的破破烂烂。"她抱着一堆分不清颜色的破布,塞在炕头上，又接下去说，"你媳妇如今算有出息，东跑西跑忙的才是正经事呢。"

"快上炕，坐会儿吧，你也是难得有空的，先抽上一口。"老头儿把烟管从裤腰带上抽出来递给他侄儿，看见侄儿不爱说话的样子，把烟管推回来，便自己点燃了它，搭讪地说，"哈，一辈子就这末点嗜好，戒不了。"

侯忠全的女人，他姑母，昨晚害怕老头子，没有去开会，心里却老惦念着，她问道：

"昨晚你媳妇开会去了，你去了么？讲了些什么来？说又要闹清算，要把地均匀，谁种着的就归谁，真有这末回好事？"

老头子却忙着说："唉，一个妇道人家，老也老了，还爱打听，咱说这就不关你的事。还吵着要去开会，也不管自个听不听得懂，顶不顶事。还是守点本分，少管闲事吧。"

李之祥也赶忙答道："咱们家那个简直是封了王啦，好像她真能干个什么的。咱也摸不清，还是让去，还是不让。姑爹，你老人家说说，如今这会的事，到底会怎么样？村上人的话，各式各样，可多着啦。"李之祥觉得找到了一个可以商量的人，心里顿时觉得轻松了一点。

"你问咱么，"老头子摸了摸那几根短胡子，把眼朝两人脸上扫了一下，却笑了起来，"哈，不行了，咱这个脑子不时兴了。如今是新世界，新世界有新的办法，夜个人家同志说得多好呀！哪一桩不为穷人打算？不过——唉，咱这一辈子就算毬了。你姑妈，你表弟，表妹都反对咱老头子呢，要没有咱，他们都已经翻了身，发了财了，哈……你还是随着你媳妇吧，她是个能干人；如今是母鸡也叫明，男女平等，哈……"

"这就叫作问路问到瞎子头上来了。村子上谁还不知道你姑爹，把侯殿魁的一亩半地又退给人家了？你问他，他就会告诉你：'守着你那奴才命吧，没吃的把裤带系系紧。'嗯，树叶子落下来都怕打死人的,有啥好说的嘛,嗯!"平日拗不过老头子的姑母,今天就在侄儿面前,发起牢骚来,提起那最不愉快的旧事。

李之祥听着这两个老人,这个这末一说,那个又那末一说,心里又作难起来。他想起侯忠全这老头的固执,想起村上人对他的不同情,都骂他是死人,一点人气也没有,他便告诉他说,村上人讲,他若是肯出头的话,侯殿魁准得赔他十亩地和一所房子。

老婆便附和着答应,"嗯,可不是,嗯,嗯。"她还用眼睛在老头脸上搜索,想在那里找出一点仇恨,或者一点记忆也好。可是她失望了,老头子一点表情也没有,他打断了李之祥的话。

"唉,这全是老话,别提了。"显然他已经对这个谈话毫不感到趣味。他走下炕,收拾着刚才泥屋子的家什。李之祥只好站起来。老太婆心里很难过,送了侄子出来,悄悄地告诉他,说自己晚边要去看桂花媳妇,要他少理他姑丈,这老头儿不是个好东西。

二十一　侯忠全老头

侯忠全年轻的时候,并不是这个样子的,村子上的老人还可以记得,当他二十来岁的时候,在村子上曾是一个多么伶俐的小伙子。他家里在那时还很过得去,有十九亩半地,三间瓦房。他又在私塾里念了两年书,识得下许多字。他爱看个唱本本,戏本本,那些充满了忠孝节义悲欢离合的故事曾迷惑了他。他沉醉在那些英雄烈女,忠臣义仆,轰轰烈烈的情节里。他又常把这些故事讲给他的邻舍听,许多年轻人都围绕在他周围。他又学会了唱,扮谁像谁。过年的时候,村子上人都要找他,就爱看他的戏,他的父亲也禁止不得。他又讨了一个村子上最漂亮的姑娘,生了个白胖的小子,他父母正乐得什么似的。可是那年遭了年馑,他们借了他叔爷爷侯鼎臣家三石粮食,也就糊过去了。第二年利也没还上。侯鼎臣没有逼他们要账,只常常叫他媳妇去帮忙做针线,他们也没有什么话说,也不好有意见,这是人情呀! 又是自己一家,叫去,就去吧。只怪他媳妇也是水性杨花,和侯鼎臣的大儿子殿财竟勾搭上了。侯忠全听到了一两句风声,也不问青红皂白把媳妇叫回来打了一顿,要休她,媳妇心里觉得委屈,一赌气在夜晚便跳了井。殿财看见他心爱的女人死了,气愤不过,唆使了那女人娘家和他打官司。他坐了两个月大狱,赔了六亩地,才算把这案情了结。父亲气得生了一场病,到年底就死了,连买棺材的钱也没有。母亲要他又到叔爷爷家去借,他不肯,赌气过了年,母亲自己去借了十串钱埋了父亲。他在家里憋不过这口闷气,跑到口外帮别人拉骆驼,成年累月在沙漠地里跑。他开始还幻想着另打江山,发笔财回家。可是望不断的白云,走不尽的沙丘,月亮圆了又缺了,大雁飞去又飞回……整整五个年头,侯忠全的蓝布褂子穿破了,老羊皮短袄没有了袖子。家里带了信来,娘躺在炕上等他回去咽气呢。他没有法子,走回家去。家里已经住了别的人,娘搬在破庙后的一间土房里。他的白胖孩子成了一个又瘦又黑的小猴子。娘看见他回来了,倒高兴,病就转轻了。娘能起炕的时候,他却病倒了。娘守着他,求神问卜,替他找医生,也不知道钱从哪里来的,等他病好了,才明白几亩地全给了他叔爷爷了。可是现在他不能再走了,他得留在村子上给人家种地。这时候鼎臣和侯殿财都死了,他的第二个儿当了家。侯殿魁把他找了去,说:"咱们还是叔伯叔侄,咱哥哥做的事,也就算了,让亡灵超生吧。如今你的地在老人手上就顶了债,只怪你时运不好。你总得养活你娘你儿子,你原来的那块地,还是由你种吧,一年随你给我几石租子。"他低着头,没说什么,就答应了。搬到侯殿魁的两间破屋去,算是看在一家人面上,没要钱。从此侯忠全不再唱戏了,也不说故事。有好些年他躲着村上人,他把所有的劳力都花在土地上。他要在劳动之中忘记他过去的事,他要在劳动之中麻木自己。一年四季,侯殿魁常来找他,他就也常去帮忙。他不愿计较这些小事了,能做的他就去做。母亲也常去帮忙做饭做针线。到秋后把上好的粮食也拿了去,自己吃些坏的。侯殿魁总让他欠着点租子,还给他们几件破烂衣服,好使他们感谢他。侯殿魁更是个信佛的人,常常劝他皈依天帝;家里有了说善书的人,便找了他去。他有时觉得有些安慰,有时更对天起了怨恨,觉得太不公平了。正在这时,好像就对他这种怨恨来一个惩罚似的,他的孩子又因为出了天花死了。他的生活就更没有了生气,村子上就好像没有了这末个人。直到他母亲又替他找了个媳妇,这才又和人有了来往。这媳妇不漂亮,也不会说,他对她也很平常。可是这个穷女人却以她的勤劳,她的温厚稳定了他。他又有了孩子,他慢慢才又回复到过去的一种平和的生活了。他不再躲着人,甚至有时还讲故事。不过不再讲杨家将,也不讲苏武牧羊,他却只讲从侯殿魁那里听来的一些因果报应,拿极端迷信的宿命论的教义,来劝人为善。他对命运已经投降,把一切的被苛待都宽恕了,把一切的苦难都归到自己的命上。他用一种赎罪的心情,迎接着未来的时日。什么样的日子都能泰然地过下去,几十年来都是这样地生活着,他全家人都劳动,都吃不饱,但也饿不死。他不只劳动被剥削,连精神和感情都被欺骗得让吸血者俘虏了去。他成为一个可亲的老头儿,也就常成为一个可笑的老头儿了。

今年春上,大家斗争侯殿魁,很多人就来找他,要他出来算账。他不肯,他说是前生欠了他们的,他要拿回来了,下世还得变牛变马。所以后来他硬把给他的一亩半地给退了回去。这次他还是从前的那种想法,八路军道理讲得是好,可是几千年了,他从他读过的听过的所有的书本本上知道,没有穷人当家的。朱洪武是个穷人出身,打的为穷人的旗子,可是他做了皇帝,头几年还好,后来也就变了,还不是为的他们自己一伙人,老百姓还是老百姓。他看见村子上一些后生也不从长打算,只顾眼前,跟着八路后边哄,他倒替他们捏着一把汗呢。所以他不准他儿子和这些人接近,有什么事他就自己出头,心想六十多岁的人了,万一不好,也不要紧,一生没做亏心事,不怕见阎王的。但他在脸上却不表示自己的思想,人家说好的时候,也只捻着胡子笑笑。他明白,一只手是挡不住决了堤的洪水的;但他并没有料到,这泛滥了的洪水,是要冲到他家里去,连他自己也要被淹死的。

二十二　尽量做到的一致

不愉快的夜晚过去了。当张裕民回家以后,这三个工作组的同志是曾有过争辩的,但并不剧烈。文采同志以他的冷静,忍受了他们的率直。由于他在人事上的老练,也没有一定要坚持自己的意见,同时他也为着要把工作搞好,为着大家团结,文采同志是做到从未有过的宽容。虽然他并未被说服,也没有取消对他们的成见,但表面上总算一致,没有什么隔阂。

早饭以后,这院子里又热闹了。李昌带了黑板报的稿子来,又带来了他们在春天编好的一个梆子戏剧本。杨亮替他修改稿子。胡立功拉着二胡,他就唱起梆子来了。接着,村干部又都集合在这里了。文采同志向他们征求意见,想从干部中能解决一切问题,却又不能分别他们意见的是非,因为缺乏真实的材料作为依据,他要他们酝酿斗争对象。于是他们又吵成一片,又笑成一片;当他们意见不同的时候,他们就吵着,如同那晚在合作社:张正典和李昌对李子俊的分歧,张正典和程仁对顾涌的分歧。后来他们说到侯殿魁的花花牛的事,全体就笑了,侯殿魁把公款买了一头花牛,说是自己的。他们又说起侯殿魁在村子上设一贯道,赵全功还说自己也去磕过一个头,他学着侯殿魁的神气说:"荒乱之年,黎民遭劫,入了道,可以骑烈马上西天嘛!……"赵全功这末一说,把大家说得高兴了,又要他背诵真言,赵全功便念着:"双关窍,无太佛弥勒,子亥相招怀中抱,阿弥陀佛……"李昌便告诉文采他们,今年春天斗争老侯的时候,老侯说有病,不肯来开会,后来硬把他拉了出来,赵全功还打了他一耳光,说害了他,骗他入了道。他们又提到江世荣,又觉得他已经被斗过了,甚至有人还以为他现在态度好。不知是谁提出许有武的狗腿子王子荣,说去年就有人要斗争他的,没斗成;今年春上,区里同志说斗争目标不能太多,又放松了他。许有武当大乡长时,什么事都是他跑腿,后来许有武到新保安搞煤炭组合,他也去帮他做事,两只狗眼,可势利呢。他兄弟是个残废,他占了他的财产,却不给他吃好的,也不替他聘老婆。大家把他说了半天,可是后来一查他的财产时,原来他到如今还是个穷汉,勉勉强强连中农也算不上,他的残废兄弟也不过三亩半坡地,又不能劳动,全靠他养着呢,这怎么够得上条件呢?但大家认为仍须要彻底斗争和彻底清算。

这个会开得很长,人名提得很多,凡是有出租地的或土地多的,凡是当过甲长的,都提到了,材料也谈出了很多,可是没有结果。这些人都应该被清算,分别轻重,但似乎在这之中,找出一个最典型的人来,这个人是突出的罪大恶极,是可以由于他而燃烧起群众的怒火来的就没有。这些村干部每当提到一个人的时候,似乎都够条件了,但一详细研究,就又觉得为难。他们说:"咱们村上就找不出一个像孟家沟的陈武。"陈武过去克扣人,打人,强奸妇女,后来又打死过区干部;陈武私自埋有几杆枪,几百发子弹;陈武和范堡的特务在地里开会,陷害治安员,这些事都是有证据的,老百姓都知道。老百姓一知道这人该个死罪的时候,他们就什么也不怕,大家就把他往死里斗。暖水屯就没有一个这样的恶霸,也没有像白槐庄的李功德那末大的地主,有一百多顷地,建立过大伙房。假如暖水屯有那末大的地主,那末多的地,每户都可以成为中农了,还怕大家不肯起来?他们算来算去,怎么也找不出一两个为首的人来,到下午他们就散了。文采同志要他们到老百姓里面去打听,现在暂时不做决定;假如真的没有,也就不一定要斗争。干部们一听这话,气就更松了,却也不好再说什么,他们只得退出来,又准备今天晚上的农会去了。

　　文采同志在他们走后,写了一个汇报给区上,征求区上的意见,却并未给任何人看,他把它夹在一个记录本子里,等有机会的时候,叫一个民兵送到区上去,自己便又一个人,预备这天晚上的时事讲述了。他觉得胡立功反对他讲话,真是可笑:"农民什么也不知道,你不讲给他听,他不明白,他如何肯起来呀!胡立功只希望有一个热热闹闹的斗争大会,这不是小资产阶级架空的想法吗?"他也承认自己是缺乏经验的,但他也不承认他们的见解会比他高明。他们的微薄经验,有什么重大价值呢?没有总结过的经验,没有把经验提升为理论,那都是片面的,不足恃的。他承认他们比他会接近群众,一天到晚他们都不在家,可是这并不就等于承认他们正确。指导一个运动,是要善于引导群众思想,掌握群众情绪,满足群众要求,而并非成天同几个老百姓一道就可以了事的。毛主席完全了解中国人民,提出各种适时的办法,可是他就不可能成天和老百姓一起。所谓群众观点,要融会贯通的去了解,并非死死的去做。只有这些幼稚的人,拿起一知半解,当《圣经》看呢。但他还是原谅了他们。他觉得他们都只能是半知识分子和半工农分子,两者都有点,两者都不够,正因为两者都不够,就很难工作了。文采觉得自己还是要同情他们,在工作上也需要团结他们。这末想来,文采就比较坦然于对他们的让步了。

　　后来文采同志感到一个人在屋子里很寂寞。他很想知道他们到什么地方去了,他们在搞些什么,而且这群村干部们又在搞什么,他们究竟怎样想呢。于是他放下了笔,一个人踱到街头上来。

二十三 "下到群众里面去"

街上静静的,巷口上坐了两个女人,叽叽喳喳在谈话,看见文采同志走过来,就都停住了,四个眼睛定定地望着他。文采同志心里想,女人们总喜欢说闲话,她们为什么大白天跑到巷口上来说话呢,也不做活?两个女人等他一走过,便又叽叽喳喳起来,文采听不清,也听不懂,好像这次正说他自己,他只好装作完全不知道,转过巷口,向北走去了。他走到街头上,看不见一个认识的人。戏台前的槐树下,有一个西瓜摊,四五个老头子蹲在那里,他们并非买西瓜吃,就像守候着什么人似的。豆腐坊里面伸出一个年轻女人的头,特为来看他,又掉转脸去向里面说什么。文采一时不知向哪里走才好,去买西瓜吃,也不好,他便踱到黑板报跟前。那上边的稿子他曾在早上看过的,他便又从头读一次。那字写得很工整,整齐,李昌曾经说过那姓刘的教员很好,有一笔不坏的字。他一面读着稿子,一面就想着那几个老头一定在看着他的后影,那个豆腐坊也许伸出两个人头了。他并不怕这些人看他说他,可是总不舒服。他便又离开了这个地方,走到小学校去。也许胡立功在那里教歌,替他们排霸王鞭。这个曾在剧团里工作过的青年人,是不会隐藏他的兴趣的,他觉得能找到胡立功也很好。他踱进了校门。院子里也是静悄悄的,忽然从门侧边的一个小房里,走出一个穿短衣的人来,他向着这个闯入者极谦逊地让着:"进来坐坐么,嘿,嘿,请,请……"

"你们还在上课?"文采只得问了。

"是,是,还没下课,一会儿就下课。"

文采跟着他走进了一间屋子,像客室的样子。靠窗放了一张方桌,桌上玻璃匣内放了一个八音钟,一边一个帽筒。对面墙上挂了一张孙中山的石印像,旁边是毛主席的画像。像的两旁,贴了两条油光纸的标语:"为人民服务","开展新民主主义的文化教育"。下边花花绿绿的贴了许多小学生的作文和图画。靠左放了一张矮的长柜,柜头上卷着一床铺盖。右边墙头,密密的挂着两排霸王鞭,鞭上还有大红和粉红的纸花。主人忙着请文采同志坐,又忙着在靠柜子的桌上倒过一杯茶来。

"请喝茶,请喝茶,嘿,简陋得很,嘿,简陋得很。"

文采便又问:"你是这学校里的么?"

"是,是,鄙人就在这里。嘿……"

"你姓什么?"文采又不得不问。

"敝姓刘。"

文采同志才想起,他就是教员,他便再问:"那黑板报是你写的吧?"

"不敢,不敢,写得不像话。"

文采同志再望望他,是一个快四十岁的人,长脸,眼睛很细,有点像近视,鼻子很大,头发很长,白布褂子很脏。他那过分拘谨的样子,使文采十分不快,他想:"你为什么要这样子呢?"文采又问了他几句,他总是恭恭敬敬地答应着。文采有些不耐烦了,只好说:"我们的同志不在你这里么?我是来找他们的。"

"刚刚走,胡同志刚刚走。要不,我替您找去。"

"不必,不必。"文采便走出来了。这时里面正下课,像黄蜂分窝似的,一群孩子冲了出来,大嚷大唱的。有的还冲到前面来看他。一大堆就拥在他后边,嘻嘻哈哈地学他开会讲话的口气:"老乡们,懂不懂?精密不精密?"文采很不习惯这种混乱,却只好装出不在乎,连连往外走。刘教员不安地送出来,追在他后边,还咕噜着:"请指教,请指教……"

文采跳出了校门,感到一阵轻松。他昂头走回去,却忽然有人在合作社窗口叫他了:"文主任!"

这是治安员张正典,不知为什么,他叫他主任。

文采赶忙走过去,张正典接着喊:"来参观参观咱们的合作社吧。"

从窗口望进去,里面有两柜子货物,全是些日用品,还有一张面柜,一块案板,一个打烧饼的炉子。张正典好像刚喝过酒似的,脸有些红,里面一个小个子忙走出来招呼。张正典介绍着:"这是咱们合作社的主任,任天华,是个好买卖人,有一手。"

文采同志觉得应该同他谈谈合作社的生意,便稍稍问了他几句。任天华并不像商人样子,很老实,一句一句的答应他。文采想起张裕民曾说过有事到合作社来找他,他便问:"张裕民常在你这里的么?"

"是的,他常在这里。"

文采看了看张正典的脸,又看了一看柜子上的一个酒坛,觉得明白了许多。

张正典看见文采同志不肯进来,便从窗口里跳了出去,顺口问:"主任,你是要找张裕民么?他家离这儿不远,就在这西头。"

"不,我随便问问的。"

"张裕民公私都忙,一天到晚只见人找他。哈……"

"什么?"文采觉得那话里面有文章。

"主任,这次要分胜利果实的话,你替咱三哥分上三间好北屋吧。张裕民现在住的那一间东房可是不行,又有他兄弟。哈……"

"你这是什么意思?你是说——"

"啊,就是,对着嘛!主任,你得喝了他的酒才走啊!"

"是谁家?事情怎样了呢?"

"那还要问,是一个寡妇,人家地倒不少,也就是缺房子。哈……"

文采听到这些话,心里很不高兴,但也觉得有些自得,自己的

83

眼光究竟还不错。他便再朝北走去,想同张正典再说点什么。

张正典便跟了过去,张正典告诉他说,他自己也是解放前就参加了党的,只因为自己老实,干不了什么事,治安员也是挂个名,什么事都是张三哥一个人办了。后来他又说出了他对这次清算斗争的估计是闹不起来。文采再三问他的理由,他总是吞吞吐吐不肯说,最后才说:"主任!你看嘛,放着封建地主,为啥老百姓不敢斗?那关系全是在干部们嘛!你说,大家都是一个村子长大的,不是亲戚就是邻舍,唉——,有私情就总难办事嘛……主任,你还有不明白的?"至于这里面是谁有私情,他就不肯说了,他们一直走到村口上。

当他们再走回来的时候,文采看见街边上站得有个年轻男人,黑黑的,抱着两个拳头,冷冷地望着他们。文采觉得很面熟,便问他:"你没有下地去么?"

那个人还没有答应,张正典却说了:"我走了,主任,你回吧。"他在身后一下便不知转到什么地方去了。

那个黑汉子却仰头向街对面的人们说:"白天也见鬼,嗯,邪究不胜正,你们看,嗯……溜了。"

街对面的人说:"唉,刘满,回家去吧,你家里的找你吃饭找了半天了,你看你这两天,唉,平下心来干活吧。"

那黑汉子把膀子一撒:"嗯,干活?如今就干个土地改革么!"他又掉转脸来问文采,"同志,是不是?"

文采觉得这人有些神经失常的样子,便不再问下去,一直往回走。那个叫刘满的人便又站住了,抱着拳头,眼送着他回去。

文采走回家的时候,家里还是没有人。韩老汉已经拉开风箱在做晚饭了。他的孙子坐在房门口,玩一个去掉了翅膀的蚱蜢。

二十四　果　树　园

这时张裕民和杨亮还留在果树园里。熟了的果子已经渐渐多了起来。他们两人慢慢地走。从树叶中漏进来的稀疏的阳光,斑斑点点铺在地上,洒在他们的身上。他们一边吃着果子,一边已经摘了满满的一篮。这是张裕民舅舅郭全的,他在去年清算复仇后,分得许有武的五分果木园子。杨亮从来也没有看见过这样的景致。望不见头的大果树林,听到有些地方传来人们讲话的声音,却见不到一个人影。葫芦冰的枝条,向树干周围伸张,像一座大的宝盖,庄严沉重。一棵葫芦冰所覆盖的地面,简直可以修一所小房子。上边密密地垂着深红、浅红、深绿、淡绿,红红绿绿的肥硕的果实。有时他们可以伸手去摘,有时就弯着腰低着头走过树下,以免碰着累累下垂的果子。人们在这里眼睛总是忙不过来,看见一个最大的,忽然又看见一个最圆最红最光的。并且鼻子也不得空,欢喜不断地去吸取和辨别各种香味,这各式各样的香味是多么的沁人心肺啊!这里的果子以葫芦冰为最多,间或有几棵苹果树,或者海棠果。海棠果一串串地垂下来,红得比花还鲜艳,杨亮忍不住摘了一小串拿在手里玩着。这里梨树也不少,梨子结得又重又密,把枝条都倒拉下来了。

杨亮每走过一棵树,就要问这是谁家的。当他知道又是属于穷人的时候,他就禁不住喜悦。那葫芦冰就似乎更放耀着胜利的红润,他便替这些树主计算起来了,他问道:"这末一棵树的果子,至少有二百斤吧?"

"差太远了。像今年这末个大年,每棵树至少也有八九百,千来斤呢。要是火车通了,价钱就还要高些。一亩果子顶不上十亩水地,也顶个七八亩,坡地就更说不上了。"

杨亮被这个数目字骇着了,把眼睛睁得更大。张裕民便又解释道:"真正受苦人还是喜欢水地,水地不像果木靠不住。你看今年结得多爱人,可是去年一颗也没结,连村上孩子们都没个吃的。果子结得好,究竟不能当饭。你看这葫芦冰结得好看,闻起来香。可是不经放,比不得别的水果,得赶紧发出去。发得猛,果行里价钱就订得不像话了。你不要看张家口卖二三百元一斤,行里却只收一百元,再迟一点就只值七八十元一斤了,运费还在外。损了的就只能自己留着晒果干,给孩子们吃。"

杨亮又计算着这十亩地的收入。这十亩地原是许有武的,去年已经分给二十家赤穷户。假如这十亩地,可以收获三万斤,那末至少值钱三百万元。每家可分得十五万,合市价能折小米七百五十斤。三口之家,再拉扯点别的活计,就勉强可以过活了,要是还有一点地当然更好。杨亮不觉对这果木园发生大的兴趣,于是便更详细地问着全村果木的数字,和属主的姓名,也就是那些地主和富农的名字。

他们走了一阵,仍觉得园子里很静,没有什么人。只有郭全老头儿一个人在他们摘过果子的树下去耙松土。把土梳得松松的,平平的。要是有人再去摘这树上的果子,土上面会留下脚印,他就能知道。

他们把果子账算到一个阶段的时候,张裕民又接着他们在路上没谈完的话:"在会上我当然不能提,干部里面就有他的耳目呢。事情没闹成,他一抽身就又走了。再说,提出来了,通不过也是白费,谁心里也在琢磨着:'出头椽子先烂'咧。你说,他们真的还不明白?"

"你不是已经派了民兵暗地监视着吗?"

"民兵也不敢全告诉呀!要是都能像张正国那才好。这是一条汉子,大义灭亲,死活只有一个党。"

"赵得禄是个老村长了,我看倒也是个精明人。他家里穷得那样子,老婆连件上衣也没有,这样的人也靠不住?"

"这人心里明白,就脸软,拉不下来。今年借了江世荣两石粮食,还当人不知道,欠了人家的,就硬不起来了。唉,这几个人呀,各有各的藤藤绊绊。所以斗哪一个,也有人不愿意!"

"照你这末说来,村子上要拔胡楂,就得这个人。可是要斗这个人,首先干部就不可靠,是么?"

"着呀!咱也不说全不行,这里面要是有了一半不说话,你说别人要不要看眼色呢?有些话也只有咱们自己人说说,咱们别人不讲,单讲程仁,他过去是他的长工,后来又成了佃户,如今又当了农会主任,该积极了;嗯,这人啥事也能走在头里,就是这桩事装糊涂。你别看他老实,算一个好干部,唉,人心都是肉长的,他总忘不了别人侄女给他的那个情分!老杨,你要还在咱们村再住上几天,你就全懂了。老百姓的眼睛在看着干部,干部却不肯带头,你说这事怎么办嘛!"

"全村就没有一个敢走在头里的?咱们试着去找一找,总有受害深的肯出来。干部不出头,咱们先找群众,只要群众肯出头,就不怕干部讲私情。"

张裕民又说老百姓脑子没有转变的时候,凭你怎么讲也没用。他把侯忠全做例子来说明。张裕民过去领导过两次清算斗争,都觉得很容易。他觉得老百姓很听他的话。这次当他明白到不仅要使农民获得土地,而且要从获得土地中能团结起来真正翻身,明了自己是主人,却是一件很难很难的事,因此他显得更为慎重。同时在工作中又发生许多困难,他就甚至觉得很苦恼。但他是一个坚强的人,他决不会消极的。他向杨亮说明这些情况之后,已经感觉轻快了许多。接着杨亮又鼓励了他,也使他勇气增加。尤其当他觉得杨亮并非一个没有办法的人,他就更感到有依靠了。他听从了杨亮的嘱咐,在今晚开完农会以后,把这件事重复向文采同志反映,大家要共同商量出一个办法来。

他看到天色已经不早,就先提着一篮果子走回去。杨亮便再走到郭全住的看园子小屋来。

这个老头有两撇八字胡,是一个不爱多说话的老头子。他靠在屋外的一个树根上,仿佛很悠然自得。

杨亮看见他膝前篮子里捡得有十几个烂了的果子,便问:"这有什么用呢?"

老头子笑了,含糊地说:"全是烂的,唉……还有半边不坏,晒干喝茶可好呢……"后来他睁眼望着杨亮说,"同志,以前连捡这末个烂的也不成呀!干望着这几棵树五六十年了,今年这才算有了三棵半树,就敢把这烂的丢了?不丢,不丢!"

杨亮听到他这样说,又想起适才当他外甥来摘果子时他的慷慨样子,他指点着,他叫他们多摘些,他还说吃完了他会再送去,要张裕民不要来,他明白他外甥是个忙人。杨亮便不觉地说:"你这人太好了,看我们刚才摘了你那末多。"

"多?不多。"老头子又正经地说,"这还不全是你们给咱的。你们是好人,你们把富人的东西全分给咱们穷人了。你们这回又来干这号子事,村子上人全明白呢。"

"咱们是什么人呢?为啥要干这号子事呢?"杨亮觉得这老头很有趣。

"你们,"老头子确切地笑了,"你们是八路军,是共产党。你们的头子毛主席叫你们这末干的嘛!"

"毛主席又为啥呢?老伯,你再说说看。"

"他为咱们嘛!他为的是穷人,他是穷人王。"老头子仍然是很肯定的笑着。

"哈……"杨亮也靠在树干上笑开了。他笑过之后,却悄悄地问着老头子:"你们村上有共产党没有?"

"没有。咱们没有这个。"

"你怎么知道没有呢？"

"咱村子上的人咱全认识，都是老百姓，没这个。"

"老伯，假若你们村上有共产党，你入不入？"杨亮试探着他。

"为啥不入？只要有人我就入，要是没有人，我一个人就不入。"

"一个人怕什么呢？"

"不怕什么，一个老头子办不了事呀！"

"啊……"杨亮觉得意外的高兴了，却更追下去，他告诉他村子上早就有党员了，只因为他不是，所以别人不告诉他。他劝他参加党，参加了党大家团结得更紧，更不怕那些坏蛋。翻身只有靠自己，才翻得牢。共产党是为了许多许多人的幸福的。老头子听得迷迷糊糊的笑着，结果他也告诉杨亮，假如他入党，得先找一个人商量商量。杨亮说："这种事怎么能找人商量呢？只能你自己做主呀！万一碰着一个坏人了呢？"老头子便显出为难的样子，最后杨亮只好问他想和谁商量，老头子也低低地说："咱外甥嘛！你看能成不能？"杨亮便又呵呵的大笑了，连连点头说："能成，能成。"

天已经在黑下来，杨亮觉得这果园真使人留恋，他再三地去握老头子的手，告诉他，他将会再来看他。老头子也憨憨地高兴地笑着，要留杨亮吃晚饭。但杨亮却不得不走了，走以后还时时的回头望着这渐渐被黑暗模糊了的果木林，和模糊在林中的郭全老头儿。

二十五　合　作　社　里

杨亮刚从北街上转到小学校院墙外，就听到对面合作社里嚷成一片。他赶忙走去，只见里面黑影幢幢的，人影很杂乱，同时有很多人说话。他挤到程仁的跟前，只听程仁说："你们这些人呀！

做负担的时候,要你们报户口,你们怎也不报。如今么,一起一起来问。好,请你们大家来评评,爷儿俩光棍,也要算两户,咱们全村千来人口,能不能算做千来户?!你们恨不得把吃奶的娃娃都要算上一户,好分上二亩水地。你们也不想想,咱们村上能有多少点地嘛!这不是给人找麻烦!"

站在炕角边的那个年轻农民,看来只十八九岁,并不停止下去,他申辩道:"咱爹种的是李子俊的地,咱种的是江世荣的地,你们不知道?咱们一个炕上睡觉,可是做的两家活。咱们老早就是各管各。"

"你赶紧讨老婆,生个儿子吧,那不就是三户了吗!"是谁在门口也投进来讽刺。

"可不是,今早李振东娘就说,她家得算五口人,因为她媳妇已经有了七个月身孕,这个娃儿也该算进去。咱就说,要是怀了只野猫呢,那老太婆气得直跳脚……"这是农会的组织张步高。近两天来报户口,说分家了的就一伙一伙地来找他。

"哈……"接着是一阵哄笑。

"你们农会不管?"那个青年农民仍未被压服下去,气嘟嘟地不走。

"咱们农会管得可太多了,你的那个东西硬不硬起来,咱农会还得管上一手么?"张步高得意洋洋地。虽然在黑暗中看不清他的脸色,语气中的报复味是很重的。他这一句话把满屋子人都说得大笑了,站在远处的也听清了,都响起朗朗的哗笑。

那个青年感到被羞辱了,他已再不能忍受,气汹汹的冲到张步高面前,只想伸出拳头来:"你欺侮人,你仗着你是农会组织,你欺侮人……"

杨亮正感觉得这玩笑开得太过分,想走过去解围,看见从人群中已经站出胡立功。胡立功一手拉住那个年轻人,一手按住张步高,说:"老乡,别生气,老张这话可真说得不好。你们爷儿俩是一家还是两家,农会当然要管,农会得按理说,也不能怕麻烦。农会主任!你们农会还是讨论出一个章程来,照章程办事,对不对?"

"对,胡同志说得对,"程仁也觉得适才闹得不大好,赶忙来收场,他转向那年轻人说,"你回去,你和你爹的事,等咱们农会商量了再告诉你。"

张步高已趁势溜到了外屋,那年轻农民就不好再多说了,却并不即刻退走,他站在那里不动。

"你姓什么?"胡立功便问他。

"咱姓郭,叫郭富贵,咱爹叫郭柏仁。"

"你爷儿俩都是佃户?"

"是,他们都是种的别人的地,他爹种李子俊的八亩山水地,他种江世荣十亩旱地,一个在南头,一个在东头,相隔十里地。"群众中不知是谁代替他答了。

胡立功又向郭富贵说道:"你种江世荣的地,你要找江世荣去算账;你爹种李子俊的地,就要找李子俊去算账。一个户口两个户口没关系,你懂不懂?"

旁边的人便附和着胡立功的话:"是呀!你们冤各有头,债各有主,各算各的,不就结了?"

"咱不会算,咱是会员,农会为啥不给咱去算?咱爹更不成。"

"要算账容易,你不会,我教你,只要你敢去;农会只能帮助你,却不能代替你,你明白不?"

"咱一个人去?"

"你怕么?"

"咱一个人说不上。"

"那末,你邀几个人去……"胡立功正要问还有哪些人是江世荣的佃户,程仁却走出来打断了他的话,"你们挤在这里做啥呀,不买东西的出去,这里是合作社嘛!"程仁一边大声喊,一边悄悄的拿肘子碰杨亮,一边就去碰那个年轻人。有些人慢慢地走出去了。

任天华点着一盏清油灯走到里间来。杨亮看见有个三十来岁的人站在房门边,两个圆鼓鼓的眼睛四面睃着,勉强赔着一副笑脸,想走进来又逡巡着。胡立功也注意到他,问道:"你找谁?"

"咳,……不找谁,主任,您……"

"这是咱们的江村长。"站在胡立功旁边的李昌说了。

"咳……咱就是江世荣,打前年起章品同志就常到咱家里,还住在咱家里……"他小声地嘟哝着。

里屋外屋一共还剩七八个人,却都不说话。

杨亮对胡立功使了个眼色,说:"回家去吧。"他打头里就朝外走。

"对,"胡立功紧跟了出来,到了院子里悄声说:"哼!这些家伙可活动得厉害呢,小学校里那个任教员,也不是个好东西。"

他们俩到了街上,街上已经全黑了,他们就大步地朝韩家走去。在到家的转角处,仿佛有个黑影蹲在那里,胡立功急声问:"什么人?"

那个人却低低的答道:"放哨的。"杨亮走近去看,果然是个民兵,他已站了起来,杨亮好声的问:"你吃过饭没有?""吃过了。张裕民正在你们那里呢,董主任也在。"

"啊,"他们已经走到了家,杨亮才又低声地说:"这村子可不简单,咱们告诉文采和老董,好好地计划着办吧。老董回来了更好,他总比咱们熟悉。"

二十六　区工会主任老董

屋子里很热闹,里峪还跟来了几个人,他们用热切的眼光望着文采同志。老董红涨着脸坐在炕那边,看样子已经说了半天了,只听他说:"那是个小村子,不行,他们也不会画表格,也不会打算盘,又没个地主,有几家富农,富农也不顶个啥。有个富农叫杨万兴,是个坏家伙,可以斗争一下。可是谁也不敢讲话,大家都说,人少了斗不起来。开了个干部会,全没信心。开了个农会,就咱一个人叨叨。赖泥下窑,烧不成个东西,白下力。谁也不说话,全像哑子一样……"

文采坐在炕这边哈哈地笑着,那几个干部有时点头,有时说"是呀,对着啦"来证实老董的汇报。这时胡立功也在旁边参与着他们的谈话,他插上去问:"你们那里就没有一个人会拨算盘?你们那个学校里的教员也不会?"

"没有一个拨得好的,教员当然会啦!"

"那就成,会加减法就成了。这个问题不是可以解决了么?"那个干部还在迟疑地笑。

"表格咱们给你们画个样子,拿做负担的户口册做底子,再重新调查一下,把自耕地、出租地、租种地、典当地、租外村地、外村租地分开来填写,再把水地、山水地、坡地、旱地、果木园、葡萄园、菜园注清楚。只要调查周到,没有遗漏就行。你们只那末四五十户人家,就你们几个凑凑也就凑到一块儿了,那有什么难?字写不好,不要紧,只要你们有数,别人也看得清,就行,你们说是不是?"

那几个干部在胡立功的愉快的影响和鼓励之下,比较活泼起来,他们说:"同志说的全对,咱们就是没闹过,只要你们来教教咱们就好,咱们就是请同志住到咱们村里去嘛。"他们又拿恳切的眼光望着文采,等文采说话。

张裕民又催着文采去开会,文采临走才答应里峪的人,明天他要亲自去看看。这把那几个人可喜欢透了,几个人拥在文采的后边,走了出去,连声说:"早一点来啊!到咱们那里吃早饭去吧。"

屋子里只留下他们三个人,杨亮问老董吃过饭没有,老董说在里峪吃过了,于是他们又重新谈到这村上的事。

93

老董今年够五十岁了,面孔红红的,上嘴唇和下巴颏光光的,胸脯臂膀长得顶有劲。打共产党从南山刚伸到三区来的时候,他就跟着打游击。有人嫌他年岁大,他说:"别看咱大几岁,咱们比比力气,比比腿劲,种庄稼不让你们,打游击更不让呢。"那时在三区负责的是章品同志,便把他收留了。开始只跟着跑,也不会使枪,看见了敌人,脚只往上跳,迈不开步子,嘴里酸辣,大伙儿笑他,可是经过了几次,他说:"死活一般大。"就不怕了。他们给了他一杆水连珠,又没有子弹,只好用七九子弹,打完一次,就要用通条通一次。这一带原来都是敌人占领的地方,据点又多,一时刚刚搞游击,可不容易。有一次,他们二十来个人,跟章品同志在一个村子里开会,被敌人特务知道了,开来三四十人,还带一挺机关枪。那时他们只有一句话:"咱们革命要革到底,跳黄河一齐跳!"他们撤出了村子,埋伏好,敌人已经追到了。敌人清楚他们的力量,只有六杆枪,再加两杆水连珠,两杆湖北造;又全是刚放下锄头,才拿起枪的,瞄不准,心里慌。敌人开他们玩笑,大声喊:"三区游击队,我们交枪。看啊……这全是三八大盖,要不要?"游击队员都气得没办法。章品说:"不怕,你们沉住气,大家都瞄准一个人,瞄那个戴皮帽子的。我叫一,二,你们一齐发,听到没有?"他们就照着这样办,十杆枪同时响,打伤了一个,大家都欢喜得跳起来了。后来还是这样办,一连打伤了三四个,敌人就赶忙逃走了。老百姓马上擀面条,区公所买了五只鸡来,后来县上还奖了他们一支步枪。老董就更死心塌地跟着跑,过了三年比做长工还苦上百倍的生活:睡觉常是连个土炕都没有,就在野地里挖个土窑,铺点草;吃冻成冰了的窝窝。他学会了打枪,他做了一个忠实的党员,只要上级有个命令,死也不怕。后来他们把他放在区上工会工作,工会主任调走后,他就又当主任了。

他是一个肯干的党员干部,却还不习惯用思想。他喜欢老老实实地做一两件事,苦一点也不要紧,却怕独当一面,要自作主张。

这次区上派他到暖水屯来,虽然因为他是里峪的人,可以熟悉些,但主要还是由于已经有了文采几个人,让他跟着当向导,也可以学习学习。区上对于文采是做到了十分敬重和完全相信,老董也就带着他的依靠心理,一道来了。文采又派他去里峪,他就落得顺便回家去看看他久别的哥哥了。暖水屯的情况他既没有去了解,连他过去所了解的,也没有很好向这几个人来反映。

当杨亮和胡立功把这两天来所搜集到的材料告诉他,而又加以分析的时候,他还没认为有什么值得研究,他却考虑到自己有一件事要不要告诉他们。当他回到里峪的时候,他哥哥正闹肚子疼。他哥哥劝他回到村上来,分上两亩地,他年岁也不小了,受的苦也不少了,哥儿俩过两年太平日子吧。他拒绝这个建议,他说他活是共产党人,死是共产党鬼,还得替老百姓办事呢。但他哥哥却说到他自己身体已经不很好,兄弟俩到如今都是光棍,连个女人边也没挨着,就算为老百姓办事,总也得替祖先留个后呀。他哥哥又说本村有个寡妇,年纪虽然已经四十岁了,看样子身体还不错,可以生育,也会做人家;他自己是不行了,他想托人给他弟弟做媒。如今弟弟是个干部,不愁女家不答应。老董是个没讨过女人的人,听到这些话,脸也红了,还不好意思,嘴里说"你真是说笑话!"心里却不安定起来。村上干部也说他革命有功劳,要给他分三亩葡萄园子。他没说话。他做几十年长工,连做梦也没想到有三亩葡萄园子,他很想要,他还可以抽空回家耕种,他哥哥也能帮他照顾。可是这事万一区上同志不赞成呢?说他自私自利,说他落后呢?同时他又想,他不能吃公家一辈子,他要有几亩地,他还可以吃自己的。说自私自利,他又没有发财,不过他可以有地劳动嘛。毛主席说实行"耕者有其田",他不是种了几十年的地么,为什么就不可以有田呢?最后他决定,只要不会受处分,他就要地;至于老婆,过一阵再说吧。只是到底会不会受处分,他就捉摸不定了。他只想和面前的两个人商量商量,而这两人毫没有体会到他的心情,一点也不给他讲话的机会,全心一意,尽在那里说什么干部作风,打通思想,扩大组织,加强武装……后来他们看见老董精神不好的样子,就说他这两天太辛苦了,要他休息,他们便到会场去了。

这天晚上的会,人数虽然没有第一天多,散会仍然很晚。文采同志为了要说服农民的变天思想,他不得不详细地分析目前的时局。他讲了国民党地区的民主运动,和兵心厌战,又讲了美国人民和苏联的强大。他从高树勋讲到刘善本,从美国记者斯诺、史沫特莱,讲到马西努,又讲到闻一多、李公朴的被暗杀。最后才讲到四平街的保卫战,以及大同外围的战斗。说八路军已经把大同包围起来了,最多半个月就可以拿下来。这些讲话是有意义的,有些人听得很有趣。可惜的是讲得比较深,名词太多,听不懂,时间太长,精神支不住,到后来又有许多人睡着了。但文采同志很热心,恨不得一时把心都呕给他们,让他们什么也明白,所以他无法压缩自己的语言。散会后,他自己觉得非常疲惫,头昏昏的,一到家,倒头便睡了。杨亮他们也就只得把计划推迟到第二天去。可是第二天文采仍没有空,他已经答应了里峪,他连简单的工作也没布置,匆匆忙忙催着老董就走了。而且在里峪滞留了两整天和一个晚上,他在那里又替他们开了两个会,把在暖水屯讲的又重复了一遍。杨亮和胡立功便商量着如何再去进行调查,尤其是要找出证据来,证明张裕民讲的那些事实,和如何在群众中去执行点火的任务。

二十七 "买卖果子"

自从工作组的同志到了村子上之后,小学校也就更为显得热闹。打架告状的事多了起来,常常会听到里面有人喊起来:"打倒封建小地主!"于是也就有孩子哭了。胡立功去教过一次唱歌,这个歌非常为那些穷孩子所爱唱,一下了课就要高兴地唱:"地主压迫咱,压迫了多少年,……咱们要团结起来把账算,把账算……"清脆的童音,响遍了每个角落。当他们一群群挤在一堆玩耍的时候,他们之中会有一两个顽皮的,故意地用肩去撞那些平日比较穿得好的地主家的孩子,有意地去侮弄他们。而那些孩子便尖声地叫了起来,教员们就不得不常要解决这些纠纷。刘教员从来也不骂这些穷孩子,最多只不过说:"找他们没有用呀,他们不能负这个责。"他又安慰那些在现在变得屠弱了的孩子:"你们将来要好好劳动,靠自己生活,做一个好公民,劝你们的父母,要不,迟早都要挨打的……"但任教员就不是这样,他用威胁的眼光去望着那些没有袜子穿的孩子们,他不敢大声骂他们,只低声地狠道:"别兴头得太早了,看'中央'军来了,一个一个收拾你们这些兔崽子!"有些孩子便被他吓住了,不敢再调皮,有些孩子便又悄悄地去告刘教员,刘教员把这些都放在心上,不马上说出来。任教员也用劝告的同情的口吻去暗示那些孩子,希望他们把这些含意都带回到家里去。他不只在学校里显得忙碌,放了学又要去串门子。他到过几家地主家里,说几句不冷不热的话,加重别人的不安,然后再给他们一些希望,一些勇气。世界不会长久这样的,有钱的人在共产党里永远是受不完的罪。但共产党是斗不过老蒋的,纵然斗过了,也斗不过一个美国,迟早要把他们扫光的。他本人也并不富有,他是一个没落下来的中产阶级的知识分子。可是他对那些有钱人却有同情,愿意为他们奔走,希望在那些人的牙缝里把自己肥胖起来。他不喜欢穷人,嫉视那些替穷人办事的干部。他愿望土地改革不成功,搞出乱子来,至少搞得不好。

当老董从里峪回来的那个傍晚,任国忠又踱到李子俊家里去,这是李子俊最后的一栋家宅了。门廊很高,一上去就有两三个台阶,包了铁皮的大门,虚掩着。他一直冲了进去,一拐弯,忽然两只狗从空廊上向他送来一阵疯狂的猖叫,幸好已经用一根大铁链拴在柱子上。他快步地走到院子中,喊了声"大哥",却没有人答应,半天才从上房里走出李子俊的大女儿李兰英。这十一岁的小姑娘也刚从学校回来不久,脸上还留着墨迹,她一看见是学校的教员,便规规矩矩地站着问道:"找爹吗?爹不在家。"

"你娘呢?"任国忠向四周搜索着,只见院子里铅丝上晾着几件小孩的衣裤,和一个大红绸子的妇女的围胸。东屋外边晒了两大筛子果片。

小姑娘迟疑了一下,才说:"娘在后院。"

任国忠心里已经明白,但还要走进去看,这时小姑娘便跑下台阶来,赶快向左转过去。她走在头前,一边说:"娘有事呢,"看见没有法子阻止住他,便大声嚷,"娘!娘!有人找你,任老师来了!"

一个三十来岁的生得很丰腴的女人,从堆草的房里急忙走了出来,脸上还显着惊惶和不安,却笑着说:"我当是谁呢?快回上房里坐去。"她的花标布衫子上和头发上全挂着一些草。

"大嫂!你把红契藏在草堆里也是不中用的!"任国忠用着坏心思来打趣她。

这个女人曾经是吴家堡首富的闺女,从小使唤着丫鬟仆妇,而且是出名的白俊。她听到任国忠的话,不觉一怔,却立即镇定了下来,笑着回答:"红契么,早拿出来放在抽屉里了。你是来拿红契的么?成!只要农会答应你。"

"咱不是来拿红契的,迟早有人来拿。"任国忠又向她飞过一个分不清是什么意思的眼色。

她并没有把他引向上屋,却引到了东屋。这间屋里有个大炕,炕前安了两口大锅。炕对面立放着两个装碗盏的柜子,像一个杂货铺似的,摆满了油盐酱醋的坛子,都擦得亮亮的。她用一个放亮的铜勺子在水缸里舀了一勺水,倒在一个花瓷盆里去洗手,手上全是些泥土末。任国忠便又笑着说:"唉,看把你们那些有钱奶奶们折腾的!"

李子俊老婆是一个要强的女人,在娘家什么也不会做,只知道绣点草儿、花儿玩耍。嫁到李家来,头几年日子过得还不错。可是李子俊是个大烟鬼,又耍钱,租子不少,还不够花,年年多少都要卖点地。有一年钱文贵撺掇他当伪甲长,别人当甲长积攒家财,他是个大头,结果给人耍了,又卖了一百亩地和一座房子,才赔清款项。央人求告,送了钱文贵好大一笔人情,好容易才脱了这件差事。这两年,论收入还是不少,他们家是雇得起长工的。雇个人做做饭,挑挑水,跑个城里,要方便得多。可是老婆不赞成,老婆看着世道不对劲,便劝着他:"就那末一点地了,你又不掌财,村上人的眼睛都看着你呢,少抖一下吧。"她就下决心自己下厨。原来她还只看到村子上几个汉奸混子,怕他们把李子俊的几个钱骗完,她就吃苦一些,自己做,到收租的时候,自己也上前,不让全落到丈夫手里,自己抓一把,攒些私房,也是怕将来不好过。后来一解放,眼看着张裕民他们得了势,她就知道事情更不好闹,于是就更要装穷,更不肯雇人了,吃穿都省俭了下来。见了村干部总是笑脸迎人,说李子俊已经把烟戒了,又说他身体坏,说自己四个孩子都小,丈夫又不可靠,将来还不知怎么过日子呢。她教出来的孩子也机灵,从不得罪人,功课好,但孩子们心里都明白,到家里就再也不唱在学校里的歌子,也不讲那些开会的事。她恨钱文贵那伙人,李子俊是受他们欺侮的,可是她更怕张裕民他们。有时她还特意做点东西请张裕民,她知道他爱喝一口酒,但那个曾当过她们长工的人,却摆足了架子,不给她脸面,一点也不喝就走了。半个月前她曾回娘家,吴家堡也正闹得激烈,她哥哥吴自强跑到涿鹿城里,又被农民追回来,连百年的红契都给人耍走了。如今是六亲同运,大河里的水向东流,没法儿挽回的啦。她一回来,就叫李子俊去张家口躲一阵。她一人留在家里,她是个妇道,难道张裕民他们好来难为她?拼着多说些好话,求求人,总可以挡一阵。可是李子俊想着去也是枉然,又不能长久在外边混,他又不是有办法的人,自己琢磨村上仇人不多,所以就挨着,也想看看风色。白天他就在果木园子里,晚上偶然回来一转。女人成天就设法东藏一个箱子,满满地装着首饰衣服,西又藏一缸粮食,总想把所有的东西全埋在地下。一颗心悬在半天里,一天到晚,盼不到太阳落了土,又盼不到太阳再出来。有时还要出门转一转,打听点消息告诉丈夫去。

这女人洗过了手,便拿钥匙去开南屋的门。三间南屋里满满堆着一些用具和装粮食的缸,还有一些不知是装了什么的大篮子小篮子。这本来油漆得很漂亮的,炕围上都描满了花的屋子,却蒙着灰尘,挤得不像样,窗户上又钉了一层苇席,怕别人看见那里面有那末丰富的宝藏,因此白天也没有一丝阳光进来,充满一股什么气味。女人匆匆地量了半钵子白面,赶回厨房来陪客,她知道任国忠也不过是个两面三刀的势利人,可是她知道从他那里总能听到一点什么消息。

"哟!那末多白面,你看你们尽吃好的,不共你们的产还共谁的去!"任国忠又跟着她走回厨房,故意地说。

"共就共吧,左右这末点家产,迟早是个完,你高兴什么?又不会有你的份!你们在学校,听到什么么?"

"没有听到什么,只听说又要闹清算,说去年没有被清算的人,今年就要轮到了,今年特别的是要消灭封建剥削大地主!"

那女人又是一怔,却连和面的手也没停,继续问:"什么叫个封建剥削大地主呢?"

"黑板报上都写得清清楚楚的了,就指的你们吃租子的嘛!要消灭个干干净净呢。"

女人心一凉,手便停住了。正想再问怎样个消灭法,却听到南屋走廊上的狗又叫了起来,接着就是叱狗的声音。女人知道几个替她们卖果子的又来吃晚饭了,她伸头出去说:"嗯,可不来得正好,你们这两天太辛苦了,今晚咱们烙些饼吃吧。哈哈,刚好碰着这位任老师,他就说咱面多,眼红,要共咱的产了。行,粮食是地上长的,谁吃不是一样?左右都是自己人,哈……"随着她的笑声,进来了三条高大汉子,脸都看不清,好像都敞着上衣。

"到炕上去坐吧,让我来点灯。"这原来很嫩的手,捧着一盏高脚灯送到炕桌上去,擦根洋火点燃了它。红黄色的灯光便在那丰满的脸上跳跃着,眼睛便更灵活清澈得像一汪水。

有个男人坐到炕头去拉起风箱来,女人还客气地说:"你歇着吧,你已经跑了一天,让我来,这锅里有开水,先喝点!"

任国忠觉得在这里看这个女人向那几个受苦的傻子献殷勤,很没意思,他便问道:"李大哥呢?他什么时候回来?"

"他回来的时候可说不准,"但在她踌躇了一下之后,却接着说,"你就为的那桩果子买卖么?那你就到园子里去找他。"

"什么果子买卖?"任国忠刚一怀疑,随即就明白了,他望了这三个人一眼,忙答道,"就为的这事,不找他也行,等他回来你告给他吧。不早了,我回去啦!"他不等女人再说什么,就跑走了。在门口又碰到几个刚回家的孩子,一人手里拿了两个果子,他问他们:"你爹还在园子里么?"

几个孩子望也没望他,随口答:"在呢,爹还在呢。"

二十八 魅黑的果园里

这时街上已经慢慢地黑了下来,但任国忠仍然轻轻地走着,他走西边的小弄拐了出去,还听得见有几家门口有人说话。因为村子里的狗全拴住了,就更显得静静的,只有四野的虫鸣和远远的蛙叫,以及围绕在身周围的蚊子哼哼。任国忠走进了一个果园,林子里边一点星光也没有,全是一片黑幢幢。他歪着头去看地面,伸手出去四面摸索,怕撞到果树上去。走了一会儿,眼睛刚刚比较习惯了黑暗,却看见前面有一堆篝火。这火引导着他走到那儿去,他已经听到洋井里的汩汩的水声,他知道没有走错,便踏响地面,小声地哼起皮簧来。

他越走近了火,便越觉得高兴似的,他好奇地想:"这个脓包怎么这样胆小,连家也不敢回了,我倒要吓唬吓唬他。"

落叶和野艾堆成了一个小堆,火在里面慢慢地燃烧。浓厚的烟向上冲去,却又碰到密密层层的树叶,烟就向四周伸开来,像一幅薄薄的透明的帐顶。但这时什么也看不见,只闻到一股刺人的烟味。火的周围有一圈微弱的亮光,照见近处一两株树干,和能够辨别出旁边还有一间小屋。任国忠走拢到火边,没看见一个人影,他摸到小屋去,又叫了一声,也不见人答应。他再回头走过来,仍没有一点声音,只听到远处的林子里有斧子劈柴的声音,连篝火也被果树遮断了,看不见什么。他不觉浮起一层恐慌,正想找出回家的方向的时候,忽然发现不远的地方,有个红光一闪一闪,是谁在那里抽烟呢,他欣喜地问道:"是谁?"但没有人答应,红光却熄了。他又烦恼起来,再冲向前去,脚底下有什么把他绊住,他倒在一个东西的上面了。爬起来仔细一看,原来这里正罗列着十来个篾篓子,走不过去。这时那黑处才响起来了一个人声:"碰着鬼了,你跑到这里乱闯些什么,看把果子都压坏了。"任国忠听得出这就是李子俊的看园人李宝堂老汉。他也正因为绊倒了有些生气,却只得忍住了,他叫:"宝堂叔,好你老人家呢,你藏在树底下看人摔跤,还说把果子压坏了!咱来找李大哥的,他又回家去了么?"

老人并没有答应他,只走出来察看那被压过了的果子,整理那几个篾篓子。任国忠只好再问:"李大哥呢?"

老人还是没有答应,却抬起头来,直直地望着任国忠的身后。火光映在那两颗呆板而顽固的眼睛上,那种木然,无表情,很使任国忠惊疑。他还想问下去,身后忽然出现一个颀长的人影,慢慢地说:"是老任么?"

任国忠不觉一下跳回身,抓住了那瘦长个子,大声说:"啊!可把我好找。你藏到哪儿去了!"

"别嚷嚷!有事么?"李子俊掏出了纸烟递过来。

"唉,也没有什么事,几天不见你,来看看你的,知道你心里也是不宁——"他被李子俊在腰上撞了一下,说不下去了。

"吃过饭了吗?咱还没吃饭咧。咱今晚不回了,宝堂叔,你老人家回村上一趟,拿点吃的来,再把被子也捎来,园子里比家里凉快多了,舒服!"李子俊靠在一棵树干上,伸手摘下一个果子,随手扔给了任国忠,"给你,看这葫芦冰多大!"

"就是蚊子多,"任国忠用力在额头上打了一掌,"别人都说你今年的果子结美了,这片园子真不小。"

"结得多也不顶,如今一天卖个七八担,拿回五六万块钱,划出雇工的花销,就只剩三四万,还春上的工钱还不够呢。"

老人在什么时候已经悄悄地离开了他们。

"你这果子还得赶紧卖呢,再便宜总比白送人好些,多少捞几个。"

两个人都蹲了下来,李子俊向四周的黑暗望了一巡,便悄声问:"有什么消息么?我住到这里,就像个死人一样,啥也不知道。"

"大哥,你不走开躲躲么?村子上数你地多,你又当过甲长,凡事小心为是。"

"嗯!"李子俊把手举起来扶着他那只想垂下去的头,即使在微弱的火光中也看得出他的苍白。他沉默了好一会,才又叹了一口气:"唉!咱这个甲长,天晓得,还不是许有武、钱文贵这起人冤的!"

任国忠也听到说过,他当甲长时得向村上几个大头发薪水,一家一家的送粮食去,大乡里要五万款子了,这起人便加二成。老百姓出不起就骂他,说他不顶事,他要不送给他们,人家又拿住他说要往大乡里告。一伙伙的人拉着他要钱,大家串通了赢他。这些人都和日本人,或者和汉奸们有来往,他又不敢不去。但任国忠却并不同情这些,他仍说:"如今怪谁也不顶事,钱二叔是抗属,江世荣靠当甲长发了财,还是村长,谁也不会动他们。只有你,你有钱无势,咱就替你担心。你尽想不得罪人,结果还是落得仇人多。你还不想个法?如今冤家对头倒是张裕民那伙子人,他曾替你当长工,你就会没有得罪过他?"

李子俊想不出话可以回答,便又点燃了一支烟,用力地抽着。心里十分无主,张眼望了望四周,就像有许多人埋伏在黑暗深处,只等时间一到就要来抓他似的。他不觉又叹了一口气。

任国忠也朝黑暗里去搜寻,从那里送来一阵凉幽幽的微风,他把身子靠得更近些,低声地说:"如今是个没王法的世界!这就叫作拔萝卜,去年拔了个许有武,人家到底是能干人,见机得早,连家也搬走了,嗯,说不定哪天还要回来报仇呢。今年春上拔了个侯老头,侯老头的菩萨也没有保佑住他,赔了一百石粮食。眼前呀,你看啊!可比去年还要凶。一来又打省里下来了三个,孟家沟的陈武也教毙了,去年咱们村上总算没死人,就不知今年怎么样呢?唉!"

夜风抖动着树叶,李子俊的心也怦怦地跳着。他本来是个胆小的人,听任国忠一说,便更沉不住气了,不由得从心里叫了一声:"天呀!这要咱怎么办呀!咱有几亩地么,又不是偷来的,又不是抢来的,还不是祖先留下的?如今叫咱好受罪!老任呀!你说叫咱怎办嘛!"

"看你这人,小声点吧。"任国忠站了起来,绕着火走了一转,仍没有看到什么,夜很静,他便又走了回来,悄悄地安慰这个慌作一团的年轻的地主,"怕什么,村子上又不只你一个财主,大伙儿一齐心,想想办法。像你的佃户,同姓的又多,说来说去都是一家人。他们就不看情面,也得想想后路。八路军就能在一世?总有一天'中央'军要来的。你总得找他们去活动活动,老躲在园子里就顶事了?"

"唉!"李子俊已经坐到了地上,摊开两只手,表现出一副完全绝望了的样子,停了一会他又说:"唉!老任呀!什么一家人,什么情面,都靠不住了啊!如今是四面磕头,叫人家爷还怕不应呢,唉!"

"那就老实地告诉他们,问他们将来还要命不要啊!大哥!平绥路又不通了,八路军围了大同,你说'中央'军还不会来么?嗯……"

突然在他们左边响起了脚步,两人骇了一跳,都停止了声音。任国忠更退后了一步,站到更黑的暗中去。他们屏住气,慢慢地听到那人走近了,李宝堂老汉夹了一床铺盖,提了一个篮子,从黑处走了出来。他一声不响地把篮子朝李子俊面前一放,便朝小屋走去了。李子俊装出一副关心的样子问道:"路上不好走吧,今晚黑得很。宝堂叔,来吃一块烙饼。"他已经打开了篮盖。

"路倒没有什么,还有民兵查哨呢。他们在这个园子周围查查,又到那个园子外边看看,说是怕谁家没有把狗拴好,让它们出来糟践果子呢。"

这两人在暗中互相交换了一下眼色。任国忠又站了一会,听到老汉走进了屋子,好像上了炕,他便悄悄地推了一下李子俊,转身向黑暗中消失了。

二十九 密 谋(二)

一路上就没有遇见什么民兵,任国忠从来的路上溜进了村,回到了小学校。刘教员正坐在灯底下修改学生的作文卷子。他看一看自己桌上也堆了厚厚的一堆,却懒得去看,便去找烧饭的吴老汉,老汉也到南头开贫农会去了。他觉得屋子里很闷热,跑到厨房舀一瓢凉水喝了。他又走回他和刘教员同住的那间房来,刘教员还是正襟危坐在那里,一心一意地看卷子,他便更不屑去看卷子了,只好一人躺在床上出神。蚊子也好像同他作对一样,就在他身体周围哼哼地叫,并且时时出其不意地来袭击。他本来是很轻快的,甚至得意的,因为他自以为刚刚去做了一件好事,他给了一个人以同情,安慰了他和帮助了他。李子俊过去和他很亲密,现在正处在一个可怜的情境里,村子上都想拿他来开刀。他有一百多亩地,这使许多穷人眼红。他害怕得要死,家也不敢回。有钱人平日也欺侮他,这个时候更躲着他。他一个朋友也没有,他正需要友情,而这时,任国忠,一个小学教员,却向他伸出了手,他能不感动吗! 任国忠以为自己完成了一件伟大的事,他很想有人知道,会说他好话,可是回到了学校,找不到一个可谈的人,只有刘教员一人。刘教员没有在乡村师范毕过业,有时改卷子自己先写上别字,就离不开一本字典。然而他会巴结李昌,李昌总说他好话,看得起他,有事总来找他,他又是本村人,当然更沾光。他已经快四十岁了,儿子都快娶媳妇了,还那末热心去学打霸王鞭,扭起来简直是丑得可笑,却又拉胡胡,又吹笛子。任国忠硬是看不顺眼,常常都想走,并且想:假如我走开了看他们怎么办?不过他也总没有真的走,他一时到哪里去找事做呢? 只好勉强待在这里。两人平日很少讲话,只有当任国忠实在觉得太寂寞,忘记了这老家伙的执拗时,才同他说几句,结果总是话不投机半句多,两人又没得说了。现在任国忠又到了想找个人谈谈才好的时候,可是这些话却不能向他说,甚至怕被这老家伙知道了去告村干部呢。因此他就更恨他,尤其当任国忠感觉到这老家伙像一点苦闷也不会有的时候。

　　任国忠在这个村子上是如此的孤独,好像没有根的浮萍,无依无靠。可是他又舍不得离开这里,原因是他觉得暖水屯虽然什么都不如他的意,却又有比什么都可以吸引住他的东西。他已经二十五六岁了,他读过一些香艳的言情小说,到现在还没有老婆。他很希望能在暖水屯下种开花,安家落户,他还相信有某一种力量是在帮助着他的,这就鼓励了他的幻想。

他躺在炕上翻过去又翻过来,抽了一支烟,又抽一支烟。刘教员老是写东西,有时还念念有声。他实在忍不住了,便从床上坐了起来,在院子里来回散步,最后便悄悄地溜出了门。街上水也似的凉快,风吹着槐树沙沙地响,他忽然看见一个人影在那边晃了一下,他心里一迟疑,却问:"谁呀?"那人影便转到他面前,很客气地问询着:"任先生还没睡么?"原来是一个民兵,他横肩着一支土枪,接着笑道,"嗬!这两天会可开得晚了。"任国忠认识他,便也说:"这就辛苦你们了。"他连忙说:"自己的事,还有得说,应该的嘛,任先生,你歇着吧。"说着他就往南去了。任国忠又稍微站了一下,便急步地向东朝北拐弯走过去了。

没有走多远,他便站在一家门口,门已经上闩,但他只轻轻地撞了两下,便听到有人走出来开门,门廊里很黑,一个女人声音低低地问:"是任先生么?"他知道这是钱文贵的老婆,也低声问:"钱二叔在家么?"却不等她回答,一直朝里走进去了。

上屋里的亮光从窗子里射出来,院子里布着蒙蒙一片灰白。从夹竹桃树影下,钱文贵穿了一件纺绸短衫,走出来迎接他,又把他让进那黑影里,边说:"就在这儿坐,这儿凉快。"

这里已经放有两个矮凳和一张炕桌,炕桌上的茶也凉了。任国忠看见只有靠右手的那间上房里有灯光,其余都是黑幢幢的,他便注意地朝有灯的那间房望着,听到那房里有唏嘘的声音,他不觉浮起一层疑问,和感到某种不安。

老太婆走过来沏了壶茶,又拿了一个矮凳,坐在下边,悄悄地问:"任先生没听到什么风声么?这回村上安排个怎么闹法呀?"

"别人怎么个闹法,还能告诉咱们?你们守着个女婿是治安员,还能不清楚么?农会主任也是你们亲戚——"他没有说下去,便又注意地去听,看那间有灯的房子里还有什么响动。

"咱女婿说——"老太婆的话还没说完,却被钱文贵抢在前面答应了:"老任兄弟,咱们总算意气相投,有什么话还能不向你说,咱们哥儿俩都没走红运,咱们一切事都得放谨慎些。"

"二叔!"任国忠便想起有很多人对于钱文贵是有着无言的仇恨,他便又说,"我也替你担心呢,村子上有人在说你。"他更发觉钱文贵很不自在,这是他从没有看见过的神情。

"怕,我当然不怕。"钱文贵又把眼眯成了一条细缝,眼光便在细缝里飞到左边又飞到右边。每当他要装成泰然,应付有方的时候,就总有这末一副表情的。他接着哼了一声说下去:"哼!凭张裕民那小子就能把咱治下去!"他便又用两根指头捻着他那几根不密的须尖,呵呵地笑着。

任国忠这时便也学着钱文贵平日的声口:"你当然不怕,你又是抗属,管他们呢,由他们闹去吧。"

"对,"钱文贵立刻恢复了平常的态度,他在黑影下更打量了一下这坐在他对面的青年人——这个老早已成为他的俘虏的小学教员——反更为关切地说道,"咱早就想劝你了,别人的事少管。听说你今天又到白银儿那里去了,那是个是非窝,这种风雨飘摇的时候,别人躲还躲不及呢;再说江世荣那小子,是个滑头,弄得不好,他就会把你卖了的。你看,他发了多少财,白手起家,靠的是谁?如今也忘了水源头了,墙上的草,两边倒着呢。白银儿到底是个妇道,她能跟你说什么呢?"

"白银儿说江世荣还欠她几万块钱,要是他不赶忙归还,到那天,她就什么也说了出来,同他一刀两断,再不替他胡说八道了。"

钱文贵心里悄悄跳了一下,却沉住气答道:"咱说呢,这种女人还能共事?江世荣究竟在打算些什么?"

任国忠明白钱文贵唆使他去同一些地主联络,却又假劝他不要去,他心里想:"你还不相信咱么?看你小心得那样子,咱任国忠就不是那号子不讲义气的人。"

任国忠也明白钱文贵的仇人太多,但他却以为不要紧,他的女婿,他的亲戚都会帮他。他也明白钱文贵是恐慌的,虽然他装出一副满不在乎的样子,但他却很高兴,他希望钱文贵有些急难,方好表示他的义侠,而从中得到某种意外的收获。他有时也明白这不是个好惹的人,跟着他没有什么好处,可是他又找不到另外的朋友,何况还加上他有别的企图。

他把李子俊的情形也告诉了钱文贵。钱文贵又吓他,说假如李子俊真的去找佃户活动,而又泄露了,那是会连累他的,他应该设法脱掉关系;他又暗示他可以写点短文给黑板报,告发李子俊;他又向他说了李子俊很多坏话,他说李子俊仗着自己是师范毕业生,瞧不起人,李子俊还说任国忠不够师范程度;又说李子俊这人最不讲交情,过去许多大乡上下来的警察,特务队里的一些流氓,伙着他耍钱,赢他的,又拖他去涿鹿县逛俱乐部,什么都来。他奉承别人像爹娘老子,把钱赔光了,又卖房子又卖地,对本村上却不懂得面子。他当甲长的时候,有次连钱文贵也派起公差来了。钱文贵说没有空,不想去,他还说"只要你们家的长工",钱文贵才告诉他,干脆不去,问他要多少钱。后来李子俊才知道自己一时糊涂了,跑来赔不是。他又说李子俊如今可变得吝啬,留人吃饭总只吃小米,装穷,白面大米就藏着和老婆两人吃。任国忠就也想起几次在他家里吃饭,都只烧点素菜下酒,连个鸡蛋也没炒,他们还现养得有鸡呢。

这时房子里又传出来争吵的声音,任国忠很想走过去看看。钱文贵知道他意思,便向他解释道:"没有什么,就是咱那个侄女,年岁大了,又没有婆家,本村上总是找不到一个如意的,老留在家里就不能安静了。我老早说,只要人有人才,没有家当也成。如今说不上耽搁,可也不小了。你是自己人,我才告诉你,有人来提农会主任,这怎么成呢?咱自己大闺女嫁了个治安员,咱已经不如意,这是终身大事么!别看着人家眼前是村干部,也得想想过去,从前这都是批什么东西;也得谋虑谋虑日后,有天'中央'军一来,这伙人还不知道落个什么下场呢。到那时又该哭着回来了;叫作上辈的这颗心,也是过不去。你要是看着有什么年龄相当,有些程度,人老实,就告诉咱,也好把这件心事了啦。"钱文贵说了还故意地叹息,却又眯着眼睛,在黑影里有意无意地望着那个局促不安的小学教员。

任国忠不知道要怎样答应才好,一时也想不起别的话说,喝了一口茶,又觉得烦热,树底下的蚊子也显得厉害了。大家都沉默了一会儿,任国忠只好站起来告辞。钱文贵并没有留他,老妇人又送了他出来,街上一点声音也没有,他到了街上后,门便在他的后边砉地关上了。

三十　美　人　计

自从那晚在董桂花家里碰了钉子回来,黑妮心里有许多说不出口的不痛快。她常常待人都很好,她大伯父常常叮咛她,钱文富说:"黑妮呀,你二伯在村子上做的罪孽太多了,咱们就总得想办法避着点。让人家忘记咱们和他是一家吧,免得日后受害啦!"她又极力去和董桂花靠拢,别人来找她去教识字班,还有人反对过呢。可是她的努力,认真教字,博得了董桂花和李昌的信任,李昌曾经说过她好,负责任,可是她总免不掉偶然之间要遭受到一些白眼,一些嫉视和愤怒。甚至她的美丽和年轻,也会变成罪恶,使人憎恨,这些不公平的看法有时也会得到同情,而她却好像真成了狐狸精,成了怪物,成了可厌的东西。每当她怄了气的时候,她又无法发泄,便跑到菜园子里去,在那些瓜棚底下,在那个劳苦的老人面前,哭诉这些不平的待遇。钱文富便停止了工作,坐到她面前来,叹着气。或者就说:"唉,作孽呀!这都只怪你二伯嘛!咱看,还是跟咱来过日子吧。"钱文富有时很想劝她早点嫁人,可是这又不是对闺女们能讲的话。何况她也由不了自己。钱文贵并不喜欢她,却偏要管着她,他明白这个姑娘还不难看,可以做他钓鱼的香饵,他就不愿意把她轻易地嫁了出去。钱文富也明白黑妮的一些心事,觉得这孩子太痴心,可是只要他刚一触到这问题,黑妮就会忍不住地伤心地哭了起来。这个老伯父也就感到很为难,不知道怎么办才好。

黑妮没有开成会,回到了家里,又只见伯父和伯母总是嘁嘁喳喳,姐姐也是一趟两趟地跑回来,一回来就躲到她父亲房里,像有什么大事要发生一样。黑妮一走进去,他们就不说了,伯母就支使她去烧水啦,或者就叫她到西院大嫂子那里去拿剪刀,拿针线。她有时也为好奇心所驱使,想打听打听,究竟他们商量些什么呢?可是有时就赌气不去管他们,让他们鬼鬼祟祟地去闹吧。但慢慢她也有些明白,大约就为的村子上要土地改革,她二伯父为这件事情有着某些惊惶。同时也使黑妮意识到她伯父有着某种计谋,这种猜测给了她很大的不安。她是无法能预料到结果的,她就只有把她的简单的揣想去告诉大伯父。老实的大伯父也不能解决或解释黑妮的担心,他们只有为他们那种茫然的,不幸的预感而惶悚焦心。

黑妮的二嫂顾二姑娘从娘家回来后,大哭着要分家。她不敢向钱文贵说,却跑到黑妮的大嫂子那里,说得大嫂子也活动了。她们各自都早已分得二十五亩地,又报了户口,可是红契仍放在公公手里,她们只背上一个名,什么家产也没有。要是这回闹清算,都清算走了,她们才跟着倒霉呢。她们就在厨房里摔碗摔锅,冷言冷语,这个说了一句,那个又接上一句,她们连黑妮也不给好颜色看,谁教她是他的侄女呢。钱礼是个老实人,一句话也不响,看见老婆,兄弟媳妇闹得厉害,一起身就躲到地里去了,他自己还种着三亩葡萄园子,后来索性就搬了过去住。他怕他父亲,却又不能压制住老婆。黑妮的大嫂又跑去找工会主任钱文虎,声明他们在春上就分了家。钱文虎平日同他们并不好,便说咱不管你们这号子事。她又去找程仁,程仁躲开了,没见着,她就更着急了,只是不敢向公公要红契。后来钱文贵知道了她们的意思,并没有骂她们,只说:"你们好没有良心,田地又不是祖先传下的,一点一滴都是我钱文贵一人挣的,我爱给谁就给谁。春上说分给你们,也全是为的你们成家立业。如今钱礼是个傻子,又不会掌财,钱义上队伍当兵去了,你们妇道人家,能干个什么?家当放在咱手里,还不是替你们操一份心。如今村子上闹共产,你们就先嚷起来,先从家里杀起,谁知道当先锋,打头阵,倒是你们!好,你们就以为翅膀硬了,不要靠老子了?嗯,红契放在这里,要,你们就拿去,只是将来有了事可不要来找我!"两个媳妇一听,反不敢拿了,她们又怕有一天要受公公的害,她们都怕他怕得厉害。后来还是钱文贵去安定她们的心,说不会有什么事,连累不到她们,他们老早就报了户口,地也分了,不碍事。红契么,暂时放几天,哪天要哪天就给她们。为着让人知道他们是真的另开了,也行,他叫她们都各自去烧饭吃。现存的粮食油盐柴草,都各自搬些去用也成。这倒又把两个媳妇说高兴了,顾二姑娘又趁时机搬到西院里去住,这样她就离公公远一些,她们就小锅小灶的自己闹起来了,都自以为得计,并不曾明白这正是公公所安排好的退步之计。

两个媳妇分出去之后,院子里显得冷静多了,在钱文贵看来却是比较妥当,而黑妮就觉得寂寞。过去这个院子还常常可以听到姑嫂间的融洽的笑谈,和侄儿们的天真的哭闹,如今就只有老人的空洞的咳嗽,和鬼鬼祟祟的喊喊喳喳。

一向同黑妮作对的姐姐,却忽然变得和善了起来,很关心到妇女识字班。她称赞她妹子,勉励她好好做下去,说只有她能干,她和村上干部们有来往,比她姐夫还顶事。她又说了程仁许多好话,说程仁是个可靠的人,有出息,并且说当程仁在家里当长工的时候,就觉得他不错,好像她从来也没有揶揄过黑妮对程仁的亲近一样。她还描述了许多过去她们两人的生活,这都可能引起黑妮的有趣的回忆。但黑妮并不喜欢这些谈话,她家庭对于他们的婚姻,在过去采取的反对态度,她是记得的,有时还会有怨恨。而且这么久来了,程仁对她的冷淡的态度,也使她的热情由希望而变成了惶惑,又由惶惑而变成冷峻了。失望愈多,便愈痛苦,心情也愈深沉,她是不愿和任何人提到关于婚姻的事。她姐姐却不明白,看见她只是沉默着,或者就只说:"你别说了吧,我真不愿听。"她以为这不过由于女孩子们单纯的害臊,谁家大姑娘不欢喜听别人谈她婚姻的事,却又要装成不爱听的样子呢?于是她便更进一步,直截了当地向黑妮提出了问题。这就是当任国忠在院子里,听到上房里小声的哭泣和争吵的原由。

黑妮姐姐要黑妮去找程仁,她说:"你当日对他那末好,他总答应你什么过,你打十七岁就跟他要好起,到如今这末个大姑娘,耽误了整整四年,他就能没良心把你闪了?你们说过了些什么,你总该记得,你就一条一条地去问他,看他怎么说,他总得答应你的。这是你的终身大事么,你总得自己做主呀!"

黑妮咬紧了牙关,只答应:"咱就从来没那末个心思,咱不去。"

姐姐便又讽示道:"那你不给人白占了便宜?"又用话来诈她,想了解他们之中有没有难于告人的关系,她说,"一个女人家,只一条身子,跟过谁就总要跟到底,你还读过书,书上不是说过,一女不事二夫么!"

黑妮听到这些无礼的话,觉得太冤枉,便哭了,只想骂她姐姐,可是一个没有出嫁的姑娘,怎么能把这些事吵出去呢?她又羞又气,只好跳脚,心里想:唉,跳在黄河里也洗不清,还不如死了好,于是就更伤心地哭了起来。

一直到最后姐姐看见黑妮很坚决,才又劝说:"黑妮呀!你不为你自己打算,就也不为老人家着想么?自从打你娘嫁人以后,你就跟着咱爹过日子,咱爹把你当亲生女一样,拉扯成这样大,他老人家平素爱管点闲事,免不了要得罪人。如今村子上闹清算,你说那些王八崽子们还有个不趁火打劫,公报私仇的么?幸好守着程仁是个农会主任,他要找咱们麻烦,别人就不能不找,他要为着咱们点,别人也就不敢说什么。你不说报恩报德,咱们总算一家人,你就忍心看着大伙儿来作践你伯么?弄得不好,把咱们全家也拉出去闹个斗争,咱们怎么受得了呀!"

这时黑妮的伯母也走了进来,坐在她旁边,抚摸着她因哭泣过度而软瘫了的身体和麻木了的四肢。那个老女人什么也不说,做出一副愁苦不堪的样子,凝视那黯淡下去了的油灯,一声一声地叹气。黑妮这时只感觉到虚弱和头的胀痛,只想什么也不思索,只想能离开一切事物,但这新问题却又把她吓住了。她不喜欢她二伯父,有时还恨他,甚至有过让他吃点亏也好的念头。但现在当她姐姐提出这问题之后,二伯母又来守着她,并且向她哀求说:"黑妮呀!你救救咱们老两口嘛!"她就实在不知道要怎样答复才好,她真的去找程仁,去求他把自己收容了吧,可怜她是个闺女呀,这种话怎么说得出口呀!何况,唉,知道人家到底是怎么样呢?

钱文贵看见程仁在村子上出头以后,就想靠侄女把他拉了过来,所以他就常常给黑妮以暗示,鼓励她大胆地去进攻,却又不正正当当地解决这一拖了几天的纠纷。谁知这个愿望没有达到,程仁是个谨慎的人,而黑妮又只是一个小姑娘,没什么办法。到如今他就不得不拿利害来逼迫黑妮,拿家属的关系感动黑妮,如果这次能够把程仁俘了过来,那末这个赛诸葛虽然赔了侄女却赚了兵。

经过了一天一夜的争吵,啼哭,黑妮最后才采用了一个缓兵之计,拖到第二天再决定,她好去找大伯父出点主意。

三十一 "炸 弹"

清早起来,刘教员在凉爽的院子里踱着。在另一个角上,老吴在那里扫地,地上狼藉着一些纸屑,毽子上的鸡毛,果核,尘土。这个敲锣的快乐的老头儿,用着他那调皮的小眼对这边眹了几眹,像自言自语地说道:"唉,跳秧歌总要把人跳年轻的……"他的红鼻子便直朝刘教员冲了过来,摇曳着他的嗓音,小声地唱了起来,"五更里,门儿开,多情的哥哥转回来,咿呀嗨……"

刘教员被他弄得莫名其妙,却只好笑问道:"老吴,昨晚开会谈了些什么,你看你又在发什么疯?"老汉并不答应他,只一本正经地警告似的答道:"以后你要回家去,得关照咱,咱是学校看门的。你成天摇摇摆摆,哼哼唧唧,和老婆子也偷偷摸摸,当我不知道,书本本把你们这些人都念坏了。"

"胡说,你简直在胡说!"

老头儿又眹了一眹眼,说道:"咱还能冤你?一早起,咱就看见门开了,心想好早;等咱拉了屎回来,嘿,门又闩上了,一会儿你就在这里癫头癫脑的,看你这样子,就猜得到你干了什么事回来,嗯,还想瞒过咱呢。"

"哪有这回事,就不会是任教员出去过吗?"

"别人睡得好好的,咱刚才还去看了来,你听,就像圈了一条肥猪。"

"真有这件奇怪事?要末你昨晚回来忘了关门。"刘教员搔着他那一头板刷也似的头发,"以后倒要留心些,老吴,如今是闹土地改革的时候呀!"

"着呀!咱正这末想呢!咱昨晚回来,把门闩得牢牢的,你又没有回家去,难倒会有鬼?那末你在这里走来走去,做诗云子曰么?"

"我想,"刘教员忽然显出高兴的样子,说,"老吴,你是啥也明白的人,你说,炸弹,炸弹两个字怎么讲?昨天胡同志告诉我,说黑板报要像个炸弹,这是啥意思?"

"炸弹,"老头子从怀里掏出一个小烟袋,"胡同志为啥这样说呢?唉,你们念书人说话,总不直截了当,好像不喜欢别人听懂似的。他说黑板报要像颗炸弹,嗯,让咱想想吧,炸弹,炸弹是要炸死人的,不对,黑板报还能炸死人?不是这意思。炸弹一点就着,啊,刘先生,擦根洋火点上灯,想起爹娘死得好伤心,嗯,黑板报要像一把火,把人的心都烧起来,你说咱这瞎胡猜怎么样?"

"嗯,有点意思,只是怎么能像把火呢?"

"人家说那黑板报是九娘娘的天书,谁也看不懂,这还能像炸弹么?同咱们就没关系。"

"那上面全是解释什么叫个土地改革的文章,就那末几篇,已经不容易啦,你看,村子上又没有人写,光靠我一个人,我都送给李昌和胡同志去看过,怕胡同志说写得不好。"

老吴摇了一摇头,说道:"你要写文章,咱是擀面杖吹火——一窍不通;假如要黑板报像个炸弹,像一把火,那末,你那些之乎者也的不是倒成了一瓢凉水。咱有这末一个意思,你琢磨琢磨看,对也不对。黑板报要使人爱看,得写上那末几段唱的,把人家心事写出来,比如咱打锣一样,一开会就打锣,一打锣咱就喊:'开会啦,开会啦,'这有啥意思?咱就编上几段,一面敲,一面唱,大家听你唱得怪有味,就都知道了。"

"是的,哪一次你都编了些新的,你打着锣在街上走过去,常常后边跟了一堆人,笑呵呵的。说实在话,拣些老乡们平日说的编几句,比写文章还容易,就怕干部们不同意。"

老吴显得有些着急了,他说:"唉,李昌叫你写,就是说你行,叫你拿主张,你怕三怕四干什么?他要不满意,他自己来写。咱说你这个人呀,可是个好人,就是六月里的梨疙瘩,有点酸。要是你肯听咱的话,咱不怕你笑话,咱还能编上几段,咱念,你写,村上的事,咱全知道,把张三压迫李四的事编上一段,又把王五饿饭的事也加上一段,他们听说他们自己上了报,谁也愿意看。只要是讲到他们心里了,他们就会伤心,一难受,看见仇人就眼红了,你说这不好?再说,日本鬼子在村上,咱们庄稼人受的压迫,咱们统统算算账,叫那些汉奸狗腿子给吐出来,这岂不好?好,咱就念上一段,你听听,看行也不行。"于是他停了一停,咽了下口水,便念起来了,"共产党,人人夸,土地改革遍天下!穷乡亲,闹翻身,血海冤仇要算清。想当兵,受压迫,汉奸地主好欺诈。苛捐杂税不得完,田赋交了交附加。附加送到甲长家,公费杂费门户费,肥了咱村八大家。西头逼死李老汉,张真送儿铁红山,侯忠全一贯道里受欺骗,疯疯癫癫傻刘乾……你说怎么样?"老头儿得意地蹲下去,用火石打燃了火,抽他的烟去了,又歪着个头,对教员眨了几眨眼,呵呵地笑开了。

刘教员也眯着他那双近视眼,笑了起来,陪着他蹲了下去,指指画画着说:"老吴呀!你真成!咱可想开了,咱编黑板报是写给老百姓看呀!不是给那几个干部看呀!要那末一停一顿地写个啥文章,把我这脑筋都想痛了。咱们不管写个什么,能唱不能,总要像咱们自己说话,要按照大伙的心思,咱们得诉诉咱们的苦情,想想咱们的冤仇,三十年河东,三十年河西,鹅卵石子也有翻身日,咱们得团结起来推倒五通庙,打碎五通神,拔了胡楂享太平!哈,老吴呀!你今天可当了我的老师,来,咱们就照刚才说的闹吧。这些鬼文章,去他妈的。"他从怀里掏出几张稿子,把它扯得粉碎,又哈哈地笑了起来,那种愉快的笑,简直和他那长年被生活所围困得极抑郁的面容不相调和。

这时李昌却从外面匆忙地走了进来,刘教员抬起他的愉快的头,兴致勃勃地叫道:"小昌兄弟!"

李昌不等他说下去,一手去揩头上的汗,一边说:"你怎么闹的,你看你在黑板报上写了些什么?"

"那些狗屁文章,那些九娘娘的天书,真没有道理,咱这就要去把它们全擦掉,嗯,你也说不好了,你昨天还点头说好来咧。"

李昌又抢着叫道:"咱不是指的那个。"

刚刚起床的任国忠,也站到房门口来。

"不是那个是这个?"他指着那些扯碎了的纸片,做出一副苦恼的样子。

"要不是咱明白你这人,换了谁也得怀疑你!你说村干部耍私情,你有什么证据?"

"什么?"刘教员像掉在云雾里了,用力睁着他那近视眼。

"你说李子俊在收买佃户,要明里土地改革,暗地不改革,这倒没有什么;你又说干部耍私情,说干部们都被地主们收买了,你写这些是什么意思,鬼把你迷住了?"李昌又从肩头上取下一条毛巾,向袒着的胸扇着,并且摇着头,接着说,"胡同志说,干部不好,老乡们应该批评,可是得有证据,黑板报不能胡说。他又说这同那些坏分子造谣,说八路军不长是有配合的,是一样的坏作用。"

"呀!老天爷!这从哪里说起!咱刘志强对天盟誓,一字一句都给你们看过,你们批准了才往黑板报上写的。我靠教几个孩子餬口,二十年了,说起来是斯文人,一辈子见着有钱的打躬作揖,特务汉奸到学校来了,我像个衙役似的站班受训,好容易到如今,共产党瞧得起知识分子,春天调我去张家口参观,见了多少大官,首长,哪一个不是礼贤下士,咱才感觉得咱也算个人,算个有用之才,咱下决心要听他们的好话,改造自己,要为老百姓服务,我怎能靠会写几个字来反对干部,破坏土地改革呢?唉,小昌兄弟,这个冤枉我可受不了呀!你也不调查调查。"

红鼻子老吴站在旁边听了半天,这时才插嘴道:"咱看,说不定一清早,有谁去悄悄地写了来,村子上会写字的,又不止一个教员。"

"是呀！教员也不止我一个。"

"老刘，你别狗急跳墙，乱咬一下子，说话得清楚些。"任国忠装出气势汹汹的样子。

"咱看事情总得闹个水落石出，被窝里不见了针，不是婆婆就是孙，咱村上会写字的人，扳着脚指头数得清的，把笔迹拿来对对，不一下就明白了吗？任教员，你说对不对？"老吴便又眯开了眼。

"对，"任国忠不由自主地说，却又立刻否认了，"也不一定就对，粉笔字就分不清。"

"咱老吴不识字，不敢说，可是你和刘教员的字，咱常常擦黑板，咱看就不一样。他的字像个豆腐干，四四方方，整整齐齐；你的字是歪手歪脚，就像你人一样不规矩。你说分不清？不信，找几个学生子说说。"

"还是老吴有主意，咱村上就这末几个会写字的，什么初小毕业的就算不上。就说咱吧，也算念了两年书，写的字有时连自己也认不得。老刘，你别急，这事容易。"李昌也平静了下来。

"那末，走吧，咱们看笔迹去。这村里几个人的字，烧成灰咱也认识。"刘教员也像有了把握似的，推着李昌就往外走。

"走就走。"任国忠也只得跟了出来。

"啊呀！"李昌却停住了，跳着脚骂道，"你们看该死不该死，咱一看完就把它擦掉了，咱怕让大伙儿看见，传出去，就顺手把它擦掉了。唉！真该死，就没想到要调查调查这个人嘛……"

任国忠悄悄地揩掉额头上的汗水。

"唉！这黑锅该我背定了呀！"刘教员摆出一副要哭的脸。

"老刘，你别着急，咱总要把这事追出来。"

"这件事，咱看没追头，咱全明白，等会儿就找张裕民去，咱可得全告他。哼，咱老早就看在眼里了，这几天有人可忙得厉害，起早睡晚，鬼鬼祟祟尽不干好事。"老吴点着头，眯着眼，露出一副得意样子。

"你说谁?"李昌还不明白他的意思。

老头子却调皮地说:"你还不明白? 只要你答应咱,把这些人押起来,我准告诉你,你说,押不押嘛!"他笑笑地望着走到一边去了的任国忠。刘教员也给李昌使眼色,李昌就不再追问下去了,只说:"赶紧再去写吧,你有没有写好的稿子?"

"有,有,有,"刘教员又恢复了适才的高兴,"咱老吴肚子里多着呢,他是出口成章,比曹子建,就是那个曹操的儿子还不错呢。哈……你们要文章,难,假如只要炸弹,倒容易,咱们这就制造它,一点就着,哈……"

三十二　败　　阵

任国忠执行钱文贵的主张,利用黑板报去告密李子俊的企图失败了,但李子俊的突然逃走,却扇起了人们的议论纷纷。当李兰英给她爹送饭到园子里来的时候,才引起那看园子老头李宝堂的注意。宝堂说:"五更天还在这里的嘛,卖果子的走了才没有看见他,咱只当他回家里去了,兰英呀,他没有回去么?"

小孩一直急得摇头。沿路的人,都看见这孩子疯了似的直往家跑。有人还在旁打趣说:"像死了娘,她奔丧去呢。"

李宝堂也走回村子,把这事告了他侄子,侄子告诉了邻居,慢慢这事便传开了。有些佃户着了急,悄悄地去告干部。街头上又有了闲蹲在那里的人,合作社的门口,常常聚着一群群不买东西的,有人说:"地主都跑了,还改革什么?"也有人说:"天天开会干响雷,不下雨,造反还有个不动刀枪的?"更有人嘲笑张正国:"张大哥,你们民兵爬灰去了?"但也有人悄悄地说:"李子俊是个孱种,受不起吓唬,这是有人吓唬了他,说这次改革,第一就该改革他,他一听就沉不住气了。"另外人也说:"这些话咱们也听到,说斗争就从他斗争起咧。"不管怎样,大家是增加了对他的愤恨:"谁说这小子老实!嗯,自从听说要改革,他就天天躲在园子里卖果子。从前他大把大把的钱送给特务,送给汉奸,送给那些有钱的人,他不心痛,如今一听说改革他土地,他就溜了!溜了你就别回来!走了和尚走不了庙,看你有本事守得住那点地,你一走咱们就不敢动你么?"并且有人到农会去说:"说不定把红契都带走了。"

农会对这事也慌了起来,马上就要派佃户去拿红契。郭富贵的父亲郭柏仁也被叫了来,他毫无主张地坐在合作社里间的炕头上。程仁在底下走来走去,时时在一个瓷壶里倒水喝,他问:"郭大伯,你种他那八亩地多少年了?"有些佃户还不愿意去拿红契呢。农会用过一些命令,他们口头答应,却又自己下地去了。农会不得不一个一个去说服。

郭柏仁屈着手指,算了半天,答应道:"十二年了。"

"你一年交多少租?"

"咱种那地是山水地,租子不多,以前是一亩三斗,这几年加成四斗半了。"

"为啥要加租子呢?"

"地比以前好了。这地靠山边,刚租下来的时候,石头多,土硬,从咱种上了,一年翻两回,上粪多,常挑些熟土垫上,草锄得勤,收成可比前几年强。"

从外间屋子里走进来的张步高,看见郭柏仁那老实劲,忍不住说道:"那末,依你说加租是应该的啦!"

郭柏仁只用眼对他翻了几翻。

程仁却耐烦地继续问下去:"你一亩地打多少粮食呢?"

"你还不清楚?这还有准?年成好一亩打个六七斗;要是天旱,四斗五斗收不上呢。"

"郭大伯,你日子过得啥样呢?"

"啥也不啥。"他拉出一副微笑的脸。

这时走来他儿子郭富贵。郭富贵站在门口望着他爹,说道:"爹呀!哪一年咱不闹饥荒?一年四季你吃了啥正经粮食?豆皮,麸皮,糠皮,就断不了。咱们炕上那床破席,铺上你那边,铺不上咱这边。你还说是'啥也不啥',牲口也比你过得像样嘛!"

"嗯……看你说……"好像是责备儿子似的,却又立即咽住了嗓音,嘴唇不住地颤抖着。

"大伯,你想想么,你天天背着星星上地里去,又背着星星回家来,你打的粮食哪里去了?别人哪边阴凉坐哪边,手脚不动弹,吃的是大米白面,你说该也不该?"

"唉,地是人家的么!……"他用潮湿的眼睛去望着程仁。

"人家的,要没有咱们做牛做马,给他干活,那地里还会自己长出粮食来?咱爹就是这末一个牛马心,要他去听个贫农会,他也不去,说腰板疼。如今李子俊走了,你还怕个啥?"

"唉,地是人家的嘛。"

"人家的,人家的,你十二年的租子,还买不下那几亩地!"不知是谁在外边屋里也接腔了。这时外边站了几个李子俊的佃户,他们老早就知道,土地改革,是把谁种的地就给谁,他们老早等着干部给地。如今听说李子俊跑了,担心红契拿走了没办法,挤在外边听农会调动。程仁看见他们便问道:"你们人来齐了没有?"

"没有,他们有的怕事,有的是他们姓李的一家,不愿来。"他们又答应了。

"一家,一家怎么样,还短得了租子?"张步高又说了,他是农会的组织,常会自己着急,嫌老百姓落后,容易发火。

"好,就你们几个人也成,你们去要吧,把你们自己种的那地契拿了来。她要不给,就同她算账,尽管说是农会派你们来的。"程仁马上下决定,他也还是强调农会的命令。

"要是没有,你们就别走,要他们交出李子俊,明白不明白?"张步高也补充着。

"对,咱们就这末办。郭大伯,咱们走。"

"唔……"

"爹,又不是你一个,怕什么,是农会叫去的嘛!"郭富贵把他爹搀了下来。

"唔,人家一个娘们……"

"娘们还不吃你的血汗?"这时人声乱成一片,院子里挤满一群看热闹的人。他们都踮着脚,张着眼,看见人们出来了,便又忙退到一边去。张步高还在后面大声说:"别怕那女人耍赖。"他又低声地向程仁说,"红契准拿到涿鹿县去了,派人到县里去追人吧。"

"农会叫你去,不去也不成啦。把契拿回来,那八亩地就是咱们的啦!"郭富贵把他爹推到那几个佃户队伍里。

一行人便拥到李子俊大门口。看热闹的远远站住了,他们几个佃户商量了起来。后边有人喊:"你们不敢进去么?一个娘们,有什么怕的!"

他们几个轻轻地走了进去。郭柏仁也被他儿子推进了门。

在骑楼下玩耍着的三个小孩都呆住了,望着进来的人群。那个懂事了的李兰英,掉头就往里跑,锐声地叫道:"娘!他们来了!他们来了!"

拴在走廊上的狗,跟着汪汪地吠了起来。

他们几人站在空廓的院子里,互相望着,不知怎样开口。只见上屋里帘子一响,李子俊的女人走出来。她穿一身浅蓝色洋布衣裤,头也没梳,鬓边蓬松着两堆黑发。在那丰腴的白嫩脸庞上,特别刺目的是眼圈周围,因哭泣而起的红晕,像涂了过多的胭脂一样。在她胸间,抱了一个红漆匣子。这时不知道是谁叫了一声:"大嫂!"

那女人忽地跑下了台阶,就在那万年青的瓷花盆旁边,匍匐了下去,眼泪就沿着脸流了下来。她哽咽道:"大爷们,请你们高抬贵手,照顾咱娘儿们吧。这是他爹的……唉,请大爷收下吧,一共是一百三十六亩半地,一所房子,乡亲好友,谁不清楚。他爹也是个没出息的,咱娘儿们靠他也靠不住,如今就投在大爷们面前。都是多少年交情,咱们是封建地主,应该改革咱,咱没话说。就请大爷们看在咱一个妇道人家面上,怜惜怜惜咱的孩子们吧,咱跟大爷们磕头啦!……"她朝着众人,连连地叩着头,又举着那匣子,眼泪流满了一脸。李兰英也跟着跪在她旁边,两个小的在人丛里边哇的一声哭了。

那群雄赳赳走来的佃户,这时谁也不说话,望着那个趴在地下的女人,仍旧还当她是金枝玉叶,从来也没有受过折腾的。想起她平日的一些小恩小惠,反而有些同情她现在的可怜。没有人去接那匣子,他们忘记了他们来这里的目的,完全被女人所演的戏麻醉了。郭柏仁叹了一口气,趑转身退到院子的最后边。

"大嫂,有话起来说。"那个叫大嫂的人又说了,大约是她的亲属,也许就不是存心来拿红契的。

那女人打算立了起来,又装出无力,坐在地上了,只拍打着女儿说:"还不给大爷们送过去。"女儿接过匣子,站了起来,走向人群,人群便退了一步。

"这都只怪你爹呀!……"女人便又哭了起来。

人群里面,有谁已经往外走了。跟着又走了第二个。于是队伍慢慢地溃退了,只剩下郭柏仁还痴痴地站在那里,他想说什么,又不知怎样说。女人站了起来,哭着说:"大伯,你坐会儿走吧。大伯同咱们认识,日子也不短了。咱们对不起你老人家的地方,请你包涵着点,请大伯开恩,咱们娘儿一点一滴地报答。只怪他爹,看他丢下咱们不管,就走了。咱好命苦呀!这红契,请大伯带给农会去,求大伯跟咱娘儿们说几句好话,咱在大伯手底下超生啦!"

郭柏仁也做出一副难受的样子说:"你别哭了吧,咱们都是老佃户,好说话,这都是农会叫咱们来的。红契,你还是自己拿着,唉,你歇歇吧,咱也走了。"

溜出去了的人,也不回合作社去,都一个一个下地里去了,或者就回到家里。程仁他们等了一会,没见有人回来,便派人去打听。李子俊的大门外,院子里,静悄悄的,孩子们坐在晒果干筛子旁,口里含着红艳新鲜的果子,就像什么事也没发生。来人觉得很奇怪,只好又跑出去再找,到他们家去问,他们只平淡地说:"李子俊在家也好说。一个娘们,拖儿带女,哭哭啼啼的,叫咱们怎好意思?又都是天天见面的。唉,红契,还是让农会自己去拿吧。"

三十三　好赵大爷

程仁听到这消息的时候,张裕民也在合作社。但他所表示的镇静态度,使程仁很吃惊。他心里想咱们弟兄们,在一道这末久,都是意气相投,心贴心的,为什么这一向他对咱老是像隔着一重山?他看得出张裕民有烦恼,却摸不清为什么,他甚至认为张裕民对他有意见,却又不愿意去看自己的缺点。他常感觉到在他的周围有一种空气,不止张裕民对他有忌讳,每当大家谈到斗争对象的时候,他总觉得有些眼睛在悄悄地审视他。他在这种冷眼之下是不安的,但他又没有勇气来冲出这种氛围。有时他会想着:"要斗你们就斗吧,咱总不会反对,咱还是农会主任啦。"有时他也想把这个意见向张裕民提提,可是总说不出口。他有许久没有见到黑妮了。他不希望看见她,但她的那些求怜的,热烈的,怨恨的眼神,特别在最近使他常常回想起。他觉得自己对她是亏了心的,他不愿意去想与她有关的事。

合作社里很嘈杂,村子上没一个办公的地方,干部们都喜欢在这里碰头。这时大家又把这事说开了,程仁便直接问张裕民的意见,大家也附和着问:"这事怎闹的嘛,农民都不要红契啦!"张裕民说:"庄户主还没有翻心啦,他们害怕,不敢要嘛。"

大家说:"怕那个女人?"

"不,女人是不拿枪打仗的,女人的本领可多呢,人常说:'英雄难过美人关',嘿……哼!这次是给人家拿眼泪鼻涕迷糊了,李子俊那老婆可是个两面三刀,是个笑面虎,比她男人厉害,一句话,输了,吃了败仗啦!农会还是着急了些。咱们还没有一条心嘛,就出马打个什么仗!"他说完话,又拿眼睛去看程仁。程仁觉得他话里有话,又碍着许多人,不便说什么,便只拨着他面前的一个算盘。张裕民咬了咬牙,站起身走出去找赵得禄去了。

张裕民明白,老百姓希望得到土地,却不敢出头。他们的顾忌很多,要是不把旧势力打倒,谁也不会积极的。村子上有几个尖,要真的把这一伙人压下去不容易,今年春天,他们便选了一个比较软的来斗争。侯殿魁是个老头子了,躺在炕上。干部们想,大家该不怕他了,可是结果还是只有几个积极分子跳脚,出拳头。农会的干部们在群众里叫着:"你们吼呀!一句话!"老百姓也出拳头了,也跟着吼了,却都悄悄地拿眼睛看蹲在后边的钱文贵。侯殿魁赔了一百石粮食,只折成四十亩地,分给了二十几家人。有的人欢喜,有的人地是拿了,心里怀了个鬼胎,连侯家的大门外都不敢走。像侯忠全那老家伙,还悄悄把地又退回去了。斗争会是开了,区上还说不错;可是这台戏跳进跳出,就这几个人,张裕民心里是清楚的。如今呢,干部们心里还是没个准,加上里面有内奸。张裕民开始也动摇,觉得钱文贵是抗属,不该斗。即使该斗了,他怎么也没有个死罪。所谓没有个死罪,当然也是张裕民的估计,这是他从很多经验中体会出来的。春天上级就来过一次"纠偏",好些老百姓要杀的人,一送到县上,关两个月又送回来了,说要讲宽大政策。去年就闹过了火啦!老百姓总还有变天思想,不斗则已,一斗就要往死里斗，不然将来又来个报复，那时可受不了。因此像钱文贵这样的人，在现在的形势底下，就成了一个难题。张裕民对这些情况全清楚，他也有决心，他不只把这些都同杨亮谈过，并且也在干部中进行很多说服和争取的工作。他同李昌张正国都谈好了；赵全功大致不会反对，他永远是随着多数的。他们的思想渐趋于一致。同时他也看见，杨亮和胡立功成天都在老百姓家里，或者到地里去。他相信他们一定得到不少材料，这会加深他们的了解，也就是他的意见他们更可能接受。他现在已经只剩下两个占重要位置的程仁和赵得禄，还没有进行肝胆的谈话了。他对程仁没有足够的把握，也没见程仁有什么表示。他便想慢点找他，怕谈不出结果，或者就不找他，把他和张正典划在一边。

他一走进小巷，便看见赵得禄的门外围了许多人，又听见有叫嚷的声音，他急忙走过去。有人看见他来了，想凑过来告诉他什么，他顾不得去听，别人就让开一条路。他冲到了屋外的空地上，只听得赵得禄狠狠地骂道："……你简直丢尽了脸，你叫咱在村上怎么说话嘛！……"张裕民正打算走进去，又从屋里劈面冲出一个女人。那女人陡地看见外面站满了这末多人，怔了一下，却随即反过头去，用手指着窗户，向里骂道："红嘴白牙，你赵得禄就能这样血口喷人，你冤死人不要偿命的呀！我×你的祖宗！"

张裕民认出这正是那江世荣的老婆，这个妖精一样的女人，又瘦又小，吊着一双老睡不醒的眼睛，背脊上披着一绺长发。原来她是一个邻村的破鞋，在江世荣做甲长的时候便搬过来了，也没有三媒六聘，也没有坐轿骑马，就住在一起了，算是他的老婆。她在村子上一天到晚串门子，牵马拉皮条，不干好事。这时她还在那里指手顿脚的撒野，张裕民不管三七二十一，两步抢到她面前，厉声问道："你要干什么？"

那女人还想骂下去，发现站在身前的是张裕民，马上停住了，却扭头就哭，一边往外走，一边向看热闹的人诉说道："真是好心当做了驴肝肺,好人不得好报呀!这可把人冤枉死了。咱们活不下去呀!天啦……"她脚底下却加快了速度,哭着哭着就溜走了。

屋里面更传来乒乒乓乓的声音,和女人的锐声的喊叫:"打死人了,救命呀!"张裕民还没走到门口,从门里又冲出赵得禄的女人,像个披发鬼似的,跟跟跄跄地逃了出来,还在一个劲喊"救命",谁也来不及走上去劝解,赵得禄光着上身追了出来,一脚又把他老婆踹在地上了。张裕民伸手拉住了他,他什么也不顾忌地又抢上去,只听哗啦一声,他老婆身上穿的一件花洋布衫,从领口一直撕破到底下,两个脏兮兮的奶子又露了出来,他老婆看见他已经被几个人架住了,近不了她的身,便坐在地上,伤心伤意地哭了起来,双手不断地去拉着那件又小又短,绷紧在身上的漂亮的小衫,却怎么也不能再盖住她胸脯了!赵得禄被几个人架住,气呼呼地骂道:"看那不要脸的娼妇!把咱的脸丢尽了,咱在村上好歹还是个村副呢!"

几个邻舍的女人也走拢去劝他老婆,她们同情她,好凶的赵大爷啊,有事好讲还不成,当个干部,怎么动手打人呀!人家也是几个孩子的娘了,可是当她们看着那件绷在她身上的花衣却不能不发笑。这正是江世荣老婆送的。江世荣每天都派他的狐狸精似的老婆来收买她,给她孩子们一点吃的,给她一件花衣,赵得禄的老婆就认为她们是好人,穿上那件衣服,还好得意呢,也就真的在赵得禄面前说江世荣的好话了。如今挨了打,看着撕破的小衫,又可惜,又伤心,她天真地向大家哭道:"嗯……一个夏天,都光着膀子的,他就不让人有件衣服。一说就说他是村副,村副怎么样?老婆连件褂子都没有,那就不丢人呀!……"

赵得禄跟着张裕民到了张裕民家里,这是租的别人的一间东屋,屋子不大,却显得空廓,炕上也空空的,有两个黑黑的枕头,炕角上堆了一堆被子或衣服。炕头有一个小灶,一口锅,那边靠墙有个破柜子,上边放了一些碗筷之类的东西,柜头前有一口小水缸。

赵得禄走到水缸前舀了一瓢水喝,又用光膀子去擦头上的汗。张裕民坐在炕沿上说:"男不与女斗,老夫老妻了,打架也不像样,给人家笑话。"

"唉,有什么好说的,人穷志短。蠢婆子死落后,你不揍她,她还不安静啦!也只有这样,把事情闹开来,那妖怪才不好意思再来。"赵得禄也坐在炕上,把腿伸得直直的,接过张裕民给他的一支烟,看见窗外没有人,便又说:"老张,不瞒你,今年春上咱借了江世荣两石粮,谁也不知道如今又闹土地改革。文采还说,咱们让他做村长做坏了,江世荣看见咱们开会都不叫他,哑巴吃饺子,心里有数,他找咱去吃饭,咱没去,难道两石粮还能买了咱?老实说,咱赵得禄要是没两根骨头,也不会叫老婆眼红别人的花衣服。咱想,高高低低划出去了,抗日的时候,咱就当的村长,家里除了那几个小王八蛋,又没个啥,没个什么怕前怕尾的,咱说咱们这次劲头可是不够大,老百姓嘴里不说,心里才不满意呢,你说是不是?"

"好赵大爷呢,咱就为的这个事来找你呢。"张裕民跳在地下,走来走去,掩藏不住他的高兴。张裕民正想把来的目的说出来,赵得禄却又接下去说:

"你来得正好,咱还要找你呢。嘿,多少人都向咱说了,这可是桩大事呀!你明白么,你想到没有?咱们村今年是个大年,你看看,全村一百多亩果木园,你走走吧,全结得密密的,又逢到土地改革,看,这是多么教人睡不着觉的事呀!唉,就是地不能马上分下来,拖拖拉拉,等咱分好了,树上就只剩下叶子了!这会儿财主家都在抢着卖果子呀!这把穷人急坏了,都跑来问咱,要咱们拿个办法;你说怎么办?咱想从今天起,就不准财主们卖了,把园子通通看起来。这可是桩大事呀!看值多少钱!"

张裕民前几天也曾经想到这个问题,但他事情多,一岔就忘了,这两天又找人谈话忙,就更忘了,赵得禄这一提醒,着了急,他跳起来说:"着呀!这是桩大事呀!只是看起来也不成,这种鲜货可不能等咱去慢慢改革啦！真是怎么办好？"

"咱们去找程仁吧，咱想这事由农会出头干要好些，这不是几个人办得好的，你说对不对？"赵得禄看见张裕民点头了，便又加上说："得找一些会算账的来，咱看，把果子全由农会掌握住卖了，将来地分给谁，钱便分给谁。"

张裕民一边往外走，一边说："还得多找些人，可得让大伙知道。唉，咱看，咱们先去找老杨商量商量吧。"

三十四　刘满诉苦

这两个人走回来的时候，又遇着那个发髻挼得光光的顾长生的娘。她拐着一双小脚，几乎是挨家挨户的跑去告诉人："嗯，张裕民怎么样，这批东西好厉害呀！咱长生参加队伍的时候，说得多好听，人一走就翻了脸，答应给咱两石粮食，只给两斗，欠下一石八斗粮食，老拖着，说咱又不缺吃的，嗯，还总说咱是中农；中农，嗯，那就不要中农当兵好啦！……"她把这一串早就说熟了，也被别人听熟了的话，说完以后，接着就笑了起来，"哈，总算见青天了，这回下来的人顶事啦！杨同志说：'中农也是咱们自己人嘛，还不是一样受苦，有好处，中农多少还得沾上些咧；顾大娘送儿子当兵，是抗属，怎么能扣她一石八斗粮食呢。'哼！赵得禄还不高兴，叫咱上合作社去背，咱说：'赵大爷，咱等长生回家来了去背吧！'张裕民气呼呼说：'就叫人送给你！'哈，咱老婆子也有今天啦！"

街上的人也知道这老婆子平日嘴厉害，缠不清，常惹人厌，所以明知道村干部少给她粮食不应该，也不愿说话。这时见她的问题给解决了，也替她欢喜，只劝她："还了你粮食，就别再四面八方说人坏话吧。"于是她又说开了："别看杨同志个儿小，年轻，人家说话才有斤两呢。他说：'顾大娘！你有意见，敢说话，是好事啦，如今就是要老百姓说话啦。张裕民是替老百姓办事的，要是老百姓不满意，就该说他。只是，都是自己人，可不能骂大街，抱成见，你说是不是？'啊呀！咱可给他说愣了，只好说：'唉，咱女人家见识，有时候可不会讲究个态度啊。'他还说：'没关系，你还有什么冤屈都可以说。'咱一想，他来是闹清算的，咱老跟干部过不去，也不像话，咱连说'没啦，没啦'，这一下咱可舒心，一石八斗粮食不争什么，张裕民可不能再说什么中农中农了吧？咱就托人给长生捎了一个信，叫他放心，说区上下来的人可关照咱呢，咱中农也不怕谁啦！"

村上还有两个使干部头痛的人，一个是韩老汉的儿子韩廷瑞，一个是农会组织张步高的兄弟张及第。他两个都是复员回来的军人，可有些调皮。他们常常批评村干部，瞧他们不起，又嫌他们对自己尊重不够，也没有什么优待。村干部说他们不好好生产，吊儿郎当，怕听他们讽刺，说也说不赢他们，资格也不如人，一讲，别人是为革命流过血的，怎么也奈何他们不得，只好凡事避开他们。这次不知怎么一闹，韩廷瑞和杨亮他们做了好朋友，他老老实实的到农会去帮助整理户口册，一家家的仔细调查，登记地亩和其他的财产。他连烟也不抽农会的一根，自己带上一根旱烟管和火镰。程仁先还不大愿意他来参加工作，怕他们瞧自己不上，受他们奚落，后来倒满高兴，觉得得到了一个帮手咧。张及第更是一个好活动的人，爱说怪话。如今民兵队长张正国来找他，张正国说："你同咱们民兵一天讲上一课吧，咱到时就集合人。你是个老战士咧，打仗总比咱们经验多啦！"张及第曾经和杨亮谈过话，明白这是杨亮叫他来找的，却也愿意露一手，让大家看看，他这个老党员不是冒牌的，（他因为党的关系还没有转到村，张裕民说手续不够，没有把他编入支部，心里非常不服。）便说："好啦！咱讲得不好，请你们批评！"他从此每天就去讲战斗动作，讲打游击的经验，很生动地描述

131

他自己所经过的一些战役,大家听得很有趣。张正国也说:"咱们有空再演习演习吧。早先没请你来吹吹,真不该,要真打仗,你可比咱这个队长顶事啊!"张正国是个实心汉子,便立刻和他有了交情,说,"同姓便算一家,就认了弟兄吧。"

这样一来,村子上人便传开了,说这次来的人能拿事,于是有人便为了某些银钱纠纷,土地纠纷,婚姻纠纷,房产纠纷来找杨亮和胡立功。他们两人便拣一些比较简单的给解决了,有些复杂的就慢慢进行调查。他们也就借这一些官司,认识了很多人,对村上情形也比较熟悉了一些,和大家的关系也就不同了。已经不像前几天,每到一家去,主人总是客气地招呼着:"吃了吗?"或者答应:"土地改革,咱也不知道闹精密没有,主任们说的全对着啦,穷人要翻身嘛!"他们也笑着说:"欢迎啦,咱们穷人不拥护共产党拥护谁!"可是也就只限于这末一点点简短的对话,不再往下说了。现在已经没有那末多的礼貌,他们叫着:"老杨,咱有个问题,你给批判批判吧!"或者就挨过身来,悄悄地说,"到咱家去吃饭吧,咱有几句悄悄话道叙道叙……"

这天杨亮打地里帮老百姓锄草回来,刚走进了村,转过一堵土墙,突然有一个巴掌在他的肩头用力一拍。杨亮回头一看,认得是那黑汉子刘满。只见他头发很长,两眼瞪得圆圆的,闪着焦躁的神气,光着上身,穿一条黑布裤子,他说:"老杨!你单不来看看咱,咱可等着你啦!"杨亮顺口就答应:"可不是,就没找着你家,你住在这儿吗?"他马上记起有谁说过,刘满的哥哥刘乾,也当过一任甲长的。

"走,跟咱来,咱家里就是脏一点,可是不咬人。"他几乎是推着把杨亮送到一个小弄里来了。杨亮还问他道:"你为啥不去找咱呢?"

"唉,"刘满从心底里抽出一口气来,半天没言语,停了一会,才说:"这是咱家,咱哥不在,进去坐会儿吧。"

杨亮跟着他进到一个院子,就像一条长弄,东西房都挤拢了。刘满往院子中一站,四周望了望,不知把杨亮往哪里让才好。

一个害着火眼的女人,抱着个孩子从东屋出来,孩子的眼也被眼屎糊满了,睁不开,苍蝇围着他的头飞了出来。女人说:"一天不知往哪里去了,饭还留着呢,吃了不?"

刘满并没有理会她,像不知道她的存在一样,只焦躁地说:"屋子里更热,老杨,就这里坐吧。"

"这是你的屋吗?"杨亮走到东屋门口去张望,又接着说,"你们还在屋子里烧饭?"

女人轰着孩子头上的苍蝇,叹气了:"唉,一天到晚就不顾家,也不回来,咱又忙不过来,屋子里热得不成,回来了也就是那末一副铁青脸相。唉,吃点饭不啦?"

这时西屋里又走出一个年轻的女人,也瑟瑟缩缩的走过来,怯生生地小声说:"三叔,到咱屋里去坐吧。"

杨亮跟着他走进了西屋。这里要干净些,墙上还贴得有褪了色的对联和一张美女画。炕上的被子卷起的,炕席显得还新。有两个半新不旧的蓝布枕头,两头绣得有花。柜子上还放了一面镜子和两个花瓶咧。杨亮不觉地露出一种惊诧和满意的样子,他正想赞美一下,可是刘满却抢着道:"老杨,别瞧咱不起,咱原来也还不是这末一份寒碜人家,如今给人治得穷苦些倒也算了,憋住了一口气,闷得没法过呀!"

刘满又睁开他那一双圆眼,打量着杨亮,杨亮便坐到炕上去,答道:"慢慢儿说吧,咱们自家人,透不了风,有什么,说什么。"

可是刘满又沉默下来了,他不知道怎么说才好,他在屋子里来回地走着,捏着拳头,有时又去拨他那满头直竖着的厚重的头发。

他的女人又送过来一碗小米稀饭,一碟咸菜,并且递给杨亮一支烟和一枝燃着的线香,她站在门口,用手去揩她的火眼,对旁人并没什么顾忌,等着她男人吃饭。

"刘满,你吃饭吧。"杨亮叫他。

刘满却一冲站到杨亮跟前,急速地说:"不瞒你说,打暖水屯解放那一天起,咱就等着,等着见青天啦。唉!谁知人家又把根子扎到八路军里了。老杨!咱这回可得要看你的啦,看看你是不是吃柿子拣软的!"

"你有话慢慢地说嘛!同志,你担待他些吧,咱们老二是逼疯了的,……唉,你把这碗饭吃了吧。"女人虽然有些怕他的样子,却有她的那一股韧劲。

"对,刘满,你吃了饭咱们再说。"

"你不收走,老子打了你的碗。"刘满又站到一边去,恶狠狠望着他老婆。女人并不示弱,还横扫了他一眼,无限埋怨地悠长地说道:"就不想想人家的作难呀!"然后她转过身出去了,还听得到在外边又叹了一口气。

"刘满!"杨亮又说了,"如今是咱们农民翻身的时候,咱们过去吃了人家的亏,受了压迫,现在都得一桩一桩的算账。越是恶人越要在他的头上动土,越要把他压下去,为什么吃柿子要拣软的?不要怕,你有冤尽管报冤,共产党撑你们的腰。"

"嗯!老杨,你说得好,事情可不像你说的一样,我给你说老实话吧:你们老听干部们那一套就不成!干部们可草蛋,他们不敢得罪人。你想嘛,你们来了,闹了一阵子,你们可是不用怕谁,你们是要走的啦。干部们就不会同你们一样想法,他们得留在村子上,他们得计算斗不斗得过人,他们总得想想后路啦。嗯,张裕民原来还算条汉子,可是这会儿老躲着咱,咱就知道,他怕咱揭穿他。咱一见他就嚷:'你抗联会主任,你到底要舐谁的屁股?'他有天想打咱,嗯,碍着了你们啦,只说:'刘满,哥待你不差,你要拆哥的台吗?'他待咱倒是不差,还介绍咱当过一名党员啦!"

"党员?"杨亮觉得更奇怪了,他来村子后,十八个党员全认识,就从来没听到有刘满这个党员,他便追问他这个问题。

"嗯,咱还是老牌呢,打解放前就参加,背棍打旗的跑过一阵子龙套,今年春上就把咱甩了。还是张裕民说好话,才说只停止一阵。从此村上的事就没有咱的份,咱成了一个长翅膀的党员①啦。不是咱为什么不服气,那是他们向着胡楂,把咱的官司判输了不算,还到区上受了批评。如今,老杨!咱就是要把这官司判回来,这并不争那几亩地,咱就为的要争这口气,咱为的要钱文贵不舒服。嗯!钱文贵,你知道吗?"刘满一气说了这末多,他也不管人家听不听得懂,总以为别人全明白这些事一样,只管自己得了一个机会,就把心里的不平忙端出来了。他说了后却又并不显得轻松,倒像一个刚刚接触战争的战士一样,说不出的紧张,顾不到头,也顾不到尾地那末站在那里,望着杨亮。

　　"啊!"杨亮只微微嘘了一口气。

　　刘满又冲过来,夹七夹八的嚷了一阵。有时他女人听到他的刺耳的声音,怕他闯祸,跑过来站在门边瞧瞧,只见他搋拳跳脚,没有个安静。杨亮倒是很平和地望着他,总是说:"慢慢说吧,还有呢?"一直到后来,刘满气呼呼地直挺挺地躺在炕上,杨亮不断地说:"我明白了,我明白了,刘满!你歇歇吧,不要着急,咱们慢慢想办法。"女人便又走了进来,站在门口也说道:"唉,要是同志能帮忙把这口气争回来,咱这日子才过得下去呀!咱们老二是个疯子,如今,你看他这样儿,也不差啥了,唉,这仇恨根子可种得长远啦!"

　　杨亮还赔着他坐了好一会,看见刘满已经渐渐平静了,才招呼他老婆给拿点米汤来。刘满站起来送他走,那眼睛也像他老婆的火眼一样红,周围更显得润湿,可是却很沉静,他把手放到杨亮的肩头上,朗朗地说:"你说得对!天上下雨地上滑,各自跌倒各自爬,要翻身得靠自己。你更说得对,天下农民是一家,不团结,就没有力量,就翻不了身,老杨,你是咱指路的人,可是咱也是讲义气的!"

---

① 非(飞)党员。

三十五　争　论

　　杨亮刚走出刘满的家,就碰着老百姓告诉他,说文采回来了,四处在找他呢。他赶忙跑回去,才走到院子里,就听到文采的愉快的声音,他在述说里峪工作的顺利。杨亮走进屋时,文采只向他点了一点头,仍继续下去道:"那简单得多,明天晚上就开斗争会,四十九家斗一家,那还不容易,全村就那末一家富农,真是个穷村子。"

　　"能解决多少土地呢?"胡立功坐在柜子上聚精会神地听。

　　"他一共有三十多亩地,在里峪就得算个富农,准备留给他二十亩,哈,老董还分了三亩葡萄园子呢。老董……你要了那几亩地,谁给你种嘛?"

　　坐在炕桌前擦他那杆橛枪的老董,也许由于包枪的红绸子映在他脸上,显得有些红。而文采同志又说起他的笑话来了。说这次一定要吃了老董的喜酒才回去,老董便赶忙分辩没有这回事。

　　杨亮从这些简单的言语之中,对里峪情形的看法,觉得并不能同文采一样,却也不好多说,只问:"那末是四十九家分十几亩地,老董还占了三亩呐。"

　　"不,"文采仍然很自得地说,"同志,你别急嘛,当然不会这样,他们种得有外村的地嘛,暖水屯就有五十几亩。龙王堂还有十几亩。这末一来,除开几家中农,平均每家可以分到二亩地了。他们很高兴,老董,你说是么?"

　　"是,那几个村干部可起劲。"老董也附和着说。

　　"咱说,那个支书比暖水屯的好,你说怎样,老董?"

　　"差不离,那边村子小,有事好布置。张裕民也不错,暖水屯的事难办些。"老董把枪包起来,又去翻他的挂包了。

杨亮又问道:"这恐怕还只能解决佃农,赤贫户还是没办法。干部起劲,不一定就是老百姓全高兴。四十九家斗一家,就只因为他是惟一的富农么?"

文采觉得杨亮老欢喜挑岔子,他有点不高兴,冷冷地说:"要不够条件还能斗他?你要是有兴趣,明晚去参加他们的会去吧。咱们全布置好了。"

杨亮还想说:"靠布置不一定办得了事。"但还没说出,文采却问起这几天暖水屯的情形了。胡立功和杨亮便一件一件地汇报着。胡立功把张裕民,赵得禄来商量卖果子的事也谈了。

文采坐在那里耐心地听着,做出一副只有他才能掌握政策的样子,他很不喜欢这两个人轻易发表自己的一知半解,和坚持一端。他心里想:"你们做做调查工作是可以的,可是要决策于千里之外的才干却没有。"他总是做出一副最老练最懂政策的样子,常常引用一些书本上的话,可是他其实是并没什么办法,照他自己的真心话,他这人是一个谨慎的人,不致犯多大错误的。他就是一个常常以为自己看准了,在事后才来批评,而且是很会发议论的人。

"聪明人"是不容易碰钉子的,即使在群众运动面前,也常常会躲闪,会袭击,事情出岔子的时候,便插科打诨,轻松地把责任卸在别人头上,不论在什么时候,都要摆出一副自己很正确的架子。这种人表面上常常是很积极,很灵活,也很能一时的把少数人蒙混住,以为他倒比较有用,但在群众眼中,常常觉得很难与那些隐藏在革命队伍里的投机者区别开。

"唔,刘满那个人,我知道,"文采想起那天在路上遇到他的情形,"完全像个有神经病的;既然他哥哥是个疯子,很可能有遗传。老董,他家里还有什么人有神经病的么?"

"没听见,"老董答应,"他春上那场官司,咱知道,村干部怕是有些马虎,这里面说不定钱文贵、江世荣都有鬼。他过去的确是个党员,啥时把他停止了,连区上也不清楚呢。"

文采认为当甲长总是赚钱的,都是汉奸,如今听说有人当甲长是被强迫的,是为仇家所陷害,结果破产,成了极贫的农民,还逼疯了,怎么会有这回事呢?他不大相信这种话。钱文贵在村子上包揽词讼,出出歪主意,一定是可能的,可是,从经济上来看,他三口人只有十多亩地,把他分给儿子们的五十亩划开了,顶多是个中农,纵使出租,也不是什么大事,从政治上看,他是一个抗属。对一个革命军人家属,在社会上不提高他的地位,已经不对,怎么能打击他呢?因此他觉得干部们不提出他来作为斗争对象,完全是对的。他反而不赞成张裕民,在会上不提,会后叽叽咕咕,这是种什么作风!这只有扰乱目标,也就扰乱了阵容。而这两个同组的工作者,很能接近群众是真的,但分析能力不够,容易被片面的事实所迷惑。文采还特别向他们指出黑板报那件事,明明是群众起来说话,他们却听信了李昌的话,以为这是坏分子的破坏活动,李昌不是和李子俊同姓么,这些干部都有些耍私情!偏偏这两个少不更事的同志,却相信干部的意见。

老董以他的对村子上的了解,和他用一个农民的直感,他觉得不管李子俊也好,顾涌也好,分他们的土地,大家也会乐意。但如果要斗争,那末就很少有人发言了,甚至会有人同情顾涌。而李子俊平日的某些小恩小惠,也会使人觉得对他太过了。他的思想常会不约而同地接近张裕民,但却比张裕民更小心,更多犹疑。他觉得在文采的理论政策的渊博学问之下,就不敢坚持一个一定的主张,就不得不采取些模棱两可,含混的语句了,虽然这是同他的性格完全不调和的。

一些纠缠不清的争论,继续着,一些夹七杂八的所谓群众观点,空洞的语言,使胡立功不能忍受了,他跳起来说:"咱们的工作,如果老这样吵下去的话,只有一个前途,就是垮台!我也曾经做过减租减息的工作,从来没有见过这种做法!"

"是的,我也认为工作组的意见太难于统一了!"文采慢吞吞地答道,"枝节太多,民主也太多,很难集中。主要还是由于我们对政策理解的深度不一致。不过,至于工作,我想还不至如你所希望——就说是担心也可以——那末的坏吧。哈……"

杨亮简直觉得只有用痛苦两个字来形容自己的心情了。像李子俊那样的封建地主,应该被清算的,而且应该很彻底。但农民还没有阶级觉悟以前,他们不清楚恶霸地主的相互关系,他们恨恶霸比恨地主更甚,如果不先打倒这种人,他们便不敢起来。他觉得如果这样搅不清,倒不如先回区上去一趟,或到县上去,让他们来决定这工作吧。可是他又压制住自己,他责备自己的办法太少,自己不善于与人合作,他想:"这恐怕是给我的一个最好的锻炼吧。"他又想:"何必在形式上争上下呢?先做一两件事,从事实上来说明我们的想法,让实际来决定行动吧。"于是他提议,根据要红契失败的经验,再进行一次有把握的胜利的战斗,用小小的胜仗来鼓舞士气,磨炼斗志,在大的决战之前,小的胜仗是有它的作用的。

果然,这个提议立刻为大家所接受,这不会有妨碍于任何人的自尊心,和新的行动的布置的。为着消弭适才争吵的厌倦之感,新的问题,具体的准备工作,是比较容易得到一致的。因此房子里的空气有了转换,大家在这个问题上谈得很融洽。

合作社里的郭富贵的印象,在胡立功脑子里活跃了起来,他笑道:"父亲打了败仗,那末,让儿子去打胜仗吧。"

"是的,这不是一个孬种!可以上阵的角色!"大家同意这个想法。

老董说江世荣是个大滑头,应该先告诉佃户们,怎么去算账,该不该算账。这个意见也很对,上次就因为事先没有使佃户们明白,为什么要去拿红契,这不是讹人抢人,只为去算还自己被剥削了的血汗!

文采在对于分配果实上,也提出了意见,也被赞同,并补充了些办法。总之,在重新拿红契这件事上,大家思想倒很一致,这给了人很愉快的感觉,大家又有了信心。那末,就先来把这件事办好再说吧。他们立刻一同动身去合作社找张裕民,程仁他们,商量着开始这工作。

三十六　果子的问题

　　合作社门外的街头上,靠墙根阴处,站了好些人,平台的侧边树荫下,也蹲了不少人。他们都在那里交头接耳。杨亮看见董桂花的男人李之祥也在这里,知道他心里有事,还没得到解决,一时积极不起来,便走过去问他这几天干什么活,葡萄快下来了没有?李之祥回说,他的园子已经找了他的一个老寡婶去看着,白天他老婆去帮忙收拾,葡萄已经快熟,过十来天就好下了。他因为眼前没吃的,给人打短工,跑沙城,卖果子呢。

　　"你们都是卖果子的么?"杨亮把眼睛扫到旁边去。

　　"不是的,"旁边一个老头答应了,"咱是看园子的。"

　　"你看的谁家的?"

　　"他叫李宝堂,就是李子俊的看园子的。"李之祥代他答应了。

　　"啊!"杨亮便仔细地打量这个老头儿,继续问道:"李子俊怎么跑的呢,他说过什么没有?"

　　"没有,他啥也没说,就卖果子,打你们来就卖起,那会儿果子还没全熟呢。一天要出脱七八百,千来斤。"

　　"他走的头天夜里,村子上有人去找过他呢。"李之祥又补充道。

　　老头子却用肘子碰了他一下,只说:"卖果子的已经不只他一家,要是村干部不管这回事,暖水屯的胜利果实可就去了一大半呢。今年是个大年,近十年也没这样好过。"

"要是把大同拿下来了,果子还会马上涨价呢。以前咱们不只往西去,还往东销呢,哪趟火车不运上几节车厢的果子。"蹲在旁边的另外一个人也说了。

"你也是卖果子的?"杨亮看见他是一个年轻小伙子。

"不,咱哥有一亩半葡萄园子,听说农会要把果子都卡起来,咱哥害怕要清算他的果园,急得要死,自己又不敢来问,叫咱来打听。杨同志,咱哥一共才五亩地,三亩半是水地,三口人,日子过得还可以,也算不上什么富有,你说会均他的地吧?"那年轻人便趁机会问开了。

"你哥在村上做过坏事么?"

"哈,好事坏事全没他的份,忙自己几亩地就忙不过来。他哥也是个老实人。"李之祥又替他答应了。

"那怕什么,又不是地主,又不是恶霸,着什么急?一个庄稼人,同大伙儿站在一起,不分得点地,分点浮财,穷人掌权,自己也有好处啦!你告诉你哥,说不要怕,要是谁欺侮过他,他还可以报仇啦。你们大家看,该不该这样?"

"对啦,有几亩地也算不了什么,地又不会自己长出谷子来,还不是吃的自己的一把汗一把血的。"大伙儿都笑着说了。

"他哥可给人吓唬得够呛。别人吓唬他,说他是中农,说扳倒了地主扳富农,扳倒了富农扳中农,说如今只有穷光蛋才好过日子,穷光棍又不劳动,靠斗争,吃胜利果实,吃好的啦。他哥不服气,把一口猪也杀了,说自己也开开荤吧,别到往后看见别人吃了心痛。"是谁也挤过来抢着说。

"真的不会卖他的果子么?"那年轻人还追着问清楚。

"唉,看你这人,同志不是刚说过,看大家的意见么!"

"嗯,大伙儿有个啥意见么,农会说要卖,大伙儿也不敢说不卖,要是同志说一句,那才顶事。杨同志,请你跟农会说说吧。"那年轻人更凑了过来。

"农会是大伙的么,又不是几个人的,农会就得听大家意见。要是不听,你们就不依他们,有话尽管说,共产党在这里撑大家的腰。怎么样?"杨亮这话把大家都逗乐了,有的人半信半疑,有的人顺着说:"有同志们在这里,咱们啥也不怕,要不,还能卖别人的果子!"

这时老董,文采,胡立功也被人围在中间,大家都谈卖果子的事,文采问道:"有果园的人不都害怕起来了么?有多少家有园子的?"

"可不是都慌了。"群众答应。

胡立功告诉他,十一家地主,十五家富农全有园子,还有五家中农,二十家贫农也有果子呢。葡萄园没有算在里边,葡萄的收成不算什么。

"还能把穷人的果子也拿出卖?只能卖地主和富农的。"人群中又有人说了。

"富农也有不被清算的,一股脑儿都掌握起来,不大好吧。这样那五家中农也要恐慌的。这个办法是你们想的,还是农会想的?"文采觉得这末不分青红皂白就不大好。

大家便都彼此望着,不再说什么。

"这有什么要紧,"停了一会,里面有个人站出来说,这人是侯忠全的儿子侯清槐,"咱们又不抢人讹人的,不该被清算的果子账,还是可以还给他的嘛,他有多少果子他自己来过秤,咱们公事公办,不就行了。"

"把果子看起来,迟几天卖,不行吗?那时候,地归谁,谁就去卖,不省事吗?"文采又问他们。他的神气当然还是看出有某种程度的肯定。他看见大家没有答应他,便又重问了一遍。

群众中有个年岁长的便答道:"当然成,这事还不是看同志们的命令,同志们说怎么办就怎么办。"

老董却说道："要是很快能把地分精密，那是成的，果子搁几天也不要紧，就怕行情跌，日子要拖久了，苹果、梨，都好办，就是葫芦冰为难……"

"对，"群众还没等他说完便嚷起来了，"董主任懂得，就是这个讲究，到底是这地方的人！"

文采不好再说什么，只同胡立功说："咱们突击一下吧，找程仁他们去，要是能突击出来，还是慢点好。这工作要做不好，也会很麻烦的。"

"突击是突击不出来的。不过连富农的也统制起来，是不太好，我同意你的这个意见。"胡立功便跟着他离开了人群，杨亮也走了过来，还听到侯清槐问老董说："一听说土地改革，穷人们就望着这些果子呢。谁不想分个几百斤，千来斤。要是果子都吹了，光树杆子就差劲了。董主任，你得替穷人们想想这个道理，你看，连咱爹那个老顽固，听说要卖果子，他还不反对，还悄悄向咱娘打听呢。"

三十七　果树园闹腾起来了

暖水屯的人们都你跟我说，我跟你说着："嗯，十一家地主的园子都看起来了，说有十一家咧，贫农会的会员都在那里放哨呢。""唉，是哪十一家咧，怕都是要给清算的吧？""说是只拣有出租地的，富农的让他自己卖。""那不成呀！富农就不清算了么？""说不能全清算呀！有的户要清算的，那时要他交钱就成，这好办。""这也对，要是把全村的都卡起来，农会就只能忙着卖果子，还闹什么改革，地还得要分嘛！"……

一会，红鼻子老吴又打着锣唱过来了。他报告着卖果子委员会的名单,和委员会的一些决定。

"着呀!有任天华那就成呀!他是一个精明人,能替大伙儿打算,你看他把合作社办得多好,哪个庄户主都能挂账,不给现钱,可还能赚钱呀!"

"哈,李宝堂也是委员了,他成,果园的地他比谁也清楚,在果子园里走来走去二十年了,哪一家有多少棵树,都瞒不过他,哪一棵树能出多少斤果子,他估也估得出来,好好坏坏全装在他肚子里。"

"照情况看来这一回全给穷人当权着呢。侯忠全的儿子也出头了,这不给他的老头子急坏了么!"

人们不只在巷子里和隔壁邻舍谈讲,不只串亲戚家去打听,不只拥在合作社门外传播消息,他们还到果子园去;有些人是指定有工作的,有些妇女娃娃就去看热闹。

曾经听说过要把全村果树都卡起来的十五家富农,如今都露出了笑容,他们互相安慰也自己给自己安慰道:"咱说呢,共产党就不叫人活啦,还能没有个理!"于是也全家全家的赶快出发到园子里,把熟了的果子全摘下来,他们怕落后了吃亏,要把果子赶早发出去。

那被统制下来了的十一家,也派人到园子来,他们有的来向大伙要求留下一部分,有的又想监视着那些农民看他们能怎么样,会不会偷运,把些小孩子也派来,趁大伙忙乱的时候,孩子们就抱些回家去,哪怕一个果子也好,也不能随便给人呀!

当大地刚从薄明的晨曦中苏醒过来的时候,在肃穆的,清凉的果树园子里,便飘起了清朗的笑声。这些人们的欢乐压过了鸟雀的喧噪。一些爱在晨风中飞来飞去的有甲的小虫,不安地四方乱闯。浓密的树叶在伸展开去的枝条上微微地摆动,怎么也藏不住那累累的沉重的果子。在那树丛里还留得有偶尔闪光的露珠,就像在雾夜中耀眼的星星一样。那些红色果皮上有一层茸毛,或者是一层薄霜,显得柔软而润湿。云霞升起来了,从那密密的绿叶的缝里透过点点的金色的彩霞,林子中反映出一缕一缕的透明的淡紫色的、浅黄色的薄光。梯子架在树旁了。人们爬上了梯子,果子落在粗大的手掌中,落在篾篮子里,一种新鲜的香味,便在那些透明的光中流荡。这是谁家的园子呀!李宝堂在这里指挥着。李宝堂在园子里看着别人下果子,替别人下果子已经二十年了,他总是不爱说话,沉默地,像无所动于衷似的不断工作。像不知道果子是又香又甜似的,像拿着的是土块,是砖石那末一点也没有喜悦的感觉。可是今天呢,他的嗅觉像和大地一同苏醒了过来,像第一次才发现这葱郁的,茂盛的,富厚的环境,如同一个乞丐忽然发现许多金元一样,果子都发亮了,都在对他眩着眼呢。李宝堂一面指挥着人,一边说:"这园子原来一共是二十八亩,七十棵葫芦冰,五十棵梨树,九棵苹果,三棵海棠,三十棵枣,一棵核桃。早先李子俊他爹在的时候,葫芦冰还多,到他儿子手里,有些树没培植好,就砍了,重新接上了梨树。李子俊没别的能耐,却懂得养梨,告诉咱们怎么上肥,怎么捉梨步曲,他从书上学来的呢。可惜只剩这十一亩半。靠西北角上五亩卖给了江世荣,紧南边半亩给了王子荣,一个钱也没拿到。靠洋井那三亩半还卖得不差,是顾老二买的,剩下七亩半,零零碎碎的卖给四五家人了。这些人不会收拾,又只个半亩,亩多的,就全是靠天吃饭,今年总算结得不错。"

有些人就专门把那些装满了果子的篮子,拿到堆积果子的地方。人们从这个枝上换到那个枝上,果子逐渐稀少了,叶子显得更多了。有些人抑制不住自己的欢乐,把摘下的大果子,扔给在邻树上摘果子的人,果子被接住了,大家就大笑起来,果子落在地上了,下边的人便争着去拾,有的人拾到了就往口里塞,旁边的人必然大喊道:"你犯了规则啊,说不准吃的呀,这果子已经是穷人们自己的呀!""哈,摔烂了还不能吃么,吃他李子俊的一个不要紧。"

也有人同李宝堂开玩笑说:"宝堂叔,你叨咕些什么,把李子俊

145

的果园分了,就打破了你看园子这碗饭,你还高兴?"

"看园子这差事可好呢,又安静,又不晒,一个老人家,成天坐在这里抽袋把烟,口渴了,一伸手,爱吃啥,就吃啥,宝堂叔——你享不到这福了。"

"哈,"李宝堂忽然成了爱说话的老头,他笑着答道:"可不是,咱福都享够了,这回该分给咱二亩地,叫咱也去受受苦吧。咱这个老光棍,还清闲自在了几十年,要是再分给一个老婆,叫咱也受受女人的罪才更好呢。哈……"

"早就听说你跟园子里的果树精成了亲呢,要不全村多少标致闺女,你都看不上眼,从来也不请个媒人去攀房亲事,准是果树精把你迷上了,都说这些妖精喜欢老头儿啦!"

一阵哄笑,又接着一阵哄笑。这边笑过了,那边又传来一阵笑,人们都变成好性子的人了。

果子一篮一篮的堆成了小山,太阳照在树顶上,林子里透不进一点风。有些人便脱了小褂,光着臂膀,跑来跑去,用毛巾擦脸上的汗,却并没有人说热。

比较严肃的是任天华那一群过秤的人。他们一本正经目不斜视的把称过的果子记在账上,同时又把它装进篓子里。

李子俊的女人在饭后走来了。她的头梳得光光的,穿一件干净布衫,满脸堆上笑,做出一副怯生生的样子,向什么人都赔着小心。

没有什么人理她,李宝堂也装做没有看见她,却把脸恢复到原来那末一副古板样子了。

她瑟瑟缩缩地走到任天华面前,笑着道:"如今咱们园子不大了,才十一亩半啦,宝堂叔比咱还清楚啦,他参哪年不卖几亩地。"

"回去吧,"那个掌秤的豆腐店伙计说了,"咱们在这干活穷人们都放心,你还有什么不放心的。你们已经卖得不少了!"

"尽她待着吧。"任天华说道。

"唉,咱们的窟窿还大呢,春上的工钱都还没给……"女人继续咕噜着。

在树上摘果子的人们里面不知是谁大声道:"嘿,谁说李子俊只会养种梨,不会养葫芦冰?看,他养种了那末大一个葫芦冰,真真是又白又嫩又肥的香果啦!"

"哈……"旁树上响起一片无邪的笑声。

这个女人便走到远一点的地方坐下来。她望着树,望着那缀在绿树上的红色的珍宝。她想:这是她们的东西,以前,谁要走树下过,她只要望人一眼,别人就会赔着笑脸来奉承来解释。怎么如今这些人都不认识她了,她的园子里却站满了这末多人,这些人任意上她的树,践踏她的土地,而她呢,倒好像一个不相干的讨饭婆子,谁也不会施舍她一个果子。她忍着被污辱了的心情,一个一个的来打量着那些人的欢愉和对她的傲慢。她不免感慨地想道:"好,连李宝堂这老家伙也反对咱了,这多年的饭都喂了狗啦!真是事变知人心啦!"

可是就没有一个人同情她。

她不是一个怯弱的人,从去年她娘家被清算起,她就感到风暴要来,就感到大厦将倾的危机。她常常想方设计,要躲过这突如其来的浪潮。她不相信世界将会永远这样下去。于是她变得大方了,她常常找几件旧衣送人,或者借给人一些粮食;她同雇工们谈在一起,给他们做点好的吃。她也变得和气了,常常串街,看见干部就拉话,约他们到家里去喝酒。她更变得勤劳了,家里的一切活她都干,还常常送饭到地里去,帮着拔草,帮着打场。许多只知道皮毛的人都说她不错,都说李子俊不成材,还有人会相信她的话,以为她的日子不好过——她还说今年要不再卖地,实在就没法过啦!可是事实上还是不能逃过这灾难,她就只得挺身而出,在这风雨中躲躲闪闪地熬着。她从不显露,她和这些人中间有不可调解的怨恨,她受了多少委屈啊!她只施展出一种女性的千依百顺,来博得他们的疏忽和宽大。

她看见大伙的工作又扩展开来了,便又走远些,在四周逡巡,舍不得离开她的土地,忍着痛苦去望那群"强盗"。她是这样咒骂他们的。

到中午时候,人们都回家吃饭去了。园子里显得安静了许多。她又走回来,巡视那些树,它们已经不再好看了,它们已经只剩下绿叶,连不大熟的果子都被摘下来了。她又走过那红色的果子堆成的小山,这在往年,她该多么的欢喜啊!可是现在她只投过去憎恨的视线。"嗯,那树底下还坐得有人看着呢!"

她通过了自己的园子,到了洋井那里,水汩汩地响着,因为在水泉突出来的地方,倒覆了一口瓦缸,水在缸底下涌出来,声音听起来非常清脆,跟着水流便成了一条小渠。这井是他们家开的,后来同地一道卖给顾老二了。顾老二却从来没有改变水渠的道路,也就是说从来没有断绝他们家的水源。这条小渠弯弯曲曲的绕着果子园流着,它灌溉了这一带二三十亩地的果子。她心想:"唉,以前总可惜这块地卖给别人了,如今倒觉得还是卖了的好!"

顾涌的园子里没有人,树上的果子结得密密层层,已经有熟透了的落在地上了。他的梨树不多,红果却特别大,这人舍得上肥和花工;可是,还不是替别人卖力气。她感觉到这三亩半园子也被统制了,把顾老二也算在她们一伙,她不禁有些高兴,哼,要卖果子就谁的也卖,要分地,就分个乱七八糟吧。

可是当她刚刚这样想的时候,却听到一阵年轻女人的笑声。接着她看见一个穿浅蓝衣服的影子晃了过去,谁呢?她在脑子里搜寻着,她走到一条水渠边,有一棵柳树正从水渠那边横压了过来,倒在渠这边的一棵梨树上。梨树已经大半死去,只留下一根枝子,那上边却还意外地结着一串串的梨。她明白了对面是谁家的园子:"哼!是他们家呀!"

她已经看见那个穿浅蓝布衫的黑妮,正挂在一棵大树上,像个啄木鸟似的,在往下边点头呢。树林又像个大笼子似的罩在她周围。那些铺在她身后的果子,又像是繁密的星辰,鲜艳的星星不断地从她的手上,落在一个悬在枝头的篮子里。忽地她又缘着梯子滑了下来,白色的长裤就更飘飘晃动。这时她的二嫂也像一个田野间的兔子似的跳了过来,把篮子抢了过去,那边她姐姐又叫着了:"黑妮!你尽贪玩呀!"

黑妮是一个刚刚被解放了的囚徒。她大伯父曾经警告她道:"村子上谁也恨咱那个兄弟,咱们少出门,少惹事,你一个闺女家千万别听他的话,防着他点,是是非非你都受不了啦!"黑妮听了他的话,坚决不去找程仁,干脆地答复了二伯父道:"你们要再逼咱,咱就去告张裕民。"但不管怎样,家里总还是不放松她,死死地把她扭着,不让她好好呼吸一口新鲜空气。正在无法摆脱的时候,却一下晴了天,今天全家都喜笑颜开,当他们听到十一家果地被统制的消息时候,其中却没有钱文贵三个字,都会心地笑了。二伯父已经不再在院里踱来踱去,他躺在炕上,逍遥地摇着一把黑油纸扇。伯母东院跑到西院,不知忙什么才好。妇女们都被打发到园子里来了,钱礼就去找工人雇牲口。黑妮最感到轻松,她想他们不会再逼迫她了。她悄悄地向顾二姑娘说道:"二嫂,别怕咱爹,哼!他如今可是沾的咱二哥的光啦!"

李子俊的女人却忍不住悄悄地骂道:"好婊子养的,骚狐狸精!你千刀万剐的钱文贵,就靠定闺女,把干部们的屁股舐上了。你们就看着咱姓李的好欺负!你们什么共产党,屁,尽说漂亮话;你们天天闹清算,闹复仇,守着个汉奸恶霸却供在祖先桌上,动也不敢动!咱们家多了几亩地,又没当兵的,又没人溜沟子,就倒尽了霉。他妈的张裕民这小子,有朝一日总要问问你这个道理!"

她不能再看下去了!她发疯了似的往回就跑,可是又看见对面走来了许多吃过午饭的人,还听到他们吆牲口的声音,她便又掉转头往侧边冲去,她不愿再看见这些人,她恨他们,她又怕不能再抑制住自己对他们的愤恨,这是万万不准透露出来的真情。她只是像一个挨了打的狗,夹着尾巴,收敛着恐惧与复仇的眼光,落荒而逃。

人们又陆续的麇聚到园子里了。侯清槐带领着运输队。两部铁轮子大车停在路上等装货,连胡泰的那部胶皮轱辘也套在那里,还加了一匹骡子。顾涌不愿跟车,没出来,李之祥被派定站在这里,拢着缆绳,举着一根长鞭子。他已经展开了笑容,不像前一向的畏缩了,他觉得事情是有希望的。一串串的人扛着箩篓子,从园子深处朝这边走来了。只听见侯清槐站在车头上嚷道:"老汉,你下去!到园子里捡捡果子吧,找点省劲的干!唉,谁叫你来的!"

这话是朝后边那辆铁轮车上的郭全说的。这老头戴了一顶破草帽,穿一件旧蓝布背心,连身也不反过来说:"谁也没叫咱来,咱自个儿来的。咱自个儿还搁着两棵半果树没下呢。老头怎么样,老头就不办事了?!"他忽然看见那小个儿杨亮也扛着一篓果子走过来,不觉便去摸了一下那两撇八字胡,也高声道,"咱老头还能落后,老杨!到咱这里来!装车是要会拾掇,又不要蛮力,对不对?"

"啊!是你!你的果子卖了么?"杨亮在车旁歇了下来,拿袖子擦脸上的汗。又向旁边搜寻着。

"没呢,咱那个少,迟几天没关系。"郭全弯着腰接过送上来的篓子。

杨亮想起那天他们谈的事,便问道:"和你外甥商量了没有?打定了主意么?"

"什么?"他凝视着他一会,忽然明白了,笑了起来,"啊!就是那事啊!唉,别人成天忙!你看,小伙子都嫌咱老了干不了活啦!嗯,没关系,咱老了,就少干点,各尽各的心!"

杨亮看见一个年轻女人也站到身边来,她把肩头上沉重的篓子慢慢的往下移,却急喊道:"郭大伯,快接呀!"

她是一个瘦条子女人,黑黑红红的面孔,眉眼都细细的向上飞着。头发全向后梳,又高高地挽了一个髻子,显得很清爽。只穿一件白布的男式背心,两条长长的膀子伸了出来,特别使人注目的,是在她的一只手腕上,戴了好几道红色的假珠钏。

"嘿,坐了飞机呀!"一个走过来的年轻农民笑说道,"你真是妇女们里面的代表,羊栏里面的驴粪球啦!"

那女人决不示弱,扭回头骂道:"你娘就没给你生张好嘴!"

"对!咱这嘴就是笨,咱还不会唱'东方红太阳升'呢,哈……"谁也没有注意他给大家做的鬼脸,但大家都笑了。还有人悄悄说:"欢迎唱一个!"

"唉!看你们这些人呀!有本领到斗争会上去说!可别让五通神收了你的魂!咱要是怕了谁不是人!"她蹓转身走回去了。她走得是那样的快和那样的轻巧。

"谁呀?这妇女不赖!"杨亮觉得看见过这女人,却一时想不出她的名字,便问郭全。

郭全也挤着眼笑答道:"羊倌的老婆,叫周月英,有名的泼辣货,一身都长着刺,可是个天不怕地不怕的女人,开起会比男人们还叫得响。算个妇女会的副主任咧。今天她们妇女会的人也全来了。"

"扛了一篓子果子,就压得歪歪扭扭叫叫喊喊的,还要称雄呢!"

"称雄!不成,少了个东西啦!"

于是大家又笑了。

一会,车子上便堆得高高的,捆得牢牢的。侯清槐得意洋洋,吆喝了一声,李之祥便挥动长鞭,车子慢慢地出发了。三辆车,一辆跟着一辆。在车后边,是从园子里上好了驮子的十几头骡子和毛驴,一个长长的行列,跟车的人,押牲口的人在两旁走着,有些人便靠紧了路边的土墙,伸长着头,目送着这个热闹的队伍。有些人也不愿立刻回园去,挤在园门口,指指点点赞谈着。这比正月的龙灯还热闹,比迎亲的轿马还使人感到新鲜和受欢迎啊!这时郭全也靠墙站着,轻轻的抹着他那八字胡,看行列走远了,才悄悄地问他身旁的杨亮道:"这都给了穷人吗?"

文采也到园子里来了,他的感觉完全和过去来这里不同。他以前曾被这深邃的林地所眩惑。他想着这真是读书的胜地啊!也想着是最优美的疗养所在。他流连在这无边的绿叶之中,果子便像散乱的花朵。他听着风动树梢,听着小鸟欢噪,他怡然自得,觉得很不愿离开这种景致。可是今天呢,他被欢愉的人们所吸引住了。他们敏捷,灵巧,他们轻松,诙谐,他们忙而不乱,他们谨慎却又自如。平日他觉得这些人的笨重,呆板,枯燥,这时都只成了自己的写真。人们看见他来了,都向他打招呼,他却不能说出一句可以使人发笑的话,连使人注意也不可能。他看见负指挥总责的任天华,调动着,巡视着,计算着,检点着,又写些什么。谁也来找他,来问他,他一起一起打发了他们,人们都用满意的颜色离开他。可是他仍是像在合作社的柜房里一样,没一点特别的神气,没一点特别的模样,只显出他是既谦和又闲暇的。

胡立功更明确的说道:"这要换上咱们来办成么?"

当然文采还会自慰:这到底只是些技术的,行政的事,至于掌握政策农民们就不一定能够做到。但他却不能不在这种场面里,承认了老百姓的能力,这是他从来没有想到的,更不能不承认自己和群众之间,还有着一层距离。至于理由何在,是由于他比群众高明还是因为他对群众的看法不正确,或者只是由于他和群众的生疏,那就不大清楚,也不肯多所思虑了。

他们没有在这里待许久,便又回去,忙着布置昨天商量好的事去了。

园子里却仍旧那末热闹,尤其当太阳西斜的时候,老婆子们都拄着杖走来了。这是听也没听过的事呀!财主家的果子叫穷人们给看起来,给拿到城里去卖。参加的人一加多,那些原来有些怕的,好像怀了什么鬼胎的人,便也不在乎了。有些本来只跑来瞧瞧热闹的,却也动起手来。河流都已冲上身来了,还怕溅点水沫吗?大伙儿都下了水,人人有份,就没有什么顾忌,如今只怕漏掉自己,好处全给人占了啦!这件事兴奋了全村的穷人,也兴奋了赵得禄张裕民几个人,他们满意着他们的坚持,满意着自己在群众中增长起来的威信,村上人说他们办得好啊。他们很自然地希望着就这末顺利下去吧,这总算个好兆头。他们不希望再有什么太复杂,太麻烦的事。

三十八　初　　胜

　　吃过了早饭,郭富贵到韩老汉家里来,院子里还只到了三家江世荣的佃户。他们一共是九家,昨天在这里开了一个小会,文采同志向他们说了很多道理,他们都似乎懂得了,今天约好一道去要红契,为什么还不来呢?他们便又分头去找那几家。郭富贵很兴奋。他种了江世荣十亩旱地,每年要交四石租。年年就为这四石租同江世荣吵,怄他的气。这地就不好,一共也不过出四石多五石谷子,要不是再去打个短工,一年四季就连水也没喝的。几次想退了这地,可是要另外找也不容易:别人看得起他有一把力气,却愁着他没家当。他想土地改革要把这地分给了他,他便算有了老本,够吃不算,把裤带系系紧,再喝两年稀的,仗着年轻力壮,也许再苦出一两亩地来,扎下了根,就不怕了。他要地的心切,有股猛劲,不怕事,他一个劲的四处找人,只想一下就把红契拿到手。他一生还没见过这个命根子的东西啊!
　　慢慢地人都来齐了。里面有一个才十七岁的佃户,叫王新田,还有三个老头子,他们夹在一群年轻人中,便也不怎么怕,不过他们总是比较沉默些。他们经过了昨天的一次小会,都愿意去把红契拿来,他们只告诉文采,说江世荣是当过甲长的,能说能办,就怕不给呀!

张裕民也说,江世荣要白银儿造谣,说真龙天子在北京;又天天派老婆去活动赵得禄。这个人狡猾,怕这几个佃户不顶事。文采便又钉住他们几人问:"你们还怕不怕?"

他们几人都同声答道:"有你们在这里,咱们不怕。"

程仁又把侯忠全的故事说了一番。去年清算侯殿魁,大家都分了地,村干部逼着侯忠全也去找他算账,侯忠全没法,进去了。侯殿魁躺在炕上问道:"谁在院子里?"侯忠全说:"二叔,是咱呢。""啊!是你,你来干什么呢?"侯忠全便说:"没什么事,来看看二叔的啦。"说完话他找了一把扫帚,在院子里扫了起来。"啊!到底你还有良心,我以为你也是来找咱算账的。要算,到阎王爷那里去算吧!看他注定到底是给谁的!唉,咱说忠全,你欠咱的那一万款子,就算了吧。咱们是一家人啦,几十年工夫咱们总算有情分。""啊,那哪成,那哪成,……"侯忠全就走出来了。外面的人问他算了没有,他说:"算了,算了,咱还欠人家一万款子啦!"后来农会分给了他一亩半地,他到底还悄悄给人家退回去了。程仁更说:"你们不会做侯忠全吧?这种死也不肯翻身的人!"大家都笑着答:"谁也没那样孱头,尽给人当笑话!"

虽说他们也诉说了许多种地人的苦痛,给了许多诺言,但文采总觉不放心。他一时又没有更多的办法,便只好模仿着一个地主声口,厉声问道:"你们来干什么的?"郭富贵知道了他的意思,答复道:"咱们来给你算算账的。""算账?很好!"文采接着说下去:"你种了咱十亩旱地,当日是你求着种的,还是咱强迫你种的?那时言明在先,白纸黑字,一年交四石租子,你欠过租没有?如今你要算账,成!把欠租交了来再算!要是不愿种,那就干脆,老子有地还怕找不到人种?咱问你,地是你的还是咱的?""地自个会给你长出谷子来?"那个王新田也说了。郭富贵更继续说:"江世荣!告诉你!你早先当甲长,凭着日本人势力,吞了咱们的配给布,谁不知道?还有那年替你修房子,说好一升米一天,咱替你做了一月零三个工,你只给十升米,你想想,有这回事没有?""有呀!"文采仍旧装腔作势地答道,"配给布,不是在唱酬神戏时做了帐篷么?咱又没有要它!你替咱修房子,咱也没亏待你,你吃了一月零三天的伙食就不算了吗?再说,前年日本鬼子还没走,你们就给咱斗争了,要还的都还了,你们讹人就没个完么?咱也曾给八路办事来啦!"这给大家都说气了,大家都吵了起来:"好,你还说咱们讹你,没有咱们受苦,就没有你享福!你以前多少地?这会儿多少地?要不是咱们的血汗就养肥了你?你今天不把红契拿出来,咱们揍也揍死你……"他们吵着吵着,看见文采他们都笑了,便也笑了起来,有人还说:"文同志,你装地主真能成呀!"也有人说:"就像江世荣,江世荣可是个难斗的家伙!"

　　文采又问他们,如果江世荣老婆也学李子俊老婆一样,跑出来哭哭啼啼怎么办?他们都答应,谁管那个破鞋呢。郭富贵更说:"那年那个破鞋刚来,一天找咱去帮他们家推碾子,咱不敢不去。碾完了麦子,又碾黍棒。到天黑,给他们扫净了碾盘,又把骡子牵到槽头上,喂上了草。正要回家,那女人才说一句,'喝碗米汤走吧',咱还没停脚,江世荣却回来了,一进门就说:'咱不在家,你跑来干什么?你调戏咱女人啦!好!送到甲公所罚苦力去!'那女人坐在房子里,一气也不吭;咱怎么说,江世荣也不依。后来还是替他到下花园驮了两趟煤,才算没办咱呢。要不是这破鞋,咱也不会吃那次亏。咱还要同她算账啦,她要哭咱就揍她!才不像咱爹!"

　　文采又问了他们一些问题,他们都答应得很妥当;还要给他们一些鼓励,他们却忍不住了。有个人说:"咱们全闹精密了,走吧。"王新田也说:"咱们一定要胜利,同志放心!"于是他们把他们送到街头上,望着他们走出,后边仍旧跟了一些人,程仁也尾随在后边,好打听消息,看这几个人究竟怎么样。

他们九个人,一阵风似的,拥到江世荣门口了。郭富贵打头一个跨进了大门,其余人便跟在后边。院子里没有人,听到上房有移动家具的声音。郭富贵抢步上了台阶,冲进了中间屋子。这时江世荣已经站在房子中间了,看见进来的就几个穷佃户,他猜算是来要红契的。但他并不怕他们,他说道:"是农会要你们来的么?你们要什么都成,咱也是跟过八路军的,什么事还不明白!不过你们自己得放清楚些,别上了人家的当!好,王新田,你也来了?"

别的人都没有说话,只有郭富贵大声说:"咱们什么全明白,江世荣!咱们要来算算这多年的账!"

"还算什么账!"江世荣只说了一句,注意了几个人的脸色,又听到院子里有脚步声音,怕是工作组和村干部们也来了,立刻改变了面容,接着说道,"村上要土地改革,咱还有不知道的?这是好事呢,咱地是多些,自个儿要种也种不过来。咱老早就和干部们商量过了,咱要献地呢,有地大家种,有饭大家吃,才是正理嘛!"

王新田一听说他要献地,心里就蒙了,急说道:"红契呢?"

江世荣忙着打开抽屉,拿出一个纸包,边说:"老早就准备好了,正打算给农会送去。你们来得正好,这里一共是十二张,五十三亩三分地。这些地都不坏,咱年纪轻,能受苦,多拿些地出来,没关系;王新田,你的五亩地也在内,你拿给农会去。要是还嫌少,就说咱江世荣说的,再献些地也没有什么。咱还是个村长,总要起点模范作用啦!"

"江世荣!你装的什么蒜!……"郭富贵还没说下去,王新田抢过那包红契,便往外跑。别的人看见他一跑,又见红契也拿着了,也跟了出来。院子里,门廊口,大门口站着的人,一看见昏昏然跑出来的王新田,不知出了什么事,问也不问,跟着往外挤。有的还用着恐惧不定的声音问道:"什么事啦?"

这群人莽莽撞撞跑出了门,朝回去的路上跑。程仁赶忙抢上来问道:"干啥呀？唉,看你们的!"

王新田把手举得高高的,抑制不住自己的兴奋,他像刚刚打过架的雄鸡一样不安,他说不出话来。

旁边一个佃户说道:"拿回来啦！红契拿来啦！咱一去就给了!"他的声音与其说是喜悦,毋宁说是惊悸。

这时文采杨亮等也走过来了,他们又以为他们被吓回来了,赶忙问他们的情形。

王新田还紧紧地抱着那包红契,露出一副天真的紧张的样子。文采说:"你们就啥也没说,把别人的红契拿来了么?"

他们还糊糊涂涂地望着他,觉得这有啥不对呢？

"咱们是要和他算账,咱们不要他献地。地是咱们的嘛,他有什么资格,凭着什么说献地？咱们不要他的地,要的是咱们自己的。你们不算账,拿着红契就跑,不行,人家就说咱们不讲理呀,是不是?"

这几个没经验的佃户一听,说:"对呀！咱们是去要自己的账的嘛！怎么一下就给人封了嘴呢？都是王新田孩子家不顶事,他一跑把大家都带出来了,回去！走啦!"

"郭富贵呢？他回家去了吗?"

"没有。"于是他们发觉,只有他一个人还在江世荣家里,谁也没有看见他出来。"走!"大家勇气更增加了,又一团人转了个方向跑回去。

当郭富贵看见王新田他们跑走的时候,心也慌了,连连喊道:"咱们的账还没算啦,你们跑什么?"可是谁也没有听他,他正不知如何是好的时候,那破鞋女人却从里间闯出来了,她用一种嫌厌的眼光,打量了他一下,便向她丈夫怪声怪气地问道:"简直是一帮土匪,把红契全拿走了么?"于是郭富贵便停止了脚步,也恶狠狠地望着她,问她道:"你骂谁？谁是土匪?"

那个女人蓬着一头长发,露出一副苍白的小脸,眉心上的一条肉,捻得红里带紫,上嘴唇很短,看得见一排不整齐的牙齿,因为有两颗包了金,所以就更使人注目。她仍旧不理郭富贵,好像避开一堆狗屎似的远远的走过去,并且撒泼地说:"你这个死人呀!你就都给人拿走了,你的地不是买来的么?难道是抢的!你就不会同人说说道理,共产,共产,你就给人共完了,公妻,公妻,看你明天再当王八去!"

"放你妈的狗屁!闭住你那臭嘴!"江世荣知道对她使眼色也是没用,便申斥着,并且也没好气地向着郭富贵,"你还要什么,你的那十亩地也献出去了,你还不回去?"

"咱们还没算清楚咧。"郭富贵记得说好了是来算账的,可是现在只剩他一个人了,他觉得他的嘴这时很笨,讨厌极了那女人,打她几下么,一时又伸不出手,走开了吧,又不甘心示弱,他并不怕江世荣,只是感觉窘迫,忽然他又看见王新田他们回来了,他像一个得赦的囚徒一样高兴,他禁不住大叫:"王新田!"

王新田并没有理会,一直朝屋里走去,把红契往桌上一丢,嚷道:"谁要你献地!今天咱们只要自己的!"然后他向着郭富贵使了个眼色,好像很有把握似的。

郭富贵立刻也有了主意,他挺起胸脯说道:"姓江的,咱们以前的账不算,只打从日本占了这里之后,你说你那块地一年该打多少?咱们就不管什么三七五减租,只就咱们对半分吧,一年你看咱可多出了一石五六,还有负担,九年了,利上打利,你说该退咱多少?还有你欠咱的工钱,你常叫咱帮你家里做这做那的,再算算。"

后面跟着一阵嚷:"姓江的,咱不能给你白种六年地!"

这时村上有好多人,知道这里在算江世荣的租子账,也跑来看热闹,看见江世荣还在屋子里支支吾吾,便在窗户外面助威:"他妈的!他当个甲长,乱派款项,乱派夫子,把咱村上人送到唐山,送到铁红山,到如今还有人没回家呢。咱们要他偿命!"

屋里面的看见外边人一多,胆也壮了,同来的那三个老佃户,本来不想说话的,这时是"和尚念经,那么也是那么"了,便也跟着嚷了起来。其中一个骂道:"姓江的,大前年三十晚上,你记得不记得,你带着甲丁到咱家里,把咱什么坛坛罐罐都拿走了,就因为欠你三斗租子,咱犯了个啥抄家的罪?大年初一,咱一家人连口米汤也没喝的,老老小小哭作一堆,你好狠心呀!"

屋外面总是比里面还叫得凶:"他妈的,揍死他,枪毙!"

那破鞋女人看见势头不好,怕挨打,便躲到屋里去。江世荣一肚子火,却再也不敢强了,他心想:他妈的,该咱倒运!好汉不吃眼前亏。可是他不敢想——枪毙就枪毙吧!许多的影像刺激着他,陈武不就是榜样么。他心一横,跑到里面,又拿出一个红布包,当众一躬到地,哭丧着脸央求道:"好爷儿们,咱江世荣对不起各位乡亲,请大家宽大咱,咱欠各位的实在太多,没法还,只好把地折价,这是咱的红契,全在这里了,一百二十七亩。望各位高抬贵手,咱一定做个好公民……"

大家看他低了头,把红契也全拿了出来,于是便打退堂鼓,原来就没有更进一步的计划的,大家做好做歹,才把红契拿了,还说:"好,咱们算着看吧,有多的还你,不够你再想办法吧。"

一声"走吧",屋里屋外的人,便都哄的一下抽步走了,只听见一阵杂沓的脚步声,虽然还夹杂着一些骂,但那只充满着得意。江世荣走到院子里,用失神的眼色送着逝去的人影,望望灰暗的天空,他不觉"唉"了一声。同时屋子里"哇"的一声号啕起来女人伤心的哭。

三十九　光明还只是远景

把红契拿回到农会的九个佃户,现在就由他们来处理江世荣的土地了。这是他们做梦也没有想到的。九个人挤在郭富贵家里,农会派了韩廷瑞来帮他们写账。他们不知道从哪里做起,只觉得心口上有很多东西,他们要倾吐出来。这三天来的生活,变化得太剧烈了,尤其是那里边的三个年纪大的,有一个说:"唉,前天农会叫咱说说咱这一生的苦处,咱想,几十年过来了,有过一件痛快的事么?别人高兴的事,临到咱头上都成了不高兴的事。那年孩子他娘坐月子,人家看见咱,说恭喜你做了上人啊!咱心里想,唉,有什么说场,他娘躺在炕上,等咱借点小米回去熬米汤呢。咱跑了一整天也没借着,第二天才拿了一床被子去押了三升米回来……又一年,咱欠江世荣一石八斗租,江世荣逼着要。咱家连糠也没有了,可是咱怕他,他要恼了,就派你出夫。咱没法,把咱那大闺女卖了。唉,管她呢,她总有了一条活路吧。咱没哭,心里倒替她喜欢呢。——横竖咱没有说的,咱已经不是人啦,咱的心同别人的心不一样了。咱就什么也没说。农会叫咱一块儿去拿红契,咱不敢去,老也老了,还给下辈人闯些祸害做啥呢。可是咱也不敢说不去,咱就跟着走一趟吧。唉!谁知今天世界真的变了样,好,他江世荣一百二十七亩地在咱们手里啦!印把子换了主啦!穷人也坐了江山,咱真没想到!唉,这会总该高兴了,说来也怪,咱倒伤心起来啦!一桩一桩的事儿都想起来哪!"

另一个也说了:"以前咱总以为咱欠江世荣的,前生欠了他的债,今世也欠他的债,老还不清。可是昨天大家那么一算,可不是,咱给他种了六年地,一年八石租,他一动也没动,光拨拉算盘。六八四十八石,再加上利滚利,莫说十五亩地,五十亩地咱也置下了!咱们穷,穷得一辈子翻不了身,子子孙孙都得做牛马,就是因为他们吃了咱们的租子。咱们越养活他们,他们就越骑到咱脖子上不下来。咱们又不真是牲口,到底还是人呀!咱们做啥像一只上了笼头的马,哼也不哼的做到头发白!如今咱总算明白了,唉,咱子孙总不像咱这辈子受治了啦!"

第三个老头也说："江世荣的地，咱们是拿到手了。只是他还是村长，还有人怕他，得听他话，咱们这回还得把他村长闹掉！再说有钱人，压迫咱们的也不光他一个，不把他们统统斗倒也是不成。咱说，这事还没完啦！"

这时也有人说："平日江世荣好神气，你们看他刚一见咱们，还想给咱们耍威风，怎么一下就像见了火的蜡一样，软了，又打躬，又作揖？咱看，这都是见咱们人多，人多成王，他也知道咱们如今有了靠山，有八路军共产党撑咱们的腰啦！"

韩廷瑞在八路军待过，这时便鼓励他们，说八路军怎么好，死活就为穷人。王新田是个年轻人，听了这些，热心得很，他跳起来说："咱明天就要告同志们去，把你们的话全告给他们，咱们要不起来闹斗争，不好好把钱文贵斗一斗，咱可不心甘。那年咱才十四岁，把咱派到广安据点去修工事，说咱偷懒，要把咱送到涿鹿城里当青年团员去。咱爹急得要死，当青年团员就是当兵当伪军嘛！咱爹就找刘乾，那会儿是刘乾当甲长。咱爹也是火性子，把刘乾骂了一顿，骂他没良心；刘乾没响，第二天同两个甲丁来绑咱，甲丁还打了咱爹，咱爹就要同刘乾拼命。刘乾倒给咱爹跪了下来，说：'你打死咱，咱也是个没办法。你不找阎王找小鬼，生死簿上就能勾掉你儿子的名字了？'后来还是别人叫咱爹找钱文贵，钱文贵推三阻四，后来还是咱们卖了房子，典了六石粮食，送到甲公所才算完事。咱爹还怨刘乾霸了咱们六石粮食；直到刘乾卖地还账，后来他又疯了，咱爹才明白是谁吃了冤枉啦！爹不敢再说什么了，惹不起人家呀！哼！要是斗他呀，只要大伙干，咱爹就能同他算账，要咱那房子！"

大家都几乎去想过去的苦日子了。郭富贵也说了许多，不过他总觉得还是赶快把江世荣的地分好，他记得文采说过要借这个来使别的佃户都着急，都自己去找他们的主家算账，这样斗争就容易闹起来。所以他催着大家，并且说："咱们这一露脸，可别垮台呢。同志们和干部们都给说了,这是给穷人办事。咱自己就不打算要这个地了,咱们把这些地分给那些顶穷的人,让村上人看起来说咱们公道,不自私就成。咱年轻,也没老婆孩子,怎么也能吃上一口,咱是不要这地的。你们有老有小,留下一点也应该,可不要留得太多,咱们留个不多不少。村子上受他害的人多啦,咱们也要想想他们的苦;农会也说了,地大半都种在咱们手里,总得看着让出来,咱们提出来的意见拿到大会上去评,总要众人说好才成。"

昨天他们回到农会后,文采,杨亮,张裕民几个人商量了。大家的意见是,先把江世荣的地分了。但一时又不可能开群众大会,推选评地委员,只好暂时决定,就让这几个佃户去做一个初步的分配,再拿给群众讨论,为的好使这几天已经波动起来的热潮更高涨上去,也更坚定这些胜利者的信心。所以他们九个人便又临时成了评地委员了。

消息一传播出去,许多人都着急了,一伙一伙的跑到合作社来找农会。他们告江世荣的状,他们也要求找江世荣算账去,他们要求没收他的家产,为什么还让他住那末好的房子?那房子是他当甲长时新修起来的,都是老百姓的血汗!为什么还让他存那末多粮食?他有一夹墙的粮食,他们知道他房子后面有一条窄巷,那是他藏粮食的地方;为什么让他柜子里收藏着那末多衣服?如今多少人正没有衣穿呢。他们吵着吵着,有些人就拥到江世荣家里去了;江世荣正在四处活动,找干部,想给他多留些地呢。大家看见人不在,又怕干部被他说糊涂了,听了他的话,于是更多的人便又去找杨亮、文采,要求把那些东西全搬出来。死怕自己闹左了的,机械地抱住几条"政策"的文采,觉得这已经不是土地的问题,不愿意管这些事,反而劝大家罢手。可是这些人不散,有些人便要自己去搬。民兵也走了过来。大家说:"你们跑来干什么,来看守咱们么?"杨亮和文采商量了半天,才算得到了他的同意,所有江世荣的浮财,让农会没收了再说。文采看情势,不去管也不成,便把这责任交给农会。程仁便带上民兵去贴封条,把柜子,缸,不住人的房子,通通封了起来,只留下一间住房,一间厨房给他们暂住。可是一群群的人还跟着去看,还不相信,还要嚷着:"咱们不动手,只看看,有你们农会来办着就对啦! 只要不是给江世荣留下来的就成!"他们在旁边指点着,监视着,结果把江世荣日用的油盐罐都封上了。江世荣已经回到家,向大家作揖打躬,要求少贴几张。那个破鞋红着一双眼,气狠狠地坐在他们院子里的碾盘上;还有人说:"这碾盘也要贴上一张条子。"又有人说:"怕他搬到哪儿去? 不要贴了!……"

到下午,白银儿也跑到合作社来找农会,说江世荣怎么强迫她,她死了男人,没法过活,她要嫁人,江世荣不准,只准她请神。他常邀些人来赌钱,抽头钱给她,有时他把头钱也拿了。如今江世荣还欠她七八万块钱呢。农会的人忙得要死,大家懒得理她,看热闹的人也说:"回去吧,你们的账可多着呢,还是在炕头去算吧。"白银儿又说,江世荣要她造谣,说白先生显神,真龙天子在北京,好让村子上的土改闹不起来。大家才又笑了,骂道:"刘桂生的小保儿,就是你们害死的! 都是你说人心不好,天爷爷罚的,刘桂生老婆哭得死去活来,小保儿的病便耽误了,要不到新保安,涿鹿城里去找大夫看看,总也有点巴望嘛!'人心不好',就你们的心不好!"白银儿看见不理她,又怕那七八万块钱甩了,更怕有什么连累,便远远地坐在门外边,看见一有干部来,便迎上去叨叨咕咕,后来人们只好说:"等开大会的时候你去说吧,只要老百姓都相信你的,也许给分上二亩胜利果实呢。如今别在这街头上说吧。"

这些情形,虽然还不足说明群众已经起来了,但却是部分的有了觉悟的萌芽,已经开始回想,自己的苦痛怎么样来,已经自动地来清算了,这是在这村子上从来没有过的情形。文采同志从他的极少的经验中,觉得群众发动得太好了,甚至想也许有了过火的地方。他非常欣赏着这些小小的胜利,欣赏着这些成功,他觉得这都是因为有他在这里领导。像张裕民他们,也觉得出乎意料,过去虽然有过斗争大会,但那总不像今天这样的无秩序,那是在一呼百应的情况下完成的,而今天却是乱嚷嚷,干部常常是在群众调动之下办事,连文采也只得依从大家,要不立即去贴封条,说不定不等命令就动手了。星星之火是可以燎原的,这虽然只是一点点火,却可以预见到前途的光明。工作组在兴奋的情绪中,便要求加速工作,于是本来暂时搁置下来的分歧,也就立刻要求一致,于是矛盾便更尖锐了。杨亮根据他同群众的接近,——这大半都是贫农,他们都曾对钱文贵提过意见,——认为钱文贵是一个最阴险的、地主阶层里面的头子,为着使老百姓翻身,主要应该打击他。对张裕民的看法也很尖锐地提到眼面前了,张裕民是雇工出身,今天仍是没有隔夜粮食,也并没有脱离最苦的群众,他在他们里面有威信,怎么能把他和群众对立来看呢?不能机械地看干部与群众的关系,同不能机械地看什么所谓抗属一样。可是文采同志却认为他是投降了干部,毫无理由的对张裕民更不信任起来。然而他自己又并不深入群众,求得客观事实,只一味把个别人的诽语,如张正典的话,强调起来。更把他过去偶然去白银儿那里赌钱的事,夸张为流氓,或江世荣的狐群狗党,……这样的来看事实,如何能有是非皂白呢?杨亮虽然也缺乏工作经验,但他比较能冷静看事,比较的接近了一些贫农,得到了些从群众那里来的呼吸,所以他是比较了解这里的问题些。可是由于他年轻,由于他还没有从工作中积累成相当的魄力,和能说服人的分析能力,尤其因为文采在这里是负责的,他不能决定什么问题,便使他对文采常常感到头疼,甚至后悔同这样的人一起工作。本想来多方面向群众学习些东西,谁知自己伙里,却是这样的麻烦,比发动老百姓更复杂困难。

但文采正在沾沾自满于对江世荣的胜利的时候,他并不懂得,这只是激动了群众的情绪,这还不能说,群众已完全觉悟,形成了一个运动。他却把这个估计得过高了,他已经在担心,当一个运动来的时候,必然会走到左的方面去。因此他觉得在这种时候,领导者就更要善于掌握,更要审慎地听从群众那里来的,各式各样的声音,这时最怕是自己也跳到浪潮里去,让水沫模糊了自己的眼睛,认不出方向。因此他就更坚决地不接受意见,而只从事布置类似的斗争。他正在极力搜求替顾涌做过短工的人,因为他没有佃户,只有短工。但替他做过工的太多了,一时又不能找出一些骨干来。好些村干部也都替他打过短,可是连他们也不积极。文采认为,他们不特被些有钱人的小恩小惠,和某些奉承所麻痹,而且他们居然把他的儿子顾顺,吸收到青联会去当了副主任。仅从这一点,他便又判定了干部的阶级路线差,这是要注意研究的。张裕民说得好听,他们几人都从没有分到胜利果实,那末,他现在一天到晚不下地,他吃的什么呢?赵得禄不就借了江世荣的粮食么!他恨不得立刻召集群众大会,把这些自私自利的干部,这些幼稚的工作者,都好好地教训过来。他认为时机已到,再不能迟缓了!

　　胡立功当然是站在杨亮一面,却也不能解决问题。他们一直辩论到晚上,晚上却来了出人意外的消息。清算江世荣的火虽然被煽起,但热闹的果子园却烟消云散,很多人都回到家去了。曾经使人多么兴奋和欣悦的对果子的统制和发卖,现在却陡地失去了兴致。据说只为了个人的小小口角,刘满和张正典吵起来了,后来还动了手;当时谁也没有劝解或左袒,他们只静静地观察着治安员的态度,等待着事情的结果。这仿佛是一件很平常的事,但看得出几天来的努力,几乎完全被摧毁,假如不能及时挽回这种颓势,还将迅速地影响开去。这便立刻警告了浅薄的自得。光明还只是远景,途程是艰难着的啊!

四十　讹　　地

　　事情是这样的,原来张正典有二亩水地在河滩边,刘满也有一亩半地在那里,正在他的渠下边。张正典曾经想把自己的三亩山水地来换这一亩半地,这样可以使自己的地连成一片。他和刘满去商量,刘满盘算了一下,两块地收成差不多,甚至那三亩地比自己这一亩半地要多打二三斗粮食,可是费工,负担也要多些,他不情愿。从此刘满轮到浇水的时候,水总常给张正典劫去了;张正典自己不按时浇地,过了时候才来,便同刘满挤在一道争水,于是两人就常常闹架。张正典又透过话去,还是想要这块地。有人也劝刘满放手的好,换了也不吃亏,何苦同个治安员赌气呢。刘满想了想也是,只好同意换地。但不知为什么这时张正典忽然反倒不肯换了,并且说刘满想占他的便宜,拿一亩半地换他的三亩,他不干这种傻事。刘满听到了气得不行,便说了一两句闲话。张正典更堵塞他的渠路使他难堪,意思是让刘满受不住了,就不得不把这块地更便宜的换去,他可以只拿一亩半或两亩地就换了回来。刘满受气不过,就去找干部交涉,说自己宁愿换地。村干部不明内情,只说人家不愿换,就不能强迫别人,不肯管这件事。刘满急了就吵了起来,顶撞了他们几句。当时有几个人就说他调皮捣蛋,还要捆他。那时有些人是听了张正典的一面之词,还以为刘满硬要换地。刘满斗不过张正典,心里委屈得很,有天在地里又因为浇水他就骂开了。后来张正典也走过来,两个人扭在一块打了一架。张正典反告他打人,村干部又把他骂了一顿,连党籍也停止了。这次刘满却不再闹了,只放在心里怀恨。后来又有人告诉他说张正典原来是想拿三亩地换他一亩半地的,并没安什么坏心,后来是听了他丈人的话,才想贪便宜,借他是个治安员来欺负他的。刘满就更灰心,地也因为不能及时浇水,庄稼也长不好。别人高粱长得一丈多高,谷穗穗又大又密,他的高粱就像他那个常常害病的女人,又瘦又软弱,连阵风也经不起似的。他为着一去地里就生气,好像看见自己抚养的孩子给人糟践了似的难受,有时便看也不去看。从此他便同张正典结上了仇,他总希望有一天能把道理给评出来。

张正典原也没有把刘满放在心上,但自从这次区上下来人闹土地改革以后,他便觉得刘满不是一个好对付的人。他会常常看见刘满跟在他后边,常常觉得从刘满那里射过来的眼光有一股复仇的锋芒,并且还会听到刘满流露出刀一样的话语,这更刺着他的隐痛。在开始的时候,他只害怕把自己拉进斗争的漩涡,他明白由于自己的婚姻,和很多意见的分歧已经得不到一部分干部的支持,也明白庄稼主对自己是有所不满的。所以还只不过因为老婆和姻亲关系,不自觉地对钱文贵有一点同情,实际也的确是因为他年轻,没经验,没有阶级觉悟受了他丈人的欺骗。但现在他却为了自己的安全,有意识地明白自己需要凭借一种力量来把刘满压住,不准他起来。只是,凭借什么力量呢? 于是他不得不更为关心,和极力活动来保持他丈人在村子中的势力。他便不得不背叛了张裕民,而且小心地应付着这一群干部,把一些听到的,意会到的情况都拿去告诉钱文贵,同他商量,听他的话。

张正典并不是一个富有的人,只有几亩地刚够过日子,吃得不好,穿得不好,一样的受财主、狗腿、汉奸、甲长的气。他念过两年书,也有一把力气,能受苦,脾气暴躁不能受气,敢和有钱人抬杠,自从村上有了党以后不久,张裕民就把他发展进来了。他一进来就表现得很积极,他比张裕民会说话,一到出头露面的时候,他总是走在张裕民头里,接着他便当了治安员。去年暖水屯一解放,这群人就更得势了。钱文贵看见换了朝代,自己便收敛了许多,但他恨这群人,总想慢慢设法降伏他们。一方面把儿子送去当兵,在了八路,有了依靠,村干部就不好把他怎样。钱义走时还留下了话,要是谁敢得罪了他爹,他回家时便给谁"黑枣"吃。张裕民他们后悔叫他儿子走了,却也没办法,村上人的确又多了一层顾忌。钱文贵又想借女儿挤入村政权,张正典被他的甜言蜜语,被他给女儿的陪送所诱惑,同时黑妮姐姐也很能如她父亲的意思,帮助父亲一下就把这个治安员俘虏过去了。自然这也有它的作用,干部们有时便碍住情面,不好说什么了,庄稼主更是不敢吭气。可是这倒并没有完全达到钱文贵的理想,治安员在干部中陡地失去了信任,他渐渐被疏远了。虽然这次土地改革,他又积极了起来,而且极力卫护他的岳丈,钱文贵却看得出他还是很孤立,于是他就不得不又去打程仁的主意。只要程仁有点动摇,他至少也可以利用治安员去鼓动群众,反转来把农会主任打倒,这样便给阵容扰乱了,甚至治安员可以从中取得群众和干部。但他不料碰到了一个顽固的侄女,软硬都调不动她。他的确恐慌了几天,但果子的统制,却使他松懈了,十一家里面并没有他的名字,这不就很明显的表示了村干部对他的态度么?可是他没料到张正典和刘满会打了起来,他们冲突的原因,恰恰正为了他的没被统制的果园。刘满在果园里大声地讽刺着说干部钻到了女人裤裆里,变成狗尾巴了,又说治安员给治到汉奸窝里去了。谁也不敢附和他,却有些人暗暗鼓励他,他就更说开了,指着钱文贵的果子园骂,一句一句都特意的骂给张正典听。张正典本来也不是个好惹的人,为的怕把自己牵扯到斗争里,已经在装聋装哑,如今怎么能受这种羞辱,几乎当着全村的人?他也仗着这次地主名字中没有钱文贵,胆壮了好些,所以也就回骂了。刘满似乎在精神上已经有了准备,他相信有很多人都会撑他的腰,便划开了,巴不得他回骂,于是更嚷得不行,张正典只好动手来止住他。刘满还想趁势闹起来,任天华他们却把张正典劝走了。张正典也怕吃亏,就离开了园子,想找干部帮忙,再来制伏刘满。这件事不只引起庄户主儿的注意,同时也把钱文贵紧张起来了。

尤其是果园里骤然的安静,使他预感到有一种于他不利的暗影。他焦急地等着张正典的来到,他盘算着另开局面的棋局,而且不得不要使用他的老婆,这已是他最后的一步棋了。

这时张正典却正在合作社大骂,他找着了张裕民,程仁一群干部也都在那里,他声言要把刘满捆起来,他说这是他治安员的职责,他说刘满破坏了土改,他声势壮大,好像连干部们也都有了过错似的。但大家回报他的冷淡和严峻,却把他声音慢慢的压低了。没有人同情他,也没有人反对他,但他看得出这里面却充满了异议。最后张裕民只这样说:"你回去吧,用不着捆人,咱们谁也不捆,农会要调查这事,一切归农会处理。"

张正典还想声辩,还想说自己是治安员,可是大伙儿都劝他回家去,他不得不走出来,怀着满心恨恼,又无处可走,不觉便又朝着钱文贵家走去。当他完全感觉在群众中孤立的时候,他就会越靠近他,到他那里去拿点主张来。

四十一　打桑干河涉水过来的人

这次口角,人们虽然不做声,却都明白它的性质,不愿在吵架的本身上来评论曲直。刘满找人生事有什么不对呢,他天天饭也不吃,活也不做,像热锅上蚂蚁,谁也清楚是为桩什么事。村干部也不会不明白。大家心里都有数,那就不需要多说,只看村干部对这事怎么办了。他们退回到家里,互相以全部理解的眼光来谈话,他们再不愿交换关于果子的事,只用嘲笑的声音把他们的不愉快,不平之感送走。从村子上的表面看来似乎也没有发生过什么事,但却不真是这样平静。在许多家庭里已经引起了小声的争论。无言的争执,在许多人的内心里,两种不同的情绪斗争着。他们的希望,已经燃烧起来了,却又不得不抑制住,甚至要拿冷水去浇。更有一些人再也不能站在冷静的地位,也不愿更考虑自己的前途,他们焦急地去找张裕民,去找李昌。民兵们便和他们的队长说,他们自动地严密地放哨,怕再有什么人逃走,李子俊的事已经使他们觉得很难受了。

李之祥在他的老婆鼓动之下,邀了他兄弟李之寿去找李昌,把过去听到的关于里应外合的话全讲了,而且他责备道:"你们不圈他的果子是不公平的啊!你们怎么能把他划成中农,你们就不怕庄户主说你们做了他的狗腿子么?你们会真的听了治安员的话去捆刘满么?你们知不知道如今谁的心眼都赞成着刘满呢!……"

李昌这个快乐的年轻党员,跳起来了!他跺着脚,急躁地说:"为什么你不早些讲,这样的大事你们听见了也不说,啊呀!这还了得,让我去找张三哥,唉!……"

侯清槐被他父亲关在屋子里,他威吓他父亲道:"你要不放咱出去,咱放火烧了你这屋,看你怎么样。"侯忠全弯着腰在院子里转来转去,叹着气。他的女儿在他身后跟着转,向他要开门的钥匙。他老婆噘着嘴,坐在门外的一个草蒲团上,她已经弄糊涂了,不知同情哪一个好。

"咱又不出去杀人,你怕什么嘛!咱的好顽固的爹!咱们刚刚翻过身来,总还得使把劲,咱们不能又躺下,让人踩在脚板心啦。你是一个死顽固,你的心再也不能精密了,你要再不开门,咱真的烧房子啦!"

老头子怎么也不理他,自己以为看事情要比儿子清楚得多。他是一个宿命论者,九九归原,不管眼面前怎么热闹,他总以为过不了几天,区上来的人一走,村子上事又全照旧了。再过一向,大同拿不下来,"中央"军向怀来这边一开,不行,连张裕民都得逼着走呢。他只有清槐这一个儿子,他一生又没有做过恶,他得顾着他,不准他胡来,他拼命也得把他管住。可是儿子这次不像以前了,他决不妥协,他是一个青年人,他容易接受新的东西,当他做运输队长时,他在群众的力量底下,感觉不同了。他扬着鞭,他下号令,他把地主的财宝,那些平日看也不敢多看的果子运走了,谁也不敢拦住他。沿路碰着的穷人都问他们往哪儿去,他大声地告诉他们,说这是胜利果实,于是那些人就张着嘴笑,用羡慕的眼光送着他和他所引导着的这个行列。他便像个凯旋的战士似的笑了。他觉得他有权力,只要大伙一心就有权做一切事,什么也不必怕。他也很担心干部们对刘满的处置,可是他不愿意等着,他要去,他要去把自己的意见说出来,把大伙儿的不痛快,大伙儿的顾忌说出来。他要去找杨亮他们,他心里着急:唉,他们才来了十来天,他们怎么能把村上的事全弄明白呢。但他父亲却乘他不备把他反锁在房子里了。他父亲的确也去园子里看过,父亲还笑呢,但他经不起吓唬,一场口角又把他拉回原来的地位了。侯清槐恨死了他父亲,他就真的到灶里找了些废柴在屋子当中烧了起来,威胁着父亲。母女两个一见火光急得乱嚷,便把老头扭住了,从老头口袋里抢了钥匙。门开了,年轻人高兴地跳着跑走了,老头便疯也似的追出去,又被绊倒在地下,便气呼呼哼个不住。

　　那个小学教员任国忠也跑出来四处打探,他走到街口上站站,看见有人说话便走拢去,可是人们立刻不说了。在这个时候他又不敢去找钱文贵,或江世荣,只好去找白银儿。白银儿极力要脱出同江世荣的关系,看见他嚷道:"任先生!你没事就不要来吧,咱是个妇道人家,又没个男人,可受不起拖累。别人说咱是懒婆,要改造咱,咱以后连白先生也要送走,不敢请神了。你们多少也是个是非人,还是请你少到咱家门上来才好啊!"任国忠想对她发一顿脾气:"好,你这个臭婊子也神气了,就看你以后别过日子!"可是他又忍住了,再走到街头上来,他并不打算回去。他觉得老吴常常要说一些刺心的话给他听,他写的稿子刘教员不用,却叫老吴编些顺口溜,他恨死了他们,只想有报复的一天。后来他又遇见青联会副主任顾顺了。顾顺过去为写些标语常到学校来,他们认识。他好一向没有看见他了,知道他们的果子全让大伙下了,便向顾顺挑拨说道:"刘满是替你们打抱不平咧,可惜他会吃亏,干部总是向着干部的。至于你呢,那就不同了,你这个主任帽子要不给摘掉,换上个白高帽游街!我输你一抬酒,你信不信?"顾顺近来同父亲闹别扭,一满肚子气恼,可受不住别人瞎说,他一点也不像平日的温和,他凶狠狠地向着他:"咱家的事,有咱自己管,用不着你操心,你要再说,咱敢保揍你!"顾顺说完了还拿眼瞪住他,他只好赶快溜了,心里诅咒着道:"看吧,非斗争你不可,看你还凶!"

任国忠四处碰钉子,找不到一个可以亲近的人,只想有些活动,又活动不开,他明白老吴已经同村干部说了他许多坏话,好多人都在拿异样的眼睛望着他,又好像他是瘟疫一样,都在逃避他,这就使他不得不胆怯一些。钱文贵总企图用侄女来鼓励他,但那些不肯定的言语也常常会使他感到希望辽远,有时就提不起更多的劲来。这时他的确有说不出的埋怨,他恨这全村的人,他觉得无处可以排遣,他便向村外踱出来。路两边全是短短的土墙,但园子里静悄悄的,只有一阵阵的聒耳的蝉鸣,太阳照在身上,虽然已经不太灼热,但任国忠却感到很烦躁,他走过了这带地方,便踱步到靠河滩的那一片大高粱地了。这足有四十亩地的高粱都长得极其肥壮,秆子高,叶子大,穗子又肥又粗,站在高处望去好像一片海也似的。在太阳光下,更其耀眼,那密密挤着的鲜红的穗子随风微微颤动,就像波荡的海面。他知道这是白槐庄地主李功德的地,如今已经划归给暖水屯,这是多么使人羡慕和热爱的事啊!但任国忠看到这种丰美的景致,却不能有些喜悦,只投过去憎恨和鄙视。这个做地主朋友的穷教员,是常常要提高着自己的自尊心的,哪怕他后面只有空虚的感觉。

"任国忠!"忽然有谁在叫他了,他惊惶地四顾,他看见从对面的田塍上走过来一个穿白衬衫的人,光着个头,肩膀上搭着一件蓝布上衣,裤脚管卷得很高,是刚刚打桑干河那边涉水过来的。任国忠认识出来后,待了一会,但却不得不叫一声,"啊!章同志!才来,打哪儿来?"

这个章同志已经走拢了,在他年轻的面孔上总是泛着朝气的笑容,他那长眯眯的细眼,一点不使人感觉其小,只觉其聪颖,尖利。他亲热地拍着任国忠的背膀,问道:"近来学校里忙么?把你们村子上的事讲讲,土地改革闹成个啥样儿了?"一口纯熟的察南话,只有本地人才能辨别出这还不是真的涿鹿口音。

任国忠只得跟着往回走,无精打采地说道:"咱不大精密,唉……"可是他一转念,又觉得高兴了,他看看那张年轻无垢的面孔,觉得是可以欺骗的,于是接着说道:"事情搞得可糟呢,他们把地主头儿放了,庄户主儿全说村干部都拿了他的钱,庄户主都编了歌子说:'只开会,不分地……'如今听说要斗抗属啦!这抗属究竟能斗不啦?"

年轻人并没有一定的表情,只是一副鼓励他说话的样子。这个不知深浅的家伙便一下把适才的抑郁都抹走了,他觉得他的瞎话是可以生效果的,他便像捡着了一个宝贝似的那么高兴起来,又拍他的马屁,又吹起牛来。但恰好他们已走进了街口,年轻人要去找张裕民,到分手时只对这教员说道:"老任!你以后可别再乱说了,老老实实地教点书,有知识的人应该有头脑嘛!啊!今晚你在学校等等咱,咱们有点事商量商量啦!"

任国忠头一缩,心又凉了下去,这个年轻人是县上的宣传部部长章品同志。

四十二　县宣传部部长章品

　　章品本来在六区搞土改工作。六区在桑干河北岸和洋河南岸的一块狭长三角地带，那里有十来个村子，又有较大的地主，又有天主教堂的势力，问题比较复杂。这次土改工作因为战争环境不得不求快，县上决定阳历八月底九月初一定要完成，九月上旬召开全县农民大会。因此他就很忙，每天从这个村子又转到那个村，逐村检查督促。县委书记曾经再三叮咛过他："看怀来做得多快，他们已经完成三分之二，已经在准备开农民大会了，我们一定要克服过去的缩手缩脚的作风，大刀阔斧放手发动群众，上面也有指示，要尽早完成，平绥路不会是永久太平的……"章品过去曾经是一个青年工作者，到察南来开辟工作也有了三年，长得比刚来时高了一些，成了一个颀长的个子，腿长，走路又快，又没有声音。村子上人一下又看见他来了，还以为他没有离开过，连连问道："老章！到哪儿去呀？"

　　他做事非常明快，虽然在村子上耽搁不久，却能迅速的解决问题。他知道区上的工作干部配备得不够整齐，有许多都是刚提拔起来的；他对工作组的同志也不能完全放心，他常常不赞成他们的意见。有时，他觉得他们给地主的地留多了，他就大嚷道："这样不行呀！顶多留个'上贫农'。"那些工作组里面有人说："中央有电报来呀！说对开明的地主，对某些人还要留两个中农，或四个中农呀！"他便更急了，用手去摸他的光头，连连摇头道："什么，两个中农，你真瞎扯，同志！你别瞎拿中央骇人呀！你到什么地方听来的谣言？中央，共产党的中央呀！不会，不会，我不能听你的谣言！我只能按老百姓的情况办事！"如果还有人说话，他就果断地说道：

"不管,错了我负责任。土地改革就只有一条,满足无地少地的农民,使农民彻底翻身。要不能满足他们,改革个卵子呀!"有时有些富农来献地了,也会有些人说这个富农不错,不能拿得太多,怕影响中农,可是他也总说:"要拿,为什么不拿呢,还要拿好地。"他是很坚定的人,虽然他的坚决同他稚嫩的外形并不相调衬。

同他一道工作的人,也常同他开玩笑,学他的手势,摸着光头,摸着脖项,那个瘦长的脖子是伸在一件没有领的衬衫上面的;学他的声音,有些急躁,但却是果决的;也学他的笑,天真的笑,那在解决了问题之后满意的天真的笑。但人们却不能轻视他,并非因为他是部长,而是因为他对群众的了解,和处理问题时的老练。

他的老练和机警的确只是因为环境逼迫他而产生的。当他脱离青年工作到察南的时候,他还不够十九岁,开始连杆枪也没有,常常只两颗手榴弹。伪甲长瞧不起他,以为同这样一个孩子办事要容易得多,还常常考他,试试他喝过墨水没有,识多少字,会打枪不会。他要学着应付人,学习懂得别人的圈套,他不只要会拿眼睛看,并且还要会拿鼻子闻。当他每进一个村子之前,就要能嗅出村子的情况。那时四处都是陷阱,只要他走路重了一点,咳嗽大了一点,睡觉沉了一点,都会有生命的危险的。他到这里工作已经有了三年。刚来的时候,跟着别人跑,后来单独负责几个村子,慢慢负责一个区,又要发展党,又要建立武装,终于消灭白点村。他吃的苦是说不尽的,他自己就懒得说过去的事,因为太多了。有几次一月多找不到熟的吃,并且还常常吃生的南瓜,生的玉米。同在一块的人牺牲了。也有扩大了来的游击队员又投了敌,反转来捉他,他跳墙逃走过。他要没有鹰的眼睛善于瞄准和鹿的腿跑得快,敌人就会像捉小鸡一样的把他捉住的。有一次他到一个靠近据点的村子去,还是第一次去,村子上一个熟人也没有。他打听到伪甲长的家,这个伪甲长是一个大地主,他一进门,便拉住了他不放。恰巧敌人进了村,在大街上找甲长呢,伪甲长忙把他带到后门,说你从这儿逃走吧,咱不害你。可是他不走,他怎么能放心他,敢于走呢?他说:"走,不,咱还刚来呢。请你先把你儿子叫来,陪咱待一会,你再出去陪日本人吧,告诉你,敌人什么时候进来这院子,咱就什么时候打死你儿子,你大约是明白人吧!"于是他抓住地主的儿子趴伏在房子里的窗户后边,举着枪,等着。甲长一点也不敢怎么样,过了好一会,把敌人打发走了,回来看他,他倒没有什么,那儿子却尿了一炕。后来这事被传了出去,谁也想看看他。老百姓说好厉害,八路军的人都有这样大胆,那还怕什么日本,中国再也不会亡了。他就在这种艰难的环境中,懂得只有斗争,只有坚定才有出路;懂得怎样来制伏敌人;更懂得一切应该依靠谁,怎样才能从老百姓中找到最可靠的朋友——穷人了!

他从靠近涞水县的红峪一直向北走,打开了一个村又一个村,慢慢就到了这桑干河下游的南岸。那时这老三区就成为他最活动的地方,三区的游击队也是有名的,一直到现在这一带的民兵还是比较有规模,能自动地担负一些工作。

自然第一个到暖水屯来的八路军就是他。那靠山的一排葡萄园子,就常常成为他的家。在冬天的夜晚他就住在那看园的小屋里,或者一个土坎坎里,左手拿一个冰冻的窝窝,右手拿一个冰冻的咸萝卜,睡一会又跳一会,为的不让脚给冻僵了。后来村子上工作健全了些,他才常到西头的土屋里来。开始认识他的并不多,但多知道有个章同志,那些人只要知道章同志到了村上,他们就会自动的为他警戒。后来他在村子上露面了,认识他的人就多了起来。人们都叫他章队长,又叫他章区长,也有叫老章的,如今更叫他章部长了,可是不管叫他什么,他们都同他是一样的亲热。他们是一同共过苦难来的,自从有了他,人们才对黑暗有了反抗,对光明寄与希望;人们才开始同强权斗争,而且得到了胜利。他的困难的环境和艰险的工作,人们都看得很清楚,他们相信他为了老百姓,为了中国的穷苦人民才那末拿生命去冒险同死亡做了邻人的。他们互相依靠着战斗了生存了下来,所以他们就有着同一般人不同的,更其理解和更其融洽的感情。

　　章品前两天就接到县委书记来的信,并附有暖水屯的汇报。县委书记告诉他,那里由区上委派了一个缺少经验的知识分子去工作,两个多星期了,还没有发动斗争,内部也还存在些问题。区上的同志又认为对于这群文化比较高的人没有办法,他们希望县上派人去帮助解决。因此便要他就近过河去视察,那里的情形他也较清楚。他接到信后不能马上走,顺便问了一下附近的老百姓。老百姓却都说暖水屯可闹好了,今年恐怕要数暖水屯闹得好,暖水屯的农民都排队伍去沙城去涿鹿城贩卖胜利果实;今年果子出产又好,哪一家也能分个几十万吧。咱六区土地是肥,可是一棵果树也没有,地主大,土地集中该好办,可是土地大半还在外村呢,斗的时候使劲,分的时候好处落不到自己头上。……这些消息使他很高兴,所以他便又迟了一天才渡过河来,他还计划当天晚上又赶回六区去。他认为这个村子是比较有可靠的干部,和较好的群众基础。虽然也属于新解放区,但在抗战期间就有了工作,改造过村政权,而且也从没有发生过什么事的。他并没有料到当他来的时期,这村子上正处于一种较混乱的状态,尤其是在村干部之间。他们议论纷纭,而这种议论又还只成为一种背后的耳语,这就更造成彼此的猜疑,和难于有所决定的了。因此章品的出现就更容易看出来恰是时候,也更有他的作用了。

四十三　咱们要着起来

　　章品站在街口上,想看看有熟人没有。忽然从后面转过一个人,用力地在他肩头一拍,笑道:"你好大的眼睛,真是到了县上工作,就不认识咱了,咱在后边跟了你半天。"这正是那黑汉子张正国,他横挂了一杆三八大盖,愉快地咧开着嘴,更接下去说道:"还是单人匹马的走,县干部嘛,也不跟个带盒子的,威武威武?"这个容易在人面前害臊说话的汉子却并不怕年轻的部长,看着他那没领的衬衫和光头觉得好笑。

年轻的部长也给了他一拳:"你这个家伙,做啥要吓唬人呀!"

张正国却正色道:"咱在庄稼地里老早就看见你了,看见那个坏小子向你嘀嘀咕咕,咱就没叫你,咱告诉你,他的话不能听,"他又凑过脸去,悄悄地说,"咱别的都不怕,就怕把这个人跑了。知道么,就是人称赛诸葛的,嗯。"

"老章!啥时来的呀!怎么悄悄的不给人知道?嗯!昨天咱们村可闹腾咧,你来迟了。"有几个人从对面走过来,章品便一个一个去问他们好。

他们也笑说道:"看你把裤子卷得这么高,到了县城里,还这末个土样子,纸烟总会抽了吧,来,抽一根。"

大家看了看没有外人,有一个便低低地说道:"老章!昨天咱们村打了架,今天还没解决啦,说今晚开农会解决。你看刘满可能赢?"也不管别人知不知道就这末提出问题来了。

"赢不赢就看咱大家敢不敢说话嘛!老章!咱们找张三哥去。"张正国忙着往头里带路。

章品还在一边向那群人说:"一个人力量小,大伙儿力量就大了;一把麦秸不顶事,一堆麦垛就顶事了。刘满打了先锋,你们跟着就上去嘛!干部是你们选的,鸡毛令箭是你们给封的,谁要不替你们办事,不听你们指示,你们可以重选嘛!……"

转过弯走到了小学校门口,老吴从里面跑出来,也忙着打招呼,并且说:"可把你盼来了,帽子也不戴一顶,看把你晒的,进来喝口水吧。"章品走过去同他小声说了一句话,他连连点头,看见人很多,也没说什么,后来看见章品要走了,才说,"老章!看一段黑板报吧。"

旁边也有人跟着说:"嘿!看看咱们老吴的顺口溜吧,人家见天编上一段上报,编得怪有趣的,村上啥事他不清楚?"

章品真的走去看了一段。

人越围越多了起来,远远的墙根下有个老头坐在那里晒太阳。张正国碰了一碰章品,章品认得那老头是一贯道的侯殿魁,他问:"他病好了么?"

"老早好了,今天跑到农会来问还要清算他不;说只有四五十亩地了,要是村上地不够均,他还可以献点地。农会在动员侯清槐向他要红契呢。他成天坐在这里晒太阳,观风看色咧!谁在背后也笑他:'你不骑烈马上西天啦?……'"张正国告诉他时,旁边有听见的人也笑了。那老头子装着没看见。像个老僧入定的那样呆坐着。

任天华也从合作社的窗户里伸出头来。他刚从果园里回来,果园里很冷清,只有十来个老头子在那里把堆在地下的果子装到篓子里去。任天华四处找人,竭力想赶快把这工作做完。他又抽时间跑回来把这两天的果子账结了结,打算在今天晚上农会开会时给报告报告。

"老任!合作社里有谁呀?"张正国问。

"有咱一个。"任天华答应,并招呼道,"老章!进来沏茶喝。叫人去给你寻他们去。"

"等会再来吧。"章品便又问文采他们住在哪里。

有个站在旁边的,十二三岁的小孩子道:"咱知道张裕民在哪里,咱引你们去。"

"好,还是先找张三哥吧。"张正国把孩子推在前面,又推着章品,章品说:"也好,先看他去,你要有事你就回吧。"张正国跟了一段路,便又岔出去了,只说:"咱还是操心点好。"

一路上章品便和这孩子一搭一搭地说。沿路看见了熟人也招

179

呼几句,也有不认识的,别人却叫着他。知道他有事也不打扰他。他们两人慢慢便走到赵得禄的隔壁李之祥家里了,小孩子还介绍着,"是妇女主任家里。"

董桂花穿一件旧布衫,坐在门外台阶上做针线,赶忙站起来,却向里喊道:"小昌兄弟!县上的老章来了。"

好几个人头都挤在一块小玻璃后面,接着听见一群人从炕上跳下来往外跑。董桂花还接着说:"进来吧,张三哥在这里。"但她自己却反而站在院门口去了。

他们在门口把他接住,忙忙往里拉,连连地说道:"啊!你来得真好!"

章品看见张裕民和李昌之外还有两个不大认识的人,李昌便说道:"这是咱本家两个哥哥,都是老实人,这个叫李之祥,就是咱们妇女主任的男人,这是他兄弟李之寿。"

"还是谈你们的吧,咱先听听。"章品又把他们让到炕上面,自己也靠墙坐了。

这两个本来就有些胆小的人,便显得很拘束,李之祥说:"早上是咱跟小昌兄弟说了,也是咱女人说不报告怕不成。到底有没有这回事,也不见得,他也只给咱讲这末多。"李之寿也说:"真只这末多,这可不是小事,咱可不敢乱添,你们要拿这话问钱文贵,可别说咱讲的。咱也是听学校里一个小孩子说的,孩子们的话,也不见得就靠准……"

章品问他们道:"你们村上有几个尖?"

李之祥答道:"咱也不知道有几个,人都说八大尖。"

"八大尖也就是那末叫叫的,其实也只有几个是厉害的。"李昌说。

"对呀!"章品更说道,"去年跑了个许有武,今年春上又斗争了侯殿魁。如今侯殿魁天天坐在戏台前晒太阳,谁也不理他。李子俊听说分地,就逃跑了。你看还是他们怕咱们,还是咱们怕他们?"

"他们怕得可厉害,孟家沟打死了陈武可把他们吓坏了。他们怕八路军,怕共产党。"李之寿也说。

"他们就不怕你们?"章品又问。

"怕咱们,哈哈……他们可不怕咱们。"

"当然他不会怕你们一个人,要是你们全村穷人齐了心,他不怕?你们不说他坏,八路就认得他?人多成王,这道理明白不明白?"

"明白是明白,可是老百姓就不齐心。干部还不齐心呢,不信你问张三哥,庄稼主谁都在骂治安员娶了人家闺女,吃了迷魂汤,人家不向着丈人还向着咱们?昨天不就为了这事和刘满闹架?"李之祥不觉便都说了出来。

张裕民赶忙分辩道:"那只是治安员一个人的事,咱们不是在今晚开农会解决么,你们要说他不对,咱们能说他好?咱们并没有护着他嘛!"

章品又解释道:"那些坏蛋并不怕几个干部,他们只怕穷人一条心。干部是能撤换的,要是有那些软骨头,稀泥泥不上墙的角色,就别叫他当干部嘛。以前日本鬼子在的时候,咱们还改选了江世荣,如今反不行?谁要给财主家当走狗,咱们就叫他和财主一道垮台,全村子穷人都一条心了,他就没办法。穷人当家了,穷人都敢说话,别说这几个尖,蒋介石来还得请他滚蛋呢。"

两兄弟又笑了,李之祥道:"杨同志也是这么给咱们说。唉,咱们脑筋死,一下子变不过来,咱总是想:人穷了惹不起人,咱姑爹也这末说,倒是咱女人还开通些,咱心里也明白,可就是个怕,没长肩膀,扛不起个事。"

"他姑爹就是侯忠全。"李昌给补充了。

"有了带头的就好了,你说是不是?别人走在头里了,你还怕么?"

"如今就是谁也不走在头里。"

181

"只要大伙儿都上来,就谁也不怕了。"李之寿也显得活泼些了,不觉也有些眉飞色舞。

"怎么没人,刘满就是一个,那些找江世荣要红契的,那些要分他房子的,给他柜子上贴封条的不都是带头的么?如今就差大伙儿赶上去。干部也不只是布置些工作,下命令,要自己也在群众中起带头作用。你们自己一辈子也受了不少罪,在大伙面前向地主们算算账,不要照老一套工作手法,你们还怕暴露了自己么?咱们涿鹿县的工作从去年到今年都是吃了这个亏,咱们老是怕闹过了火,只肯自己几个干部考虑了又考虑,就怕不能掌握住,就怕老百姓犯错误,不敢去发动他们,这是不相信老百姓。如今老百姓已经批评咱们了,他们说得对,他们说咱们'老沤不着',你们说是么?"

"唉,就是这样,咱们摸不清上边意见,又怕下边不闹,又怕闹出乱子,咱们倒不是不懂得村上事,就是怕犯错误哪!再说,也还有区上来的同志,凡事得经过他们决定才行。"张裕民听到批评他,立刻感觉到自己是太没有勇气了,很容易办的事却使自己那末作难。

"不用怕!"章品又拍着李之祥的背,"咱们这会要着起来,把那些坏蛋都烧光,看他们还来个里应外合不啦。咱们先下手为强,斩草除根,人们就不会害怕了。"

这两兄弟都欢喜得跳下地来,呵呵地齐声笑道:"这话太对了!咱们要不翻透身,就不翻,夹生饭没吃头。"

"翻不透,就再使把劲,夹生饭就再加上把火,咱们还能不翻身,不吃饭?咱们想问题总要往长远想,咱们如今才好比一棵小树,青枝绿叶的,它还得长大,开花,结果。财主们已经是日落西山,红不过一会儿了。你们别看他们还有人怕他,世界已经翻了个过,世界还要往好里闹啦!咱们如今就是叫大家多想想人家给咱们的苦处,多想想过去的封建社会是怎的不合道理没有天理良心,这样斗起来才有劲头。还要想怎么才能把人制伏住,好叫他们不敢再报复。你们就把咱们这些话去告诉人,你去多劝劝你姑爹。"章品也走下地来,向张裕民道,"走,时间不多,咱们还是找工作组的同志们去,有事还是大家商量。"

李昌和张裕民跟着他出来,到老韩家里去。他们并不敢批评文采,一路只告诉他文采和杨亮胡立功合不来。杨亮争执着今晚开农会解决打架的事,打算在今晚就提出斗争钱文贵,已经布置许多人说话。只有文采还不知道,他还说开会也好,看群众究竟什么意见。他们只说他是一个有文化的人,不容易接近他。张裕民也感到很委屈,说他听信了张正典的谎言,冤枉自己在村子上搞破鞋,他向好几个干部调查这回事。

四十四 决 定

文采这几天仍旧生活得很安闲,他常常告诉人一切的创作,一切的思想的精髓都是在"好整以暇"四个字中产生的。他批准了杨亮他们的提议,今晚开农会,可是他并不知道杨亮他们的布置。他还相信以他的讲演,他的气度,他的地位,都可以战胜杨亮。农民会同情他的,也就是同情钱文贵是中农,是抗属,同情干部对果园的处理,同情张正典。他甚至以为也只有在多数人的意见中才能使杨亮无话可说。因此他很乐观,陶醉在他的主观愿望里面,实际是苟安在他的昏聩里面;他对于这个年轻部长的访问,也只看成多一番麻烦而已。但他仍旧很高兴,他觉得暖水屯的工作成绩该使部长很满意的了。

文采在县上的时候,曾经见过章品。他对他的印象是年轻,大约同那些生长在革命队伍里许多年轻人一样,有着可爱的单纯,和忠实。他们能吃苦,也勇敢,只是总带着一种从农村来的羞涩,又还有些自满。这种自满也并非由于他们骄矜,只是因为他们还不了解更其广阔的世界。文采可以说很喜欢这样人,并常羡慕着他们,也曾拍过这些人的肩膀说道:"你们是从群众斗争中,从实际经验中生长的。你们有比我们更丰富的学问,我们是应该向你们学习的。"不过这些话也只有在口头上说说,他对那些经历并不真的认为有多少价值,所以他就不会有足够的尊敬,更谈不到学习。

现在已经是几个人把村子上情况都谈了以后,在商量今后怎样办的时候了。章品还先鼓励了几句:"这次咱们涿鹿动手迟了,幸亏有你们一批人下来帮忙。你们搞工作可比咱们有办法。六区老百姓都说你们卖果子卖得好;像昨天群众自动要封房子封家具,在涿鹿还是头一次呢。这个咱要回去报告给县上,作为放手发动群众的一个经验咧。"

文采当然很高兴,不觉说道:"咱们现在开会决不老一套。你们从前总是预先布置,有一定发言人,现在我们就是让老百姓自己讲,所以事前很难说定会上能解决些什么问题。昨天去封江世荣房子就是群众自动的,现在群众已经起来了,咱们只要掌握住一点,不要让他们闹得过火就行。"他已经完全忘记昨天他是反对封房子,和没收一切浮财的了。

杨亮和胡立功并不讲述他们对今天晚上会议的预谋,他们觉得这是被逼迫着的一个良善的动机,他们只要求能把这两个星期来的工作加以检讨。假如对过去没有一致的认识,没有是非,以后的事总是难办的。

可是文采是一个不喜欢算旧账的,他气度宽容地说道:"我看不必强调有什么原则性的不同了,只有对工作进行的顺序有差异。章同志也讲过,一切看老百姓的觉悟态度,不必死照条文,这话极是。至于我们彼此之间还有什么意气,以后可以谈的。"

章品也赞成以后谈,只又问了问杨亮他们布置的情形,章品觉得还满意。张裕民又补充了农会的成分全是贫农,也有一些少地的中农,只是常常一家一个人到会。以前开会有时青联妇女全参加,连识字班也参加了,就保不住有地主富农的人。这次限制得严些,地主富农子女全不让进去。这些人脑筋都已经转过来了。自从果树园刘满和张正典打架,很多人心里添一个疙瘩,怀疑干部有偏向,说干部当了旧势力的狗腿子。甚至还有人说怪话,说八路军也不见得比日本人好,不是为啥在日本鬼子在的时候吃得开的猫头鹰,在共产党手里还是亲热得像自己人?今天就解释了一天,这些人才又放下心来,说到底还是向着穷人,这样,才有个斗头,要不,夹着尾巴睡觉,斗个屁啦!⋯⋯

文采听到这些话的时候,很惊异,因为他从来也没有听到过这些话。他恨他过去为什么不同自己讲,今天才同章同志谈出来,他心里想:"什么叫组织观念,唉!这都还算党员!"但他也不打算争辩了,他觉得这些问题在这个年轻部长面前是无法处理的。而且他疑心章品和张裕民事先也有商量,"唉!他们原来就是一帮子,他是他提拔起来的干部,他当然听他的。"于是他只好采取消极态度,尽量做到组织上的服从。

章品果然一下就做了决定,他偏向了杨亮,但他认为撇开了干部,不进行干部教育在这个村子上是不合适的。他认为大部分干部是经过考察,比较好的人,他停止了今晚的农会,改成为党员干部大会,并且仍要程仁参加,虽说他在这件事上显得有些暧昧。连极力为钱文贵活动的张正典也一样要参加。他的确还没有学会耐烦地和各个人详细商量的工作作风,过去的工作环境养成他这样,今天的有限的时间也不得不使他这样。

这个决定的确有些使文采扫兴,把他原来有的一点自鸣得意完全收敛了,静默地不发一言,冷眼去看杨亮和胡立功的愉快,和章品的年轻的武断,当然他就更觉得张裕民讨厌。

这时老董也从里峪回来了,他是这年轻部长的老部下。他完全同意他的决定,还说:"咱老早就说暖水屯要不斗争钱文贵,工作就做不下去,老百姓最恨的就是这个人。"但他也老实地说,"咱脑子笨,文同志带的那本指示咱看了几天也记不清,咱是个背棍打旗的人,吆喝吆喝,唱正台戏就上不得台啦!咱不敢出主张,咱还愿意回到打游击的时候,啥地方咱也敢去。"

问题决定了以后,谈话更显得活泼些。这时李昌也说了许多村子上的故事,把白银儿,李子俊老婆都好好地形容了一顿。白银儿已经不敢搽脂抹粉,把她的白先生请到箱子里去了;听见别人说肚子痛,便赶忙说:"咱如今不迷信了,你请医生去吧,咱从前也是给人家欺负得没办法……"李子俊女人却更常站在街口上,装作找孩子,一看见干部走过便走过来招呼,斜眉斜眼的,还叫张裕民做三哥,把李昌也叫小昌兄弟。李昌同他们又不是一家,假如要认亲,李昌还得比她晚两辈咧。

章品也大笑了起来,说道:"这些不要廉耻的东西!李子俊这只寄生虫,赌钱喝酒,不干好事,剥削老百姓好几辈了。还有他兄弟,李英俊,一个也不要放松他。咱明天回涿鹿就把他搞回来,也让他吃吃苦头。老张!你是他长工,找他算账呀——可别饶他。"

张裕民也说过去在他家里啥活也干,他老婆的尿盆也要他倒。张裕民说他高低是个男子汉,还要图个吉利,这种倒霉的事不干。那女人还说:"替咱倒尿盆就倒霉了,咱还怕把财气给你倒走了呢。看你不倒能发财……"又有一回她在屋里洗脚,她把张裕民叫进去,要他递给她矾盒子,他妈的,把张裕民气坏了,一掉头就走出来了,"咱又不是你买的丫头!"别的事还好说,就这些事受不了,所以同他们吵了嘴,饿死也不干了。

但章品后来又解释,像这种新解放区,老百姓最恨的是恶霸汉奸狗腿,还不能一时对这种剥削有更深的认识,也看不出他们是一个阶级,他们在压迫老百姓上是一伙人,哪怕有时他们彼此也有争闹。所以第一步还是要拔尖,接着就得搞这些人。不过得让老百姓从事实上启发思想,认清自己的力量,才会真正扫除变天思想,否则总是羊肉好吃怕沾上腥的。

文采还是不说话,以为这些话是在教训他,他有些难受地想道:"哼!好,就看你的。如今年轻人又没有学问却又太瞧不起人了!"

"这个村子过去工作没有做好,"章品又说下去,并且望着张裕民,"不能怪你们,主要咱负责,区上也没有经常领导,帮助都差劲。你们想,连六区的老百姓都告诉咱说你们村上最坏的要数钱文贵,说许有武都没有他阴险狡猾,可是咱们几次也没有打击他。你今年春上就同咱讲过,可惜那时咱没有深刻调查,找了几个干部谈谈,大家也没提他,马马虎虎就决定了侯殿魁,布置了下去。侯殿魁也不是好家伙,可是不碰钱文贵,老百姓就不敢起来说话。那次会上就几个党员说了话,叫口号,出拳头,看起来热闹,如今想来,那只是不得已罢咧。你们总骂侯忠全落后,实际是咱们没办好。老张!你这人别的都好,耐得起穷,坚决不自私自利,也能团结干部,你原来也不是个胆小的人,可是在这件事上你的顾虑未免太多了。你反省反省是个啥原因!是个什么坏东西作怪。啊!哈……"

他笑得是那样的坦白,引起许多人都笑了。这气氛也传染给张裕民,他也愉快地哈哈笑了起来,并且不觉地模仿着他去摸摸脖项说道:"脑子糊涂是一个原因;没有真正为老百姓着想,'怕'是第一条道理。唉!总是怕搞不起来,又疑心这个,疑心那个,心想要是闹不起来,扳不倒他怎么样呢?不是白给咱丢脸,又要受批评吗?咳!这次总算咱不勇敢,咱有自己打算,咱没有站稳脚跟啦!这次还幸亏杨同志,三番五次同咱计谋,凭良心说话,咱可不是存心啊!哈……"

老董也说自己放弃责任,马马虎虎,一心只跑里峪,就为了干部说要替他分三亩葡萄园子。唉!总是农民意识,落后……

胡立功也笑着问他那头亲事订了没有。老董脸也臊红了,连连否认道:"那可不敢,那太笑话了……"

在这样的笑话之下,文采也比较有些释然了。胡立功又问起张裕民找对象的问题,张裕民很老实地否认,李昌才说明过去有一次张正典说要把他的寡妇表嫂介绍给他,"张三哥没答应,说自己一个穷光棍,养不起老婆,张正典还叫咱劝他。咱跟三哥说,三哥还把咱骂了一顿。听说他表嫂男人死后也有些不规矩,张正典倒反造谣,可不是有意使坏心眼。"

胡立功却打趣他说,这也没有什么不好。人财两得,难道当了支部书记还能不讨老婆? 他一定要替他找一个,不吃喜酒就不离开村子咧。

于是李昌的那个十四岁的童养媳妇也成为笑话的资料了。这时空气便慢慢松缓下来,活泼起来,文采也就加入了。章品也是一个年轻人,自己也还是个光棍,却很老面皮地说有一次一个妇女主任握过他一次手,他一夜没有睡好,第二天同那妇女主任做了一次正式的谈话,要她以后努力工作,注意影响。

正谈到很热闹的时候,赵得禄、程仁一同闯了进来,他们也笑得不止。但他们却催他们去吃晚饭,不得不给半天的紧张的生活做了一个结束,而且得准备晚上的党员大会。

四十五　党　员　大　会

张正典从他丈人家里出来,打算去合作社,又打算去找文采同志,想把章品到村子后的情况打听打听。他丈人向他说了不少话,他心里忐忑不定,但他又想着文采曾经再三说过,是抗属就应该另眼相看,而且文采是打张家口下来的,是个有来头的干部,章品未必敌得过他。他老婆也跟在他后边,频频地嘱咐道:"可得听爹爹的话,你可得记住啊! 要是他们真想,——唉! 你就千万别再去了,赶快回家告诉咱。唉! 到时候总要圆滑些……"

天已经黑了,如眉的新月挂在西边天上,薄弱的一层光照了东边半截墙。四方的墙根下都有蟋蟀在嚯嚯地叫,天气已经含有秋意了。街上已经没有什么乘凉的人,张正典也低低地叫老婆放心,要她先回家,自己很快就回来。老婆还想说什么,却从墙角转出一个人,大声地问:"什么人?"张正典已经看出是一个民兵,一手拉住受了惊的老婆,也大声说:"你还不认识,是咱,是治安员。你那么大嚷些什么,要有坏人,也给你骇走了。"

"啊! 是治安员,张三哥找你找了半天,叫你到韩老汉家里去。"那个民兵走近了,却仍举着一杆土枪。更把那个女人上上下下地打量了一番。

"什么事? 县上的老章走了没有? 他在哪里?"他又随即撞了他老婆一下,接着说,"你先回去吧。"

"嘿! 那可不是治安员?"这时从黑暗里又转出了两个人影,"你到哪儿去了? 可把人好找,原来在这里放哨呀!"这是李昌和赵全功,他们嘻嘻哈哈地抓住了张正典,拉着他便走。

张正典只得说:"开啥个玩笑,拉到哪儿去嘛!"

那两人又笑说:"你又不去探亲,屁股后边跟个老婆做啥嘛! 也不怕给人笑话。"

张正典担心着,好像对某些不祥之事有着微微的预感,他问道:"你们又不开农会了,章品对咱们昨天闹架的事怎么说,那可怪不上咱,谁也知道是刘满存心捣蛋的啊!"

"章品啥也没说,尽在那里和文采他们谈白槐庄李功德家里的事。没收出三千多件衣服,没一件老百姓能穿的,全是些花花绿绿的绸旗袍,高跟鞋。又说他那个续弦老婆可厉害,一滴眼泪水也没掉,直着脖子走出她那间满房玻璃家具的正房,住到厨房旁边那过去给厨子住的一间小房里去了。"赵全功还保存着听这些故事时候的浓厚趣味。

张正典也说:"老早咱就说过咱们就没有那么大地主,没闹头,数李子俊家里富些,又给逃走了。你们看今晚会不会谈到咱昨天闹架的事?"

李昌一句也没说,只问:"你怕什么?"

"怕,"张正典不爱听这种话,所以答应:"咱什么也不怕,咱一不是地主,二不是汉奸,咱入党还不是他章品批准的,他能把咱怎么样?"

老韩门口也站得有民兵。张正典想:"土地改革,总不能拿咱开刀啊!咱昨天曾经说钱文贵是抗属,这话也没错,文主任也这末说的。上次定成分又不是咱定的,咱才不怕咧。"

房子里装不下,人都坐在院子里,看不清面孔,院子太大,虽说只有二十来个人,也就显得很热闹。

这一群人大半都是解放前的党员,都是生死弟兄,谁对谁也没有什么过不去的事。所以这院子的空气就显得很融洽,加以有了章品的参加,更为活跃,仿佛许久没有这末多的人在一道似的。

只有张正典好像怀了鬼胎似的,他谁也没理,自己找了个地方坐下了。他旁边坐了个赵得禄,也没同他说什么。

张裕民清查了一下人数便开会了,可是张裕民啥也没说,却把自己数落了一阵:他说自己过去两次在会上也没有提钱文贵,怕提出来不顶事,他怀疑过一些同志。可是常常有老百姓来找他,问他的情形,给他提意见,他也没有告诉文同志,连区上的人也不相信。他说他自己这种不放手作风如何不好,说自己如何违背了群众利益,他说:"咱张裕民闹革命两年多了,还是个二五眼,咱应该叫老百姓揍咱。咱自己打哪里来,活了二十八年,扛了十多年长活,别人吃粮食长大,咱吃了什么,糠比粮食多!像个槽头上的驴,没明没黑的给人干活,可是还没驴值价。咱从头到脚也只是个穷,如今还不能替老百姓想,瞒上欺下,咱简直不是个人啦!老百姓的眼是雪亮的,咱们有没有私情,人家全看得清。后脑勺子上长疮,自己看不见以为别人也看不见,那才笑话咧。今晚上咱们凭良心说话,凭咱们两年多的干部,凭咱们是出生入死的兄弟伙子说话,咱们谁没有个变天思想,怕得罪人?谁没有个妥协,讲情面?谁没有个藤藤绊绊,有私心?咱们有了这些,咱们可就忘了本啦。如今咱掏心话就这些,要是还有半句谎,你们开除咱。咱另外还有个意见,谁也得把自己心事掏出来表白表白。"

院子里的空气跟着他的话慢慢严肃了起来。大家心里都感到难受,又感到痛快,也想像他讲个什么。但因为突如其来,思想上没有准备,不知怎样说才好。而且对于张裕民讲话所充满的惊叹,也使许多人反呆了起来。

过了一阵,没人说话,愈来便愈觉得沉默。忽然那个黑汉子张正国却跳起来了,粗声粗气地嚷:"谁没有?谁也有!咱天天叫老百姓翻身,咱们自己干部却甩手甩脚的坐在合作社沏茶喝,串街。一开会谁心里也明白咱村子上杀人不用刀的是谁,尽瞎扯一气,都碍着干部里面有他的兄弟又有他的女婿,不是怕得罪他的,就是想同他拉点关系的!你看,张三哥要咱们表白,就没有人说话。还说不讲情面,谁也看见的吧!"他说完了,便蹲在一边去,气呼呼的。

钱文虎是个老实人,只知道干活,做了个工会主任,也不知做什么。他和钱文贵算堂房兄弟,井水不犯河水,就没关系,他从来也没说要斗钱文贵,可也不反对,他也不会知道有人因为碍着他才没说,这可把他冤枉了,他是一个不爱说话的人,这时却不得不结结巴巴地说:"什么兄弟,谁还不清楚咱们一家人谁也同他没来往,你们没看见他们家老大,种一亩菜园子的钱文富,是个寡老,都不同他来往呢。他有钱有势也没分给谁,他过去同大乡里有来往,同村子上有钱的人有来往,他同咱们穷本家就没来往,他要是能改姓,还早不姓钱了呢。你们要斗他,咱没意见,咱们姓钱的人全没意见。"

"不是问你有没有意见,是问你赞成不赞成!"人丛里谁说了。

"咱赞成,咱赞成,不过,咱在大会上可不说话呀!不为别的,咱说他不过呀!"

于是大家又笑了,大家还问他怕什么。

跟着又有些人说话了,也有长篇大论的,也有三言两语,任天华提到果子园闹架的事,他说他今天跑了一天,才拉了十几个人在那里工作,这事总不能做半截子吧。

张正典这时已经拿定了主意,他佩服他丈人有先见之明,这末多同志们的诚恳,却抵不过一个钱文贵,他并不去思索是非皂白,他毫无感动。他只有一个想法,先使自己跳出这个漩涡,钱文贵曾经吩咐他,要是看风色不对的时候,就得掉转船头。只要钱文贵能熬过这一关,或者他就躲避一时,将来总有报复的一天。并且告诉他有朝一日钱义也会回来报仇的。他相信他,依靠他,也害怕他,便不得不把自己和钱文贵系到一根命运的绳子上去,一点也不觉得这根绳是很细很糟的了。他盘算了半天,考虑他的措辞,他找到一个间隙的机会,发言了。

"咱有什么好说的呢?咱横竖给你们认死了是走钱文贵的路子,不是还能娶他的闺女!"他顿了一顿,看有没有人反驳他,院子里却很静,都在听着他咧。"自从娶了他闺女,谁也就把咱看外啦。俗话说老婆面前不说真,咱还给一个女人迷糊住了?哪个入党还没有盟过誓?你们要疑心咱嘛,咱有啥办法!有什么事,你们也背着咱叽叽咕咕,咱又不明白你们是个什么打算,咱就只能依着猜想去办事啦。你们要说土地改革该找个有计算的人斗争,咱也不反对那个人称赛诸葛的,他得罪的人多,咱有啥不知道,以前和日本汉奸特务都有来往的。你们又没这样说,说来说去也只是消灭封建大地主,咱就捉摸成栋谁的地多就该谁啦。就是昨天咱同刘满闹架,咱说钱文贵是抗属,这也不是咱自己想出来的,那次会上主任们也说了这个。再呢,咱看你们订成分就没有他,就只当没有他的事。咱说咱这人真糊涂,咱可不敢忘本,咱还能反对大伙儿的决定,咱张正典也是打解放前就参加革命的。"

"嗯!听他说得多漂亮!"大家心里都有这样感觉,一时还不知应怎样说。

文采却说道:"张正典这种态度很好。过去我们对他的怀疑是不正确的,不能对一个革命的同志轻易不相信,这是一个经验。"

接着是一片沉默,正在准备把过去张正典的一些活动来质问他的赵得禄,便嘘了一口气,把身子拉了拉,使能离张正典远一些。

过了一会,张正典起身出外小便,赵得禄却忽然把他压住,大声向主席道:"不散会,谁也不许出去!"张正典只得又坐下了,嘟哝着:"唉!还不相信人。"

会场又一致的欢腾起来,嚷道:"对,不散会,谁也不准出去。"跟着又喊,"把钱文贵扣起来。"大家都响应了:"要是扣起来你看明天老百姓可有劲咧!""对,扣起来!"

程仁也升起来一种厌恶的感情,但他不能驳斥他,他没有勇气,他常常想要勇敢些,却总有个东西拉着他下垂。他想:"人家也是受压迫的,偏又住在他家里,外人又不知道,只知是他侄女,唉,咱也不便说,唉,何苦让人作践她呢?咱不反对斗那个老家伙就成。"——程仁自己总以为他是很公正的,他也恨那个老家伙,他很愿意斗争他。可是他就不愿提到他侄女,总以为会把他侄女连上,没有想到这倒可以解放她的。他觉得自己已经对不起她了,如果再把她扯进去,拿她来洗刷自己,就更过意不去。心想,反正一辈子不娶她,事情自然会明白的,这用不着分辩。

好些人看着他,要他说话,后来他才说明他曾把钱文贵划成地主,遭到了张正典反对,说他已经和儿子分了家,张裕民却依照张正典的意思给改了成分,这事他不能负责任。他认为钱文贵应该是地主,他们是假分家。

在这整个晚上,他是不使人满意的。他是钱文贵的长工,又是他佃户,又是农会主任,他却不坚决,不积极。有人提出第二天的农会开会要选举主席,凡是与钱文贵有亲属关系的都不能担当。大家同意这种主张——对!让群众自己选自己愿意的。

章品也说这是一个思想问题,不能强迫,说得好,做得不好,也不行。将来要看事实,要从具体的行动中表现,他又从他们每个人的出身来说,勉励他们打先锋,不要落在群众运动浪潮的尾巴上去。这使得每个人都警惕起来,都觉得自己有些缺点,都愿意做一两桩好事。

会议快结束的时候,张正国站了起来,压低了声音问道:"咱先走啊?"张裕民答道:"对!你先走,把人暂时押在许有武后院堆草的屋子里,多派上几个人。"

张正典一怔,明白什么也来不及了,他还说:"对!先扣起来,咱治安员亲身出马吧。捆他个紧紧的。"他遭到大家的反对,谁也说就队长便行了。

张正国走了后,空气又紧张了一会儿,已经没有什么事好谈了,却都不愿走。隔一阵等张正国返身回来,才放心地回家去。一路上大家忍不住高声地谈着这件使人痛快的事,因此等不到第二天,村上便已经有许多人知道这晚上发生了什么事,这事却为人人所愿意传播开。

四十六 解　　放

程仁跟着大伙儿走回家去,显得特别沉默,大家高声说话,笑谑,人家互相打闹,碰在他身上时,他也只悄悄地让开。他无法说明他自己,开始他觉得他为难,慢慢成了一种委屈,后来倒成为十分退缩了。仿佛自己犯了罪似的,自己做了对不起人的事,抬不起头来了。这是以前从没有过的感觉。他听章品说了很多,好像句句都向着自己,他第一次发觉了自己的丑恶,这丑恶却为章品看得那样清楚。本来他是一个老实人,从不欺骗人,但如今他觉得自己不诚实,他骗了他自己。他发现自己从来说不娶黑妮只是一句假话,他只不过为的怕人批评才勉强地逃避着她。他疏远她,只不过为着骗人,并非对她的伯父,对村上一个最坏的人,对人人痛恨的人有什么仇恨。他从前总是扪心无愧,以为没有袒护过他,实际他从来也没有反对过他呀!他为了他侄女把他的一切都宽恕了呀!他看不见他过去给大伙儿的糟害,他忘了自己在他家的受苦和剥削了。他要别人去算账,去要红契,可是自己就没有勇气去算账!他不是种着他八亩旱地二亩水地么!章品说不应当忘本,他可不是忘了本!他什么地方是为穷人打算的呢?他只替自己打算,生怕自己把一个地主的侄女儿,一个坏蛋的侄女得罪了。他曾经瞧不起张正典。张正典为了一个老婆,为了某些生活上的小便宜,一天天往丈人那里凑过去,脱离了自己兄弟伙子的同志,脱离了庄户主,村上人谁也瞧不起他。可是他自己呢,他没有娶人家闺女,也没有去他们家,他只放在心里悄悄地维护着她,也就是维护了他们,维护了地主阶层的利益,这还说他没有忘本,他什么地方比张正典好呢?

　　他的步子越走越慢,这一些模糊的感觉,此起彼伏地在他脑子中翻腾,他落在大伙儿的后面了。小巷子有一家门开了,呀的一声,听见走出来一个人,在黑处小便,一会又进去了,把门砰地关上。程仁无力地茫然望着暗处,他该怎么办呢?

　　不远就到了他的家,他住在一个大杂院里。门虚掩着,他轻轻地走了进去,院子里都睡静了,听到上屋的房东的鼾声。对面那家养的几只鸡,也不安地在它们的小笼子里转侧,和低低地喀喀喀地叫着。

从他的屋子里露出一些微弱的光亮。他忘记他母亲已不在家,她到他姐姐家去了,去陪伴刚刚坐月子的姐姐。因此他对于那光亮毫没有感到惊诧。他懒洋洋地跨进门去。

一星星小火残留在豆油灯的灯捻上,那种不透明的灰沉沉的微光比黑暗更显得阴沉。当他进屋后,在靠炕的那个黑角角里便慢慢移动出一个黑影。他没有理会它,只觉得这阴影同自己隔了很远似的。偶然那么想道——娘还没睡么?却仍旧自管自地往炕这头坐上去。

这个黑影果然是个女人,她靠近他了,他还没有躺下去,却忽然意识到他娘已经几天不在家了。而这个女人却又不像他娘,他不觉发出一种突然受惊后的厉声问道:"你是谁?"

那女人也猛地一下把他的臂膀按住,连声道:"是咱!是你表妗子。"

他缩回了手,把背靠紧了壁,直直地望着这个鬼魅的人影。

她迅速地递给他一个布包,做出一副和缓的,实际是尴尬的声音,要笑又笑不出来,低低地说道:"给你,是咱黑妮给你的。黑妮还要自个来,她有话要给你说,她发誓赌咒要跟你一辈子。咱说仁子!你可别没良心啦……"

他本能地想挥动自己的手,把这个女人,把这个布包,把这些话都挥开去。可是他没有那样做,他手举不起来,罪恶和羞耻压住了他。他想骂她,舌头却像吃了什么怪药一样只感到麻木。

那个老妇人,便又接下去道:"她伯父啥也答应她了。人也给你,地也给你,这一共是十八亩,连菜园子的全在这里哪。仁子!咱黑妮就靠定了你啦。"

一阵寒噤通过程仁的全身,他觉得有许多眼睛在顶棚上,在墙缝隙里望着他,向他嘲笑。

钱文贵的老婆把脸更凑近了过来,嘴放在他耳边,清清楚楚地说道:"她伯父说也不能让你为难,你是农会主任嘛,还能不闹斗争,只要你心里明白,嗯,到底咱们是一家子啦!……"她发出鹭鸶一样的声音笑了,那样的无耻,使人恐惧。

程仁不能忍受了。他抖动一下自己,像把背上的重负用力抖掉一样。一个很难听的声音冲出了喉咙:"你走!你出去!"

老女人被他的声音震动了,退了一步,吃吃的还想说什么,一时又说不出来。

他顺手把那个小布包也甩了过去,被羞辱的感觉更增加他的愤怒,他嚷道:"咱瞧不起你这几亩臭地,你来收买咱,不行!拿回去,咱们有算账的那天!"

女人像跟着那个甩下来的布包往外滚,两只小脚像踩不到平地似的,身子乱摇晃。好容易才站住脚,她一手扶着门,喘了口气,停了停,又往前凑过来,她战战兢兢地说:"咱黑妮……"

"不准你说这个名字,咱不要听!"程仁陡地跳下来,恶狠狠地站到她面前,她害怕他拿拳头打她,便把头偏下去,却又不敢喊出来。

微微的灯光照在她可怕的脸上,头发蓬着,惊惶的眼睛睁得大大的,嘴歪扭在一面,露出里面的黄牙。程仁感到有一种报复的适意,不觉狞笑道:"你还不走,你们那个老头子已经扣起来了,关在许有武的后院子里,你回家哭去吧。准备准备木料。"

那个影子缩小了下去,慢慢地离开他,她退到了院子。他再跟到大门上,她又忽然往前看了看他,便哇地一声哭了起来,直冲出门外去了。哭声也渐渐消失在黑暗里。

程仁突然像从噩梦惊醒,又像站在四野荒漠的平原上。他摇了摇头慢慢踱到院子里来,抬头望了望秋凉的天空,星儿在那里悠闲地眨着眼。上屋里已经没有鼾声,只听见四围的墙脚下热闹的虫鸣,而那对面鸡笼里的鸡,却在那黑暗的狭笼里抖动着翅膀,使劲高啼了。

"不要落在群众运动的尾巴上,不要落在群众的后面,不要忘记自己从哪里来。"这些话又在程仁的脑中轰起,但他已不再为那些无形中捆绑着他的绳索而苦恼了,他也抖动两肩,轻松地回到了房里。

四十七　决　战　之　前

这家的人跑到那家,老头子找老头子,青年人找青年人,妇女找妇女,人们见着时只用一个会意的眼光,便凑拢到一起了。他告诉他这件事,他也告诉他这件事,他们先用一种不相信的口气来谈,甚至用一种惊骇的声调,互相问询。他们去问那些靠近干部的人,去问民兵,有的就去问干部。消息证实了,可是消息也增多了。有人说当张正国去到钱文贵家的时候,已经找不着他了,后来是在圈牲口屋里的草堆里拉出来的。有的说他还躺在炕上,看见张正国时只说:"啊,你来了! 咱老早就等着你的。"又有人说民兵都不敢动手,张正国捆了他一绳子。还有人说他走的时候,把一双新洋纱袜子也穿上了,还披了件青呢大衫,怕半夜冷哩,嗯,说不定是怕捞不到一件像样的衣服回老家咧。

年老的女人们还坐在炕头烧早饭,可是年轻的人连吃饭也没有心肠,一群群的绕到许有武的门口去瞧。门口有个放哨的民兵不准他们进去,他们说找人,硬闯进去了。他们钻进那几户人家,问他们,他们说也没见着咧,只知天还没亮就有人闹起来,人是关在后边的一个较远较小的僻院子里。那里只有一大间柴房,如今柴也没有,只有一个土炕,一些烂木料。他们还要往里去,小院的门关得紧紧的。里外都有民兵,他们只得退回来。还有人以为在门缝里瞧见了钱文贵,说他很悠然地在摇着扇子。

有些知道的人便说:"昨天县里的老章下来了,别看人长得嫩,到底是拿枪杆出身,在咱们地区混了不少时候,经过场面。办这些事,文绉绉就不行。"

街上像赶集一样的人来人往,黑板报前挤满了人,前边的人念着,后边的人听着,念着听着的人都笑了。他们站到合作社卖东西的木窗前,伸着头往里望,看见有干部在里边走动,便扯长耳朵想听到些什么。

那个顾长生的娘饭也顾不上烧,把她稀薄的顶发抿了抿,又站在街头了。她女儿时时跑出来叫她回去,她也不回,她一望着有人过路就问:"咱村子昨晚上扣下了人,你知道么?"

人们知道她话多,不爱理她,马马虎虎答应她一句便走过去了。也有人会因为高兴,便忘记了她的脾气,她便凑过来说道:"嗯!这可见了青天啦!要是咱村子上不把这个旗杆扳掉,共产党再贤明太阳也照不到的。从前咱长生他爹,赶冬里闲空点,有时卖个花生饼子,他说咱们赚了钱,没有孝敬他,在年里把他爹的篮子收了。他爹没法,送给他十斤花生,一斤白糖。这可反把他膘了,把送去的东西倒了一地,说咱们看扁了他,硬加上咱们一个违法的罪名,要把他爹送到大乡里去惩办。他爹是个老实人,没有法,叩头,赔钱,总算没送去。后来又要把咱长生送到铁红山去当苦力,铁红山谁不知道,有去路,没回路的,咱们又把一只猪卖了。嗯!咱总得要回咱这只猪来的,总有七八十斤啦……"

那些积极分子,像郭富贵、王新田、侯忠全的儿子侯清槐都更挤到合作社来,跟在张裕民、李昌他们后边往韩老汉家里跑。他们愿意找那些工作人员,从他们那里得到更多的启示。

民兵也好像多了,川流不息,有时几个人一串串地跑,像发生了重大事件一样。人家问他们什么,他们也一本正经的不说。

侯殿魁也走出来了,仍旧悄悄地坐在墙根前,天时还早,太阳只照到墙头上,他还披了一件夹衫,装晒太阳呢。他趁着大伙儿不注意的时候,偷听几句,放在心里捉摸。侯清槐偏爱往这里走过,每走过总露出一副得意的样子,有时就高声向旁人说:"咱们要一个一个的来收拾!"

刚刚在昨天把儿子关在屋里的侯忠全,一早就听到那个羊倌老婆跑来叽叽咕咕,他平日看不上这个女人,嫌她爱说话,爱管闲事,赶忙走到屋子外边去。但他仍旧听到她们所说的内容了,他舍不得不听下去,站在窗外拨弄挂在廊上的几根火绒,不走开,他不敢相信有这回事。羊倌老婆走了,他老婆也像看赛会的那么高兴的出去了。儿子女儿不在家。他忍不住站在门口望望,一会儿他侄子李之祥走来了,李之祥别话都不说,只说:"姑爹!咱看你那个皇历使不得了,如今真的换了朝代啦。"他也只说:"怎么?真的?""对,扣起来了,要大家告状咧!""该个什么罪?""咱说该个死罪!"老头子不说了,禁不住有些惊惶,好像一个船客突然见着大风浪来了似的那种说不清的心悸。又觉得喜欢,这种喜欢还只能深深地藏在心里,好像一下看见了连梦想也不敢去想想的东西实现了,东西就放在手边,却还要掩饰自己的感情,不愿动手去拿,唯恐把这东西骇跑,现实仍旧又变成一个幻影,他只能用怀疑的心情,反复地问自己:怎么搞的?真有这回事么?但最后他仍给了自己一个满意的答复:坏人,终有坏报,因果报应是逃不脱的!后来他也忍不住跑出去,装作并不打听什么的样子走到大街上去,他朝人多的方向走,慢慢便也踱到戏台的场子跟前了。他看见人太多便背转身,躲到一边去敲他的火镰,却在这一敲的时候,他看见坐在墙角落里像个老乞丐的侯殿魁,他还看见那个一贯道正在悄悄看他咧。他觉得像被打了一样,那悄悄投过来的责罚的眼光,反使他抬不起头,他赶忙把两手垂下,弯着腰,逃走了。

小学生也不上学,站在学校门口观望,有些人又跑到学校里面去,看不见什么又退出来了,别的人也跟着去看看。两个教员都不知忙什么,一个跑进,一个跑出。人们还抓着任国忠问呢。任国忠心慌得很,想回家去,看见民兵太多又不敢,他想骗自己:"你怕什么?你又不是地主,又不是汉奸,又不是'方块'①,又不是这村的人,教书还有错,不怕,他妈的钱文贵扣起来了,活该,与你有什么相干?"但心总是不安,为什么章品昨天叮嘱他要等着他呢?他有什么鬼事要找他,这会儿还有好事!他的确没有办法可以离开这个村子。那个老吴就像知道他的心事似的老在他前前后后转,他走到什么地方都看得见那个红鼻子在眼前晃。

后来章品也出现了,他还是穿了那件没领的衬衫,光着头,没穿袜子,用根绳把鞋子系上,衫子薄,看见腰上有件东西鼓了出来,下边还露出了一块蓝绸子,人们都围了上去,七嘴八舌,他不知听谁的好。

"老章!你把咱们村搞完了走吧。"

"你们要把钱文贵怎样啦?"

"什么时候闹斗争呀?"

"早就该扣他了的。"

"哼!不扣起来,谁敢讲话?"

"这一下可是毛主席给咱做主啦……"

章品看见人们这样高兴,也禁不住愉快地笑着,两片嘴唇笑开了就合不拢来,又拿手不住地去摸那伸长在外边的脖颈,便说道:"你们看吧,还是谁的力量大,只要老百姓乐意怎样,就能怎样,如今可得大家紧紧地团结着,只有团结起来才能推倒旧势力,才能翻身!你们村上头一个尖已经扣下来了,你们有冤申冤,有仇报仇,把头一尖扳倒了,就不怕了,有什么,说什么,告下状来好办他,咱们县上给你们撑腰,腰壮着咧,不怕,嘿……"

章品走到了学校,学校外边围了很多人,张裕民也跟着进去了,门上站一个民兵,有些人猜着了,有些人莫名其妙,都在外边等着瞧。只见老吴跑过去了,又跑回来。一会刘教员也走了过去,看

---

① 指国民党特务。

201

了看外边,没说什么。不久章品和张裕民都出来了,小学教员任国忠跟在他旁边。他背了个小铺盖卷,结结巴巴地不知在说些什么,章品看见很多人围着,便向那个民兵说:"你陪任教员先走一段,慢慢走,咱随后就来。"

任国忠只得装出若无其事的样子,踉踉跄跄地走了出去,有些人也跟去看,跟了一段路又踅回来了。

群众中有人说:"咱早就说这家伙不是好人,鬼鬼祟祟尽在有钱人屁股后边跑,也不知忙些什么?"

又有人问:"把他扣到县上去?"

章品只笑着问:"你们看这人怎么样?"

大家答:"谁还看不出,他把墨水吃到肚子里去了,一身透黑。"

"年轻人嘛!咱们想法教育,还教不过来?咱带他回县上入教员训练班去,把他脑子改造好再给你们送回来,这才免得误了你们的子弟。"章品说完便往外走。

大家又说:"这可对着啦,好好给管教管教。"

人们跟上来又说:"老章!你就走啦,你走了咱们怎么搞呀!"

章品一边走一边道:"过两天咱再来,咱还有事啦。这里有文同志他们,你们有意见就去找他们。找张裕民也行。"

张裕民一直送他往外走,他们又说了半天,到村口章品才说:"你回去吧。一切事看老百姓的意见,就容易办,你看今早这情况,人都胆壮了,不怕斗不起来,不过,唉——"他迟疑了半天没有说下去。

张裕民又望望他,他也对他望望,两个人都明白了是个什么问题梗着,半天,章品不得不说:"人千万别打死。"

"那末交给你们吧。"

章品又沉思起来,他想不出一个好办法,他经常在村子里工作,懂得农民的心理,要末不斗争,要斗就往死里斗。他们不愿经过法律的手续,他们怕经过法律的手续,把他们认为应该枪毙的却只判了徒刑。他们常常觉得八路军太宽大了,他们还没具有较远大的眼光,他们要求报复,要求痛快。有些村的农民常常会不管三七二十一,一阵子拳头先打死再说。区村干部都往老百姓身上推,老百姓人多着呢,也不知是谁。章品也知道村干部就有同老百姓一样的思想,他们总担心着将来的报复,一不做,二不休。一时要说通很多人,却实在不容易。

"交给我们,那倒不必,县上一下子也不能解决许多人,还是在村上解决。"

"唉,"张裕民也感觉得太为难了,说道:"你还有什么不知道的?老百姓有劲没劲全在这里。"

"你也有这种想法么?"章品问。

"干部里边有这种想法的可多着呢。"

"这是一种变天思想,咱们要纠正它,随便打死人影响是不好的。咱们可以搜集他的罪状交给法院,死人不经过法院是不对的。咱们今天斗争是在政治上打垮他,要他向人民低头,还不一定要消灭他的肉体。你得说服大家。"

"嗯。"张裕民只得答应他。

"事情办着再看,咱到县上先把情况汇报了后大家再商量,如果老百姓一定要他死,罪也该死,那时咱们再派人来吧。我一个人也做不得主,你是明白的,——听,打锣了,暂时就这样吧:要往死里斗,却把人留着;要在斗争里看出人民团结的力量,要在斗争里消灭变天思想。"

当张裕民走回村子时,老吴已经把锣打向南街去了,锣声特别响亮,许多人吆喝着,跟在他后边。只听见:

"铛……铛铛"锣声一住,他的沙嗓子便愉快地大声唱了起来:"活捉五通神,快乐赛新年,赶快来开会,告状把身翻。"

四十八　决　战　之　一

人们像潮水一样涌进了许有武院子,先进去的便拣了一个好地方蹲着,后来的人又把他推开了。大家涌来涌去。人一多便不好找人了,也不知道干部们来了没有,民兵没有办法维持秩序,几次跑来问张正国,张正国也说:"农会哪来这么多会员,平日开会就有百十来个人嘛。"于是他站在台阶上大声喊,"不是农会的出去!咱们是农会会员开会!"可是还是只有进来的人没有出去的人。张正国又跑去问农会,农会组织张步高说:"这事叫咱也难办呀!以前一开会就是一家来上一个人,有时是他爹,有时是他儿子,有时还派上媳妇老婆来代表咧。如今你说该谁呀!"

张正国是急性人,急了,大声说:"你是组织嘛!你们的会员还没有个花名册?"

"谁说没有呀!"张步高也急了,"一家只有一个家主才上名单,可是一开会他们老不照名册来。老子生病了,儿子来代替,你能说不成?儿子出门了就换老子来,来总比不来好。如今他们就都来了嘛!你能叫谁出去。"

张正国更生气了:"你们平日乱七八糟,工作不知怎么做的,如今叫咱怎么维持秩序?"

"为啥不能全叫他们都进来呢?"不知是谁说了。

"全进来,全进来,把屋子也挤破了!"张正国嘟哝着。

人们看着他们吵,悄悄地更挤到里边去些。

李昌在一个角落里领导青年唱起歌来了,歌声越来越雄壮,唱歌的范围越来越展开,把他们的吵闹立刻压下去了。他们不得不站到一边去,立刻又给挤到人堆里去了。全院子只听到怒吼也似的歌声:"团结起来吧!嘿!种地的庄稼汉!……地主压迫咱,压迫了多少年,咱们……把账算,把账算!"

人越来越多,门廊里站满了人,门口拥塞着,街上还有三三五五的,他们试着向门里冲来,被挡回去了,歇了一会又嚷着来了:"咱是农会会员嘛!为啥不要咱进去?"

赵全功找赵得禄,赵得禄找张裕民,张裕民找工作组的同志,大家在人堆里挤,刚刚看见在这里的,怎么一忽儿就看不见了。工作组又说要找大家商量。于是张裕民又找赵得禄,赵得禄又找赵全功,赵全功又找另外的人。唉!说好大家都集中在一块儿,为什么老是不容易找人,大家都没有走出这个院子嘛!

唱歌真讨厌,老闹得喊人也听不见,可是不唱歌,人们会更闹起来的。

几个人挤在一道了要商量一下,却找不到地方,张裕民把大家带进上边侧屋里。房子里还剩一个老太婆,她的牙缺了,耳聋了,腿不方便,却把一个脸贴在玻璃窗上,望着外面的群众憨憨地笑,眼泪镶在眼角上。她看见这群闯入者,呆了一会,忽然好像明白了什么,从炕那头爬了过来。头老是不断地摇着,她举着手,嘴张开,却什么也没有说出来。只是笑,笑着笑着,眼泪忽然像泉涌一样地流出来。胡立功刚站在炕边,便赶忙跑过去扶住她,她一下伏到了他肩上,像个孩子似的哼着哭起来了。胡立功也把她像个孩子似地拍着。她哭了一会,抬起头来,望了望大家,一手去揩没干的眼泪,一手又扶着墙壁,爬回去了。仍旧用着那种憨态把脸贴到玻璃窗上去。

大家挤在后边的屋角里去说话,文采说:"秩序太坏了,秩序太坏了!"

张正国说:"都怪农会,不知怎么搞的,连个会员到底是谁也搞不清!"

"人们愿意来开会,就让大家来,农会不可以改成群众大会吗?"老董这样提议。

赵得禄也说了:"唉!昨晚为什么不决定开大会呢?唉!如今又改变。"

"改变也行。"杨亮说,"昨天估计不够,说开农会也有理由,既然人多了,就临时改变。索性到戏台那里去。"

"对,到戏台那里去,嘿,要不把钱文贵扣下,老百姓能这样?"

"换个人也不行。"

"别说空话了,叫老吴再打一遍锣吧。还有些没有参加农会的人家呢,叫他们都来。"

"老张慢点走,有些事还得重新布置一下,咱们再谈谈。"杨亮把张裕民又拖回房子里去了。"对!对!对!"大家赶忙跑出房来,院子里还是一团嘈杂,什么也听不见。

很快老吴便出现在台阶上了。他用力打了一下锣,歌声停止了,全场立刻静了下来。老吴嚷:"院子太小了,到戏台那里开大会去!……"可是再也没等他说下去,秩序又乱了起来,都向大门口奔去,人多门小,挤得只听见叫声。妇女小儿的声音,时时像被卡住了似的叫出来,响得特别尖锐。

门外边的人还不知道是回什么事,跟着也跑。像哪里起了火似的,只听见脚板在地下咚咚咚……地响。

一会儿,人都集聚在戏台前了,这里到底宽敞,用不着争地盘,便也不挤了。有些人还退到墙根前去了,坐在石磴上,坐在几条木料上,他们几个人几个人地谈着他们的感想。

不知什么时候,那个侯殿魁又走出来了,悄悄地仍旧坐在老地方。坐在他旁边的人,一看是这个一贯道,便换了个地方走到离他稍远一点的空地上去。

这时还听到老吴在另一条巷子里,打着锣。他不断地唱着:"妇女儿童团,老少青壮年!大家来开会,就在戏台前。报仇在今天;耕者有其田!"

四十九　决　战　之　二

老吴匆忙地走着,从大街到小巷,从这条巷转到那条巷,有许多人早就站在街口的,看见人们从巷口流到街上又流到戏台前时,已经跟踪走来了。这里面有些人穿得比较整齐,露出一副极慎重的样子。偶然有一两个戴绅士草帽的买卖人,他们挤在人中间,和人开着玩笑。还有擦了薄薄一层粉的女人,头发上的油光照人,衣服剪裁合身,扭扭捏捏的三三两两的挤在一团,站在靠后边。也有原来留在屋子里的穷老汉,穷老婆,这时也锁了屋子赶来了。还有因为孩子太多无法出来的女人也抱着一个,牵着一个,蹒跚地走来。有些人问:"还不开会么?"

张裕民站在台中央,指挥着:"妇女都靠右边站,你们那几个让过来些。大家站好地位不要动。墙根前的站过来。"

人们都听着他的号令移动着。刚刚站好,却又都回过头去,有人就又在往后走,学校里的小学生排着队来参加大会了。刘教员带领着他们,他们还唱歌,这些孩子们像参加运动会的选手,生龙活虎的,又紧张又活泼,他们用力的唱:"没有共产党就没有新中国……"歌声响彻云霄。张裕民便忙着招呼,在台前让出一角地方。队伍便从人丛中走进来。人们自然而然地替它让了一条道路。刘教员也忙迫得不堪,好容易才把他们安排好,又叫他们停止了唱歌。

人们在底下悄悄谈话:"对象来了没有?"

"没有,还扣着呢!"

"看侯殿魁那老头。"

钱文贵的老婆也站在台后边,她拿背靠着台,时时把衫子扯来揩眼泪,鼻涕吊在嘴唇上,她刚刚给丈夫送饭回来,她一看见干部便给磕头,她哭着说:"打从你们当干部以来,他爹有啥对不起你们吗?不看金面也得看佛面啦,看咱钱义还是八路军咧!"

有人吓唬她:"你再说,就一绳子捆了你。"但她还是不走开。

有人喊:"开会吧!"

"对,开会啦!"张裕民又跳上台中央了。他仍敞着汗衫和纽扣,他望着群众,等人声静下来。

李昌吹着一个口哨,"嚁嚁——"

张裕民报告了:"咱们村闹土地改革到如今已经十多天了,咱们要翻身,可不容易,咱们村上有好些剥削咱们的地主,压迫咱们,咱们今天就来拔尖。昨天晚上咱们把那个有名的人,诨名叫赛诸葛的扣下了!……"

人们不觉鼓起掌来,并且吼着:"扣得好!打他那个狗肏的!"

"还有呢!"张裕民又接下去,"咱们的治安员张正典那小子,心眼里不向咱们老百姓,向着他丈人,破坏咱们的土地改革,县上撤了他的职,以后咱们要多看着他点……"

底下又鼓掌了。大家互相交头接耳地说:"啊,还有这回事,这可做对呢。"并且有人喊:"打倒投降分子!""把这些溜沟子的都捆起来。"

张裕民又说:"今天咱们这个会就是和钱文贵算账。咱们先算算,算得差不多了,改天再当着他算,咱们农民自己来主持这个会,咱们选老百姓来当主席。你们说成不成?"

"成!""就是张裕民!""农会也成!""……"几种声音嚷着。

"老百姓好。你们自己选好,选几个你们觉得可靠的。"老董也站在张裕民身后说。

"成,选就选哪,咱提郭富贵。"是王新田那个小伙子的声音。

"郭富贵,赞成不赞成?"

"赞成。咱提李老汉。"

"哪个李老汉?"

"提人还得不提名……"

"李宝堂叔叔……"

"李宝堂叔叔,好。"

"咱还提张裕民,没有他不顶事。你们看怎么样?"

"好,就是他。"

"举手!举手!"

"哈……"

人们在人丛中把郭富贵,李宝堂推上去了。李宝堂只笑。郭富贵也不知道怎么样才好,像个新郎似的那么拘束着。

张裕民把李宝堂拉在中间,又同他叽咕了一阵。这老头子把脸拉正了,走出来一步,他说话了!他说:"咱老汉是个穷人。看了几十年果园子,没有一棵树。咱今年六十一岁了,就像秋天的果树叶一样入土也差不离了。做梦也没梦到有今天,咱当了主席啦!好!咱高兴,咱是穷人的主席,咱们今天好好把那个钱文贵斗上一斗,有仇报仇,有冤申冤,有钱还钱,有命偿命。咱只有一个心眼,咱是个穷汉。咱主席说完了,如今大家说。"

谁也没有笑话他,很满意这个主席。

要说话的人很多,主席说一个一个来。但一个一个来,说话的人又说不多了。说几句便停了。大家吼着时气势很高,经过一两个人稀稀拉拉的讲,又没讲清楚,会议反而显得松了下来,李昌便使劲的喊口号,口号喊得不对时候,也不见有力量。这时只见刘满急得不成,他从台下跳上了台,瞪着两只眼睛,举着两个拳头,他大声问:"你们要不要咱说?"

"刘满!刘满!你说吧!你会说!"

"你们要咱说,咱得问问干部们,咱说了要不要处罚咱?"

"刘满!你说!谁敢处罚你!今天就要看你的,看你给全村带头啦!"张裕民笑笑地安慰他。

"谁敢处罚你！刘满！你说！你打那个治安员打得好！"底下也有人鼓他的气。

"说钱文贵的事吧！"张裕民又提醒他。

刘满用着他两只因失眠而发红的眼睛望着众人，他捶着自己的胸脯，他说："咱这笔账可长咧，咱今天要从头来说。咱的事有人知道，也有人不知道，啊！你们哪里会清楚这十年来的冤气。咱就是给冤气填大的。"他又拍了拍胸脯，表示这里面正装满了冤气，"咱爹生咱们弟兄四个，咱弟兄谁也是个好劳动，凭咱们力量，咱们该是户好人家呀！事变前咱爷儿五个积攒了二百来块钱，咱爹想置点产业。真倒霉，不知怎么碰着了钱文贵，钱文贵告咱爹，说开磨坊利大，他撺掇咱爹开磨坊，又帮咱爹租了间房子。他又引了他的一个朋友，来做伙计，又不是咱村上人，咱爹不情愿，可是看他面子答应了。那个朋友在磨坊里管起事来，不到两个月，他那朋友不见了。连两匹大骡子千来斤麦子全不见了。咱爹问他，他说成，骂那个朋友，说连累了他，他拉着咱爹，一同到涿鹿县去告状，官司准了。咱告诉大家这官司可打不得呀！咱们一趟两趟赔钱，官司老不判案。咱爹气病了，第二年就死了。咱们四弟兄在年里杀鸡赌咒，咱们得报这仇。唉！咱们动还没动，有天咱大哥给绑上拉去当兵啦！这还要说么，这里边是有人使了诡计啦！咱大哥一走，日本鬼子就来了。石头落在大海里，咱们年年盼，也盼不到个信息。咱大嫂守不住，嫁了。落个小女子，不还跟着咱吗？"

底下有人答应他："是有这回事。"

"日本人来的第二年，"刘满又接下去说了，"钱文贵找咱二哥去说，过去对不起咱爹，磨坊赔了钱，他心里老过意不去，他说要帮咱们忙，劝咱二哥当个甲长，说多少可以捞回几个。咱二哥不愿意，他是老实人，家里又没人种地，又不是场面上人，咱弟兄全恨他，不肯干这件事。咱们回绝了他，他走了，过了半个月，大乡里来了公事，派了咱二哥当甲长。咱二哥没有法，就给他套上了。大乡里今天要款,明天要粮,后天要伕,一伙伙的特务汉奸来村子上。咱二哥侍候不来,天天挨骂,挨揍,哪一天不把从老乡亲们那里诓来的钱送给他去?他还动不动说咱二哥不忠心皇军,要送到兵营里去。咱二哥当了三个月甲长,要不是得了病,还不会饶他咧。二哥!你上来让大家来看看是什么样子!咱二哥呢,二哥!二哥!……"他的声音嘶哑了,模糊了,他说不出话的时候,就用两个拳头擂着他的胸脯。

人群在底下骚动,有人找着了刘乾,把他往台上送,他痴痴地笑着,人们将他互相传递,把他送到台口了,郭富贵忙着把他拉上来。那个疯了的伪甲长不知是回什么事,傻子似的望着大家。他的头发有几寸长,蓬满一头,满脸都是些黑,一条一条的泥印子,两个大眼深凹下去,白眼仁一闪一闪的,小孩在夜晚遇着他时都会吓哭的。

底下没有人说话了,有年老的轻轻地叹着气。

刘满忽然把两手举起,大声喊:"咱要报仇!"

"报仇!"雷一样的吼声跟着他。拳头密密地往上举起。

李昌也领着喊:"钱文贵,真正刁,谋财害命不用刀!"大家都跟着他,用力地喊。那边妇女也使着劲,再也不要董桂花着急地催促。

"咱也要同钱文贵算账咧!"王新田那个小伙子跳了上来。几天的工夫,已经改变了他,他好像陡地长大了几岁。他不再是那末荒荒唐唐的,他心里已经有了把握,他把闹斗争这件事看成了天经地义似的,好像摆在眼前,就这一件事好干,越闹越有劲。他看见有些人还在迟迟疑疑,唉声叹气,他就着急。这个年轻小伙子充满了信心,他诉说过去刘乾做甲长时,钱文贵暗里使诡计用绳子捆他,要把他送到青年团去的事。他在台上问他爹要不要钱文贵退还房子。他爹在台下答应他:"要他退还房子!"于是人们便吼起来:"钱文贵,乱捆人,要人房子,要人粮!"

211

从人丛中又走出一个老头儿,他是人们把他推上去的。他一句也不会说,只用两眼望着大家。人们都认识他叫张真,他的儿子被送到铁红山,当苦力,解放后有许多苦力都回家了,只有他的儿子一直没回来。他对大家望着,望着,忽然哭起来了。大家催促他:"你说呀!不怕!"可是他张了张嘴,说不出话来,又哭起来了。唉!全场便静了下来,在沉默中传来唏嘘的声音。

接着又一个一个的上来,当每一个人讲完话的时候,群众总是报以热烈的吼声。大家越讲越怒,有人讲不了几句,气噎住了喉咙站在一边,隔一会,喘过气来,又讲。

文采几人从来也没见过这种场面,他们禁不住兴奋和难受。尤其是老董,他高兴地走来走去,时时说:"啊!这下老百姓可起来了!"胡立功也时时问那几个主席团的人:"你们看今天怎么样,以前你们有过这种情形吗?"李宝堂老汉说:"没有,如今是翻身了,啥也不怕,啥也不管哪!好,让他们都说说,把什么都倒出来啦!要清算李子俊时,你看咱也要说,咱还要从他爷爷时代说起咧。"

他们觉得机不可失,他们商量趁这劲头上把钱文贵叫出来,会议时间延长些也不要紧,像这样的会,老百姓是不会疲倦的。

李宝堂将这个意见向群众说了,底下也一片赞成。于是李宝堂下令立刻带钱文贵。张正国亲自带几个民兵走了。

讲话便停顿了下来,有些人便悄悄地嘀咕着。有些孩子们便离开了会场,在巷口上去等着,用一种好奇的心等在那里。

跟着走开去小便的也有了,咳嗽的声音此起彼落,怀里的娃儿们哭了,妇女哄起孩子来。主席没有办法,报告休息三分钟。

但人们仍旧很快走了回来,他们要等看钱文贵咧。只有很多妇女又溜到远点地方坐下来,董桂花,羊倌老婆周月英便一个一个的去拉,拉来了这几个,又走了那几个。

主席团干部们又忙着去商量一些事情,安排一些事情。

一会儿,担来了一担凉水,人们便都抢着去喝。

一会儿,又拿来了白纸糊的一顶高帽子,上边写着"消灭封建势力"。

民兵排列得很整齐,分作几排站着,台前台后都有,他们严肃地雄赳赳地举着枪。

于是人们又围了拢来,他们看帽子,他们观赏着民兵,这都是自己人呀,看他们多神气。

大家都在等着那个斗争对象到来。

五十 决 战 之 三

听到孩子们的脚步声,跟着他们转到了街上,台上的人互相使了个眼色,大家都明白是一回什么事!人们都站着不动伸着头去望。民兵更绷紧了脸,不说话。张裕民、李宝堂、郭富贵往台中一站,李昌喊起口号来:"打倒恶霸!""打倒封建地主!"人们一边跟着喊,一边往前挤,但他们是用一种极紧张的心情看着,等着,他们除了喊口号的时候肃静极了。

"哗"的一声,民兵们在一个轻轻的命令底下同时扳动了一下枪栓,人们更紧张起来。这时只见三四个民兵把那个钱文贵押上台来。钱文贵穿一件灰色绸子夹衫,白竹布裤子,两手向后剪着。他微微低着头,眯着细眼,那两颗豆似的眼珠,还在有力地睃着底下的群众。这两颗曾经使人害怕的蛇眼,仍然放着余毒,镇压住许多人心。两撇尖尖的胡须加深着他的阴狠,场子里没有人说话。

主席焦急地望着主席,老董几人也互相焦急地望着,他们又焦急地望着李昌,李昌焦急地望着主席,主席们又望着群众,群众们看着钱文贵,他们仍然不说话。

几千年的恶霸威风,曾经压迫了世世代代的农民,农民在这种力量底下一贯是低头的。他们骤然面临着这个势力忽然反剪着手站立在他们前面的时候,他们反倒呆了起来,一时不知怎么样才好。有些更是被那种凶狠的眼光慑服了下去,他们又回忆着那种不堪蹂躏只有驯服的生活,他们在急风暴雨之前又踌躇起来了。他们便只有暂时的沉默。

这时只有一个钱文贵,他站在台口,牙齿咬着嘴唇,横着眼睛,他要压服这些粗人,他不甘被打下去。在这一刻儿,他的确还是高高在上的,他和他多年征服的力量,在这村子上是生了根的,谁轻易能扳得动他呢。人们心里恨他,刚刚还骂了他,可是他出现了,人们却屏住了气,仇恨又让了步,这情形就像两个雄鸡在打架以前一样,都比着势子,沉默愈久,钱文贵的力量便愈增长,看看他要胜利了。这时忽然从人丛中跳上去一个汉子。这个汉子有两条浓眉和一对闪亮的眼睛。他冲到钱文贵面前骂道:"你这个害人的贼!你把咱村子糟践得不成。你谋财害命不见血,今天是咱们同你算总账的日子,算个你死我活,你听见没有,你怎么着啦!你还想吓唬人!不行!这台上没有你站的份!你跪下!给全村父老跪下!"他用力把钱文贵一推,底下有人响应着他:"跪下!跪下!"左右两个民兵一按,钱文贵矮下去了,他规规矩矩地跪着。于是人群的气焰高起来了,群众猛然得势,于是又骚动起来,有一个小孩声音也嚷:"戴高帽子!戴高帽子!"郭富贵跳到前面来,问:"谁给他戴?谁给他戴,上来!"台下更是嚷嚷了起来:"戴高帽子!戴高帽子!"一个十三四岁的孩子跳上来,拿帽子往他头上一放,并吐出一口痰去,恨恨地骂道:"钱文贵,你也有今天!"他跳下去了,有些人跟着他的骂声笑了起来。

这时钱文贵的头完全低下去了,他的阴狠的眼光已经不能再在人头上扫荡了。高的纸帽子把他丑角化了,他卑微地弯着腰,屈着腿,他已经不再有权威,他成了老百姓的俘虏,老百姓的囚犯。

那个汉子转过身来,朝着台下,大家认得他是农会主任,他是程仁。

程仁问大家说:"父老们!你们看看咱同他吧,看他多细皮白肉的,天还没冷,就穿着件绸夹衫咧!你们看咱,看看你们自己,咱们这样还像人样啦!哼!当咱们娘生咱们的时候,谁不是一个样?哼!咱们拿血汗养了他啦,他吃咱们的血汗压迫了咱们几十年,咱们今天要他有钱还债,有命还人,对不对?"

"对!有钱还债,有命还人!"

"咱们再不要怕他了,今天已经是咱们穷人翻身的时候!咱们再不要讲情面。咱是农会主任,咱头几天斗争也不积极,咱不是人,咱忘了本啦!咱对不起全村的父老们。咱情愿让你们吐咱,揍咱,咱没怨言。咱如今想清了,咱要同他算账。咱从小就跟着娘饿肚子。咱为的哪桩?为的替他当牛马,当走狗吗?不成,咱要告诉你们,他昨晚还派老婆来收买咱呢,你们看,这是什么?"程仁把那个小白布包打开。一张张的契约抖落了下来。底下便又传过一阵扰攘,惊诧的,恨骂的,同情的,拥护的声音同时发着。

"哼!咱不是那种人,咱要同吃人的猪狗算账到底!咱只有一条心,咱是穷人,咱跟着穷人,跟着毛主席走到头!"

"咱们农民团结起来!彻底消灭封建势力!"李昌也冲到台前叫着。群众跟着他高呼。

张裕民也伸开了拳头,他喊:"程仁不耍私情,是咱们的好榜样!""天下农民是一家!""拥护毛主席!""跟着毛主席走到头!"

台上台下吼成了一片。

于是人们都冲到台上来,他们抢着质问钱文贵。钱文贵的老婆也哭巴着一个脸,站到钱文贵身后,向大家讨饶说:"好爷儿们,饶了咱们老头儿吧!好爷儿们!"她的头发已经散乱,头上的鲜花已不在了,只在稀疏的发间看得出黑墨的痕迹,也正如一个戏台上的丑旦,刚好和她的丈夫配成一对。她一生替他做了应声虫,现在还守在他面前,不愿意把他们的命运分开。

一桩一桩的事诉说着,刘满在人丛中时时引着人喊口号。有些人问急了,便站在台上来,敲着他问,底下的人便助威道:"打他,打死他!"

钱文贵被逼不过了,心里想好汉不吃眼下亏,只得说:"好爷儿们,全是咱错了!有也罢,无也罢,咱都承认,咱只请大家宽大宽大吧!"

老婆也哭着说:"看咱八路军儿子的面子,宽大宽大他吧!"

"他妈的!"刘满跳了上来,"咱冤了你啦!你说你骗咱爹爹开磨坊,有没有这回事?"

"有,有。"钱文贵只得答应。

"你把咱大哥拉去当兵,有没有这回事?"

"有,有。"

"咱二哥给你逼疯了,有没有这回事?"

"有,有,有。"

"咱冤了你没有?"

"没有,没有。"

"他妈的!那你为什么要说'有也罢,无也罢',你们问哪件事冤了他?他妈的,他还在这儿装蒜咧。告诉你,咱同你拼了,你还咱爹来!还咱大哥来!还咱二哥来!"

底下喊:"要他偿命!""打死他!"

人们都涌了上来,一阵乱吼:"打死他!""打死偿命!"

一伙人都冲着他打来,也不知是谁先动的手,有一个人打了,其余的便都往上抢,后面的人群够不着,便大声嚷:"拖下来!拖下来!大家打!"

人们只有一个感情——报复!他们要报仇!他们要泄恨,从祖宗起就被压迫的苦痛,这几千年来的深仇大恨,他们把所有的怨苦都集中到他一个人身上了。他们恨不能吃了他。

虽然两旁有人拦阻,还是禁不住冲上台来的人,他们一边骂一边打,而且真把钱文贵拉下了台,于是人更蜂拥了上来。有些人从人们的肩头上往前爬。

钱文贵的绸夹衫被撕烂了,鞋子也不知失落在哪里,白纸高帽也被踩烂了,一块一块的踏在脚底下,秩序乱成一团糟,眼看要被打坏了,张裕民想起章品最后的叮嘱,他跳在人堆中,没法遮拦,只好将身子伏在钱文贵身上,大声喊:"要打死慢慢来!咱们得问县上呢!"民兵才赶紧把人们挡住。人们心里恨着,看见张裕民护着他,不服气,还一个劲地往上冲。张裕民已经挨了许多拳头了,却还得朝大家说:"凭天赌咒,哪一天咱都焦心怕斗争他不过来啦!如今大家要打死他,咱还有啥不情愿,咱也早想打死他,替咱这一带除一个祸害,唉!只是!上边没命令,咱可不敢,咱负不起这责任,杀人总得经过县上批准,咱求大家缓过他几天吧。就算帮了咱啦!留他一口气,慢慢地整治他吧。"

这时也走来好些人,帮着他把人群拦住,并且说道:"张裕民说得对,一下就完结了太便宜了他,咱们也得慢慢地让他受。"很多人便转弯:"这杀人的事么,最好问县上,县上还能不答应老百姓的请求,留几天也行。"但有些人还是不服:"为什么不能打死?老百姓要打死他,有什么不能?"老董走出来向大家问道:"钱文贵欠你们的钱,欠你们的命,光打死他偿得了偿不了?"

底下道:"死他几个也偿不了。"

老董又问:"你们看,这家伙还经得起几拳?"

这时有人已经把钱文贵抬回台上了。他像一条快死的狗躺在那里喘气,又有人说:"打死这狗×的!"

"哼!他要死了,就不受罪了,咱们来个让他求死不得,当几天孙子好不好?"老董的脸为兴奋所激红,成了个紫铜色面孔。他是一个长工出身,他一看到同他一样的人,敢说话,敢做人,他就禁止不住心跳,为愉快所激动。

有人答:"好呀!"

也有人答:"斩草不除根,终是祸害呀!"

"你们还怕他么?不怕了,只要咱们团结起来,都像今天一样,咱们就能制伏他,你们想法治他吧。"

"对,咱提个意见,叫他让全村人吐吐啦,好不好?"

"好!"

"咱说把他财产充公大家分。"

"要他写保状,认错,以后要再反对咱们,咱们就要他命。"

"对,要他写保状,叫他亲笔写。"

这时钱文贵又爬起来了,跪在地下给大家磕头,右眼被打肿了,眼显得更小,嘴唇破了,血又沾上许多泥,两撇胡子稀脏的下垂着,简直不像个样子。他向大家道谢,声音也再不响亮了,结结巴巴地道:"好爷儿们!咱给爷儿们磕头啦,咱过去都错啦,谢谢爷儿们的恩典!……"

一群孩子都悄悄地学着他的声调:"好爷儿们!……"

他又被拉着去写保状,他已经神志不清,却还不能不提起那支发抖的笔,一行行的写下去。大会便讨论着没收他的财产的问题,把他所有的财产都充公了,连钱礼的也在内,但他们却不得不将钱义的二十五亩留下,老百姓心里不情愿,这是上边的规定,他是八路军战士啦!老百姓也就只好算了。

这时太阳已经偏西了。有些孩子们耐不住饿,在会场后边踢着小石子。有些女人也悄悄溜回家烧饭,主席团赶紧催着钱文贵快些写,"谁能等你慢条斯理的,你平日的本领哪里去了!"

主席团念保状的时候,人们又紧张起来,大家喊:"要他自个念!"

钱文贵跪在台的中央,挂着撕破了的绸夹衫,鞋也没有,不敢向任何人看一眼。他念道:

"咱过去在村上为非作歹,欺压良民……"

"不行,光写上咱不行,要写恶霸钱文贵!"

"对,要写恶霸钱文贵!"

"从头再念!"

钱文贵便重新念道:"恶霸钱文贵过去在村上为非作歹,欺压良民,本该万死,蒙诸亲好友恩典……"

"放你娘的屁,谁是你诸亲好友?"有一个老头冲上去唾了他一口。

"念下去呀!就是全村老百姓!"

"不对,咱是他的啥个老百姓!"

"说大爷也成。"

"说穷大爷,咱们不敢做财主大爷啊!大爷是有钱的人才做的。"

钱文贵只好又念道:"蒙全村穷大爷恩典……"

"不行,不能叫穷大爷,今天是咱们穷人翻身的时候,叫翻身大爷没错。"

"对,叫翻身大爷。"

"哈……咱们今天是翻身大爷,哈……"

"蒙翻身大爷恩典,留咱残生……"

"什么,咱不懂。咱翻身大爷不准你来这一套文章,干脆些留你狗命!"人丛里又阻住钱文贵。

"对,留你狗命!"大家都附和着。

钱文贵只得念下去道:"留咱狗命,以后当痛改前非,如再有丝毫不法,反对大家,甘当处死。恶霸钱文贵立此保状,当众画押。八月初三日。"

主席团又让大家讨论,也就没有多的意见了,只有很少一部分人还觉得太便宜了他,应该再让打几拳才好。

钱文贵当众被释放回去,只准暂时住在钱义院子里,他的田地以外所有的财产,立刻由农会贴封条去。留多少给他,交由评地委员会分配。

最后选举了评地委员会,刘满的名字被所有的人叫着。郭富贵也被选上了。李宝堂的主席当得不错,人们也选上了他。郭全是一个老农民,村上的地亩最熟,便也当选了。他摸着他那像两把刷子似的胡须难为情地说道:"你们不嫌咱老,要咱办点事,咱还能不来!"

　　人们又选了任天华,他是一个打算盘的能手,心里灵,要没有他,账会搞得一片糊。侯清槐也能算,又年轻,不怕得罪人,有人提议他,也通过了。最后他们还选了农会主任程仁。程仁不受钱文贵收买,坚决领导大家闹斗争,他们拥护这个农会主任。

　　这次闹土地改革到此时总算有了个眉目,人们虽然还是有许多担心,但总算过了一个大关,把大旗杆拔倒了。他们还要继续斗争下去,同村子上的恶势力打仗,他们还要一个一个地去算账。他们要把身翻透。他们有力量,今天的事实使他们明白他们是有力量的,他们的信心提高了,暖水屯已经不是昨天的暖水屯了,他们在闭会的时候欢呼。雷一样的声音充满了空间。这是一个结束,但也是开始。

五十一　胡　　泰

　　这天顾涌带着和大伙一样的心情,也来开会了。他先站在墙根前,离侯殿魁不远,他不愿和这老头站在一道,便又走开些,站到一边去。可是又发觉有几个地主的家属,也站到他附近,他只好又走开。他为着不愿被别人注意,便悄悄挤到人堆里面。四周八方都有人交换意见,他们也和他讲。他先不敢答应,只听着,他知道今天是斗争钱文贵,他心里喜欢。可是又怕别人斗争自己,不是说自己是"金银"地主吗?大会开始了,他看见李宝堂当了主席,他放心了。这是个好老实人,他们很熟,从小就在一道种地。他后来买了李子俊的园子,常到园子去,开始的时候,自己不会收拾,常去问李宝堂。他们常在一起,一个替别人看园子,一个收拾自己园子,他们之间,还是同年轻时一样,并没有什么隔阂。因为他们生活的方式,也还是相差不远,劳动吃苦,他觉得李宝堂是懂得他的。李宝堂决不会把他当一个"金银"地主,决不会向他清算复仇的。因此他就站得舒服了些,敢于看看他周围的人,也敢答复别人向他提出的一些问题,有时也插上去发表几句自己的见解。后来他看见刘满上台了,刘满的控诉引起他很大的同情。"唉!你看,他一家人给他折腾的,这假如不报仇,还能有天理么?"因此他也跟着许多人出拳头。后来他忽然看见他的儿子顾顺出头了,顾顺要钱文贵赔他的梨树,并且说钱文贵逼着他们讲亲,钱文贵还逼迫他姐姐,调戏她,不安好心,哼!这还是他儿媳妇呢。顾涌听他儿子这样说,有时心里高兴,觉得替自己出了气,有时又着急,觉得不该把什么都说出来,多丢脸啊!但并没有谁笑话他们,只激起大伙的怒气,大家嚷:"不要脸!简直是毛驴!"最后他也完完全全投入了群众的怒潮,像战场上的一匹奔马,跟着大伙,喊口号,挥拳舞掌,脸涨得红红的,忘记了自己这半月多来的痛苦,忘记了背上的重负"金银地主"!当钱文贵在台上歪着脸求饶,不断地喊:"好爷儿们!好爷儿们!"他就也笑了,真有这样的世界吗?这怎么搞的,这不是把天地都翻了个过吗?哈……因此他拥护每一个站在台上的人,拥护人人的控诉和反抗,拥护共产党,要没有共产党能这样吗?共产党这可闹对了!

大会散了,他回到家里,男女老少都在那里,好像还在开会似的,你一言我一语,孩子们也夹杂在里面,重复表演着他们所欣喜的一些镜头,一个大声骂:"这台上没你站的份,你跪下,给全村父老跪下!"一个又用哭腔学着:"好爷儿们!"这时只听顾顺在人丛中大声问道:"娘,爹!你们大伙说吧,咱们的地,献不献些出去?"顾涌听到这句话,就像被什么东西打了一下,适才的激奋和快意,全被震落了,他呆呆地站在门廊里,没有勇气走进去。这时顾顺又说道:"你们说共产党有什么不好?他帮助穷人打倒恶霸,连咱们家的气也给出了。咱们家的地,比钱文贵多多了,人家又不开会斗争,又没派人来拿红契;你们想,难道是因为怕咱们吗?咱们就是老顽固,硬卡住几亩地,咱说这可办不到啦,咱们还是早点找张裕民他们,等人家上门来就不好看啦!你们说,怎么样?大伯!爹!爹呢?爹怎么还没回来?"

"老三的话不错,咱们少几亩地不打紧,也是分给穷乡亲们,有什么要紧?咱娘儿们就这个见识。"这是顾涌大媳妇的声音。

有些妇女也嚷开了,这里面带了些昂奋,也带了些恐怖。顾涌不愿谈这个问题,他不知怎样才好,又听到里面大伙找他,于是他便悄悄地退了出来。街上没有人,他一个人在这里漫步,他又踱回到戏台前的空地上。满地散着一些混着泥土的瓜子壳、果核、西瓜皮,还有一顶撕碎了的白纸帽子,纸都一片片地飞在地下,只剩一个帽架,上边粘着几条破纸,也随风往这边飞飞,又往那边飞飞,飞不远又躺在地上滚着。这地方因为适才的热闹便更显得空虚,顾涌的心,也和那破纸帽一样的不安定。他走到墙根前的一根木橼上坐下来了,他痴痴地望着四周,想能排遣一下他不愉快。他并不反对他儿子的意见,他只是不断地想,他想找个人问问:"像我这样的人,受了一辈子苦,为什么也要和李子俊他们一样?我就凭地多算了地主,我的地,是凭我的血汗,凭我的命换来的呀!"这个什么"金银地主"的帽子,他觉得很不舒服,而且不服气,他常常想:"我就不献地,你们要多少,拿多少,你们要斗争就斗争吧。"

天已经黄昏了,乌鸦一阵阵在头上飞过。这老头儿仍旧坐在那儿,抽了一袋烟又一袋烟,而且时时用他那水渍渍的眼睛四处张望,总想找到一个可以慰藉的东西。

隔了一会,从东北角的那个拐角处,走进来了一个人影,腰微微有些弯,慢慢的一步一步朝前走,他也四方打量,却没有看见顾涌。顾涌看出他不是本村人,又看出是一个熟人,他一时想不起他的名字,他站起来,走过去抓他。那个人忽然发现他了,也呆了一会,然后欢喜地叫道:"顾老二!亲家!你怎么了?"于是顾涌陡然明白了这是谁,他抓住了他的手,也说不出的喜欢,抖抖索索地叫道:"啊!是你,老胡泰呀!"但他忽然像看见了什么鬼怪一样,惊恐地把他抓紧,机警地朝四方望着,好像要搜索出什么东西一样,接着他压低了声音说道:"到咱们家去说,你们村子上的事闹得怎么样了?"

那个叫胡泰的老头子却坦然地答道:"咱们村的事闹完了,咱来拿咱的车,这车他们也知道在这里,说这是跑买卖的,不要咱的。"

"啊!"顾涌惊奇地望着他,想在他脸上找出更多的证明来。

老头子也把他拉着往家走,边说道:"没事,你放心!你们村还没闹完么?像咱,他们只评成个富农,叫咱自动些出来,咱自动了六十亩地。咱两部车,他们全没要,牲口也留着,还让做买卖,羊也留着的,你呢?你连长工也没雇,就更够不上。"

"唉,咱可说不清,他们也没说什么,把咱果子也收了,有人说咱是'金银地主'。"但他却升起一线希望,老胡泰的家当,只有比自己强多了的,看人家,共产党总得一样的闹啦!

胡泰到他们家里,他们足足谈了一夜。胡泰说像他们家拿几十亩地出去不算啥,地多了自己不能种,就得雇人,如今工价大,不合算。八路军来了,跑买卖好,留下车就比什么都强。自己过去没压迫过人,如今也没人欺侮。过去捐税大,坏人多,老实人不敢得罪他们,也是受气。如今讲的是平等,有话就能说,有什么不好?"他们订了我个富农,管他呢,只要不是地主就成。"胡泰又劝他找工作组的人去谈谈,问清到底是什么,还能有个全家受苦的地主吗?就连富农也说不上。胡泰也劝他献地,说不献是不对的,穷人一亩地都没有,自己也是穷人过来的,帮穷人一手是应该的。顾涌觉得他的话很对,听得很舒服,答应照着他说的办。

他们又谈到战事。胡泰说亲眼看见许多兵,都坐火车到大同去了,还拉了许多大炮。大伙都说大同一定拿得下来,张家口满城人都在为拿大同忙着,没有一个人不送慰劳品的,识字的人就给前方战士写信。大同一拿下来,咱们买卖就好做了。还说他们村以前大伙都胆小,后来斗倒了两个恶霸,有个和国民党有关系,专门造谣的人也给打了,现在还关在县公安局,大家便不怕了。要不,谁敢说什么?就怕万一将来老蒋来了,又受他们的制啦。胡泰又说老蒋不行,老蒋就来不了,他们村上住得有八路军,一个个都神气,人强马壮!国民党军都是拉来的,打仗不顶事,哼!青龙桥那一带,他们的正规军,还顶不上咱们的游击队呢。

第二天天一明,顾涌套车送他亲家走,他一直送他到河边。他看见白鼻拉着那车,下到河里去,想起一月前的情况,他觉得共产党不会难为他的。共产党帮穷人有什么不对呢?假如自己年轻穷苦的时候,就遇着这样一个世道,那多好!他大声呼唤着已经乘车到了河中央的胡泰,祝福他的买卖。胡泰也回头对他望了望,回答了他一句什么,他也没听清,但他明白那意思,他们在新社会里生存,是只有更容易的。于是他也往回走,伸头望了望不远的自己的地,那片即将献出去的田地,但他已经再没有什么难舍,倒觉得只有一种卸去了一副重担后的轻松的感觉。

五十二　醒　　悟

当顾涌找到农会去献地的时候,合作社里挤满了人,院子里也水泄不通,大门外也一层一层的站着。各人有各人的要求,每个人都来找他们,都希望立刻得到解决,里面屋子简直连说话都听不清了。顾涌看见人多,有些害怕,却仍鼓足了气,往里面挤。他问张裕民在不在,也没有人答应他;他又问程仁在不在,也没有人答复他。好容易挤到里边,却一个负责人也没在,只有张步高坐在炕上,围着他的人,一个个向他说明自己的地亩。张步高说:"咱们登记了,咱们明白。"可是人们还在重复着说:"咱的地是旱地啊!又远,要给咱对换些好地啊!"张步高便把他的意见写下来,好转给评地委员会去。有的人又在说明他租的是外村地,这地究竟怎么办呢?张步高便又替他写介绍信,要他到外村去拿红契。有了契就好说话,好办交涉了。顾涌在人堆中站了好一会,没有人理他,张步高忙不过来,瞧也不瞧他,他又拿不定主意了。他怕说不好,这末多人,都来反对他,那怎么办呢?于是他又往外走,他挤出来了,他站在街上,踌躇起来。看见许多人往街上走,走到小学校去了,他也跟去看。原来那空着的侧院子,已经收拾好了,那些评地委员都在那里。这里也挤满了人,有些是有事的,有些也没事。他们好奇,他们张望着,而且等着。顾涌仍不敢走过去,远远地看了半天,那里边的人全认识,全是些好人,要是单独在一块,和谁也敢说。如今他们在一道,他们结成了一气,后边又有几个区上同志撑腰,好像那些人就忽然高大了,他们成了有势力的人,他们真就成了办公事的人,也不寒碜,也不客气,有说有笑的,他们就谁也没有看见他,就让他老站得远远的,唉,连李宝堂也瞧不起人了,因此他又害怕起来,他只得又慢慢地回去,他还是想:"唉,凭命算了吧,看你们愿怎么就怎么吧。"

其实这时在院子里边的人,正在谈到他。头天晚上,干部们和评地委员已经又开了一次会,他们把全村的庄户,都重划了一次阶级,一共有八家地主,以前有几家是订错了的。大伙对于他的成分,争论很多,有人还想把他订成地主,有人说他应该是富裕中农。从剥削关系上看,只能评他是富裕中农,但结果,马马虎虎把他划成了富农,应该拿他一部分地。至于拿哪一块呢,是好地还是坏地,交给评地委员会决定。因此现在评地委员一面在算地主的地亩,一面就在估计拿出富农的一些地,这就把他也包括在里面了。

关于划成分的问题,工作组和干部们也曾起了一些争执。杨亮的意见是交给农会去划,但时间却不允许他们这末办。章品同志曾说,分地工作最好在五天到一个星期之中结束。中秋节前,如果不能把一切工作弄停当,那就要影响秋收,何况还有平绥路上的战争情况,这是一个大的问题。因此这末一件重大的事,就只能在一群新旧干部的会议上决定了一切,而且等不到收集意见,就开始动作起来了。这自然免不了有错误。有的人也许会有意见,却没有说话的机会;有的人担心自己的事,就四面八方找干部,找评地委员,因此院子里显得格外热闹和拥挤。

侯忠全这天也来了,他拿着两张契约来找张裕民,两只眼睛骨碌碌地望着大伙,他儿子侯清槐不等他说话,就嚷了起来:"你回去!你走来干什么?"他还以为他爹来找他,不准他当委员,叫他回去呢。可是那老头子只嘻嘻地笑,结结巴巴地说道:"唉,真想不到,你们说这是个什么世道呀!"大伙问他怎么回事,要他慢慢地讲,他才把他早上的那一段稀罕事,说了出来。

一清早,他刚从屋里走出来,觉得门外站了一个人,他问:"谁呀?"也没人答应,他再问,那人就走进来了。那人是从来不来的,这使他惊奇了,他赶忙往里让,连连招呼:"啊!是殿魁叔!殿魁叔,您请进屋来,您请坐吧。"侯殿魁一声不响,跟着他到了屋里,也不往炕上去坐,反推侯忠全,把侯忠全往炕上按住了,自己就扑通朝他磕下头去,并且求告他:"忠全!你可得救救我啊!往日咱全家对不起你,请你宽大了咱吧,咱年纪大了,受不起斗争,你们要什么都行,唉!……"侯忠全给吓住了,连忙拉他,也拉不起来,只说:"坐着说吧,坐着说吧!"好容易那老头才起来,怎么也不肯坐炕,蹲在地下,侯忠全也就陪他蹲着。两个人都老了,都蹲不稳,都坐在地下了。侯忠全看见他那过分谦虚的样子,过意不去,安慰他道:"你怕什么呢?咱们都是一家子,几十年来了,咱们还是照旧过,咱怎么也不能难为你,你别怕,咱清槐那小子就不是好东西。"这时侯忠全女人也来了,侯殿魁又给她磕头,她被弄糊涂了,呆呆地扶着门站着。侯殿魁便又说自己过去怎么对不起他们,嘴里甜,要他做了好多事,实际也没有照管他们,他们的生活,跟要饭的差不多。他塞给他两张契约,有十四亩地,他一定求他们收下,求他们看他老了,饶了他,求他在干部们面前说几句好话。侯忠全不敢留地契,他便又要跪下,不留就不起来,哈……那老家伙还哭了呢。他闹了一阵才走,又走到另一个佃户家去,他就准备拿这个法宝,挨家去求,求得平安地渡过这个难关。他被昨天的那场剧战吓住了,他懂得群众已经起来,只要他还有一丝作恶,人们就会踩死他的,像一个臭虫一样。他走后,这老两口子,互相望着,他们还怕是做梦,他们把地契翻过来翻过去,又追到门口去看,结果他们两个都笑了,笑到两个人都伤心了。侯忠全坐在院子的台阶上,一面揩着眼泪,一面回忆起他一生的艰苦的生活。他在沙漠地拉骆驼,风雪践踏着他,他踏着荒原,沙丘是无尽的,希望像黄昏的天际线一样,越走越模糊。他想着他的生病,他几乎死去,他以为死了还好些,可是又活了,活着是比死更难啊!慢慢他相信了因果,他把真理放在看不见的下世,他拿这个幻想安定了自己。可是,现在,下世已经成了现实,果报来得这样快啊!这是他没有,也不敢想的,他应该快活,他的确快乐,不过这个快乐,已经不是他经受得起的,他的眼泪因快乐而流了出来,他活过来了,他的感情恢复了,他不是那末一个死老头了。但他的老婆还在旁边叨咕着:"你还他么?你还他么!他爹呀!"侯忠全竭力使自己镇定了下来,他拿着地契往外走,老婆着急追了出来,仍旧说:"你还顽固呀!你还不敢要呀!你还信他的一贯道么?"他只说:"不,我给农会去,我要告诉他们,我要告诉许多人,这世道真的翻了呀!哈……"

大家听完了他的话,都笑了起来,说:"你为什么不问他,是不是因为他命好才有钱的?"也有人说:"侯大伯,你不跟着他骑烈马上西天了吧!"也有人赞叹道:"这老头可老实,一辈子就给他糟践,如今算醒过来了!"侯清槐也笑道:"爹,菩萨不是咱们的,咱们年年烧香,他一点也不管咱们。毛主席的口令一来,就有给咱们送地的来了,毛主席就是咱们的菩萨,咱们往后要供就供毛主席,爹,你说是么?"侯忠全谁的话也不答复,只痴痴地笑,最后有人问他:"这地要分给你了,你还退给人家么?"他只一个劲地摇着头,答道:"不啦!不啦!昨天那末大的会,还不能把我叫醒么?哈……"

这些事又被传开去,被传开的很多的事,就更鼓舞了人们,加强了人们的信心。

五十三　加　强　组　织

人们都不到地里去了,一伙两伙的闲串。他们不找村干部,就找工作组。不然他们自己就一群群的议论,常又把议论,或听来的一些乱七八糟的意见,又找村干部去说,这样常常扰乱评地委员的工作。干部们着急了,他们嚷道:"唉,你们翻了身就无法无天啦,要末你们来办公吧。"他们主张不听他们的话,他们在门上贴了一张条子:"闲人免进"。杨亮说这样不成,应该听他们意见。干部们不好违拗他,只得说:"太民主了还行?这样办事都没个头了,意见还有个完么?"因此杨亮和张裕民商量,又开辟了一个办公开会的地方,他们把江世荣的三间北屋收拾出来,他的院子里有一棵大槐树,满院没一点太阳,人多点也容得下。江世荣两口子,仍旧搬到他以前的旧房子去住,那里大半还空着,只住了一家替他看房子的穷亲戚,还收人家房钱呢。农会在这里办起公来,杨亮和胡立功就开始来整理组织,把他们编组,重选组长。有什么问题都在小组会上提,大家说话,评评意见对不对,小组长汇报,有事就开小组长会。这样一来,大伙都满意,都说这比一个人一个人去找张裕民强。张步高一个人做组织忙不过来,韩廷瑞就帮他。杨亮,胡立功,轮流到每个组去。张裕民也抽空下来。文采成天坐在评地委员会,帮助分地,但看见小组会开得热闹,有时也来听听。组员一天天多起来,不是一家一个了。于是又编组,妇女也编了组,也叫她们开会。她们把饭吃过了,收拾收拾也就聚在一起。杨亮要她们都说说自己的冤气,说说自己的苦情。她们就说个没完,谁说着自己的难处谁也哭。董桂花现在没有顾忌了,她丈夫李之祥说:"没事,你尽管去开会吧,咱还要开会呢。许有武就回不来,回来也不怕,回来了就像对付钱文贵一样,他要真的反……对,反……动呀,哼!那还会有他的命,章品说要好好追他们的关系呢。嗯,你们,咱们姑爹都不怕啦,那就什么也不怕了!"

不只妇女这样,男人们,尤其是上了年纪的老头,他们喜欢谈过去,讲他们的痛苦历史。有些没有在大会讲的,觉得很可惜,便在小会上讲。现在谁也不同情地主了。李子俊老婆也不敢站在街头,她一站出来,人们就笑她:"嗯,她倒贴咱钱,咱也瞧不上眼,整天斜着眼睛瞧人,就想找绿帽子给她男人呢!"

那个一贯道就像土拨鼠,再也不敢坐在墙根前晒太阳。

那些地主全没有了威风,那些狗腿子就四处找人献殷勤,赔笑脸,认错。那个许有武的帮凶王子荣,怕自己逃不过斗争,自动给农会送来悔过书。

人们越想自己的苦处,就越恨那些坏人,自己就越团结。但人们不能尽闹斗争,有些小的就算了,人们还要忙着自家伙的事呢。果子没卖完,还得组织人。任天华、侯清槐、李宝堂都到评地委员会去了,这就得另外找人,但并不困难,人都乐意做点什么。村子上几个跑买卖做小本生意的也参加了进来,这就更利洒,两三天就全办好了。苹果和梨都还没卖,光葫芦冰一共卖了七八百万。有的人提议,把这钱买牲口分给穷人;有的主张打洋井。但大家都怕自己分不到,结果照大伙的意见办事,大伙分。杨亮也估计自己会很快离开这个村,拖着不处理,的确会出问题,也就同意大伙分,并按家和人口分等级。评地委员忙不过来,便把这事交给了小组长。

八家地主的家具,用具,粮食,只给他们留了一点点,其余的全拿出来了,登记了,编好了号码。人们在小组会上调查需要,讨论分配。人们在对恶霸地主的斗争上容易一致,但对个人的得失上,总是希望太多,心事不定,都想能多分点。因此小组会就开得更勤,更热闹,他们一定要在这个会上,解决一个问题。他们天天都在进行一个教育,对敌人斗争要狠,要坚决;对自己伙要让,要彼此相让。这样才会团结得好,这样才不会让地主笑话。

有些人听懂了,说:"是呀,天下没那末平的事。大河的水,总算平的了,可是它底里还有个坑坑凹凹,面上还有个浪头浪尾。都是自己人,五个指头总有长短的。"有些人嘴上也懂得,会说,心里还在盘算,怎么找评地委员说个情,好多分点地,分好地。

民兵们的训练更加紧了。他们里边全是穷人,都丢下家里的活不干,查岗放哨,日夜不空,还要开会。他们瞧不起那些自私自利的念头,他们骂那些人:"穷人也是财迷,你发财了,你又要剥削人,还不一样斗争你!"他们是有光荣历史的,他们曾经做过抗日的先锋,捉过汉奸。他们现在要做人民的保卫者,他们要使村子上没有一个坏人敢活动。这里面党员的成分,一天天在加多,这支小小的队伍,的确是这村子的一个坚强堡垒啊!

张正国就是这里面的模范。他家里没有粮食了,他悄悄去借,怕工作组的同志知道了,拿胜利果实的粮食给他。后来这事传到杨亮的耳里,杨亮问他,他臊得脸都红了,硬不肯承认。他想,叫杨同志知道了,多不好,咱张正国又不是图个好名声。

但干部之中,却有向自私自利发展的。在评地委员会里面,就演了一场很热闹的戏。

五十四　自　　私

评地委员会办公的地方,自从有了小组会以后,就少有人来了。他们很顺利的把分地的准备工作做好,把可以分的地计算出来,列成等次,又把分地户计算出来,也分出等级。这群人都的确是没有自己打算,而且也希望分得公公平平的。尤其像郭全这种老头儿,他自己没儿女,抚养大的外甥已经成人了,如今成了村子上管事的,他自己有了几棵树,已经很满足,他只有一个心:"唉,毛主席都老远的操心着咱们,咱们自己村上的事,还能不管么?让大伙日子都好过了,毛主席也好放心!"但他是个老好人,记性也差,他对谁都愿意给些好地。因此当他回家吃饭的时候,常有人找他,他答复得好:"孩子,你别急,少不了你的。咱一定给你说,可是咱也做不得主啊,是大伙的事呢。"可是一在分地的时候,他果然要说:"给他水地吧,他家里人少。"或者是:"唉,人穷,从来也没见过什么,水地就水地。"他外甥常常说他:"看你,这里还有不是穷人的?地只有这些,好坏总得配搭着。"或者就索性说他:"唉,你老人家歇会儿吧。"

评地委员会闲人少了,只有干部们还是常来。斗争大会的胜利,使每个干部的腰都挺直了,俨然全村之主,因此也不大注意文采的劝告。程仁和张裕民很难叫他们走开,都是兄弟伙子的,他们来了,站一阵,听一阵,插几句嘴,有时对工作也有些帮助。只是因为他们常在这里,每当分地分到他们的时候,就使得评地委员不得不要替他们找块好地,也不管他们家里的情况究竟如何。他们本人总是不言语,就是说不推辞。这种时候,文采就只得恳切地说道:"老郭大伯呀! 你别老做好人,干部当然都是咱们自己人,可是也得看家境,别让众人说咱们有偏心,那咱不就白费劲了。"

郭全摸摸胡子,作难起来,他望着每个人,大家都不说话。郭富贵算是这里面最积极的分子,可是他说:"干部嘛,总得不同点,他们一年四季为咱们操心,干活,比谁也辛苦,误多少工呀! 咱看,就这么好。"

这时李宝堂也就跟着说了:"对,他们是有功之臣,应该论功行赏,嘿……"

张裕民常到小组去开会,因此他懂得,群众已经在监视着干部们了,凡办事不通过他们是不行的。但他常不在这边,照顾不到。这些事是应该由程仁来起些决定作用的。程仁自从那晚下决心,打破了以前的顾虑,在大会上揭露了钱文贵的阴谋,表示了不屈不挠的态度,对群众情绪起了很大作用。大家都说这是条好汉,他也满意大家对他的拥护,觉得没有做对不起大伙儿的事。他更要自己的工作做得好,他愿好好的听工作组同志们的话,他的确这样做了。他按时到会,不和人闹意见,屋子的打扫都是他。可是他并不爱说话,在他应该坚持某些意见的时候。谁也不会清楚,也无人注意,这是什么原因。他自从大会以后,同着他许多积极想法的里面,也有了一些某种程度的心神不宁,他常悄悄地咬着牙齿想道:"唉,管它呢,反正咱是个没良心的人了!"他在挂念黑妮,他不知道她现在跟着她二伯父怎么过日子,她一定恨他。他后悔在大会上忘记看她了,她站在哪里呢? 总是和妇女班一起吧,当她二伯父被群众唾骂捶打的时候,她是怎样呢? 她是一个没娘没爹的可怜孩子,以前跟着那坏伯父受苦,如今还要更受罪。他,程仁打击钱文贵是对的,但他却没有援助她,而且把她也压到苦痛里去。他觉得很过意不去,他又没勇气去打听她的情况,可是又不能一下子不想这些问题。这一个不易解开的结子,就妨碍了他的积极性。他没有像他自己所盼望的那样坚强,常常做了群众的尾巴。

本来这里是有一个比较坚决,不讲情面的人,那就是刘满。但这个急性人,却因为他二十多天来的烦恼焦躁,生活失常,他是用全力在打仗的,他在这场恶战里面当了急先锋;他胜利了,然而他的力竭了。他感到了疲惫,感到头痛,胸脯疼。他坐一会,就闷胀难受,只好悄悄地溜到屋后边的廊下睡觉。那树荫下很凉,很静,他就像个久病之人那样无所思虑的,望着那被树梢扫拂的晴空。有时别人批评他了,他也只轻轻地摸着胸脯,用无言来回答。他需要休息,在适当的休息里,来恢复他的豪杰之气吧。

一天,他们分地分到赵全功头上了,赵全功刚好在这里。他们分给他二亩果园,二亩山水地。赵全功不要果子地;他们只好找了一块二亩半水地给他。赵全功又嫌少,尽着啰嗦。郭全告诉他,那块地好,水路也好,劝他要了,说不容易找对块的,他硬不要。当时钱文虎在旁边,直愣愣说道:"他不要咱要,你们给咱吧。"他们就答应了。又找了半天,找了一块足有三亩半的水地给赵全功,赵全功才欢喜了,连忙跑到地里去看。一看却又不高兴了,这块地的确不坏,可是太靠河滩,已经被水冲坍了一块,约摸有七八分地,还有被冲的危险。他急了,又赶忙跑回来,一走进来就嚷。

"你们同咱开什么玩笑?"他又要那块给了钱文虎的,他们劝他要果木园,他不干。他们同钱文虎商量,钱文虎也不让,说道:

"闹斗争是替你一个人闹的,全村的地就由你拣了?"

赵全功平日就瞧不起这老实人,于是也凶凶地说道:"你凭什么不给我?你还想仗着你叔伯哥哥的势么?以前都因为你们是一家,闹不起斗争,如今闹好了,你也来分地,你就不配!"

这把钱文虎说急了,他怎么能受这个冤屈,他大喊:"好,换地,行!咱们把家产全换换,看谁真穷!你去年分了许有武五分果木园,又置了五亩葡萄园子,今年春上分了一亩八分地,你自己原有三亩山水地,你还算贫农呀!咱不是同你一样闹斗争?老子就今年春上分了八分地,一石粮食,换,要换全换,要不换全不换!"

233

"你说咱不是贫农,咱是地主吗? 好,你来斗争咱啦,要分咱的地,好! 你是要给你叔伯哥哥报仇啦!"

"放你娘的屁! 你不要欺侮人!"钱文虎跳过去要打他。

李宝堂,郭全都围拢来拉劝:"别吵了,叫别人笑话!"

郭富贵抱着钱文虎。侯清槐拉着赵全功。任天华是个不说话只做事的人,这时倒忍不住生气了。他把算盘一推,笔一搁,骂道:"咱是为全村人办事,又不是替你们这些自私自利的人干活。咱不干了,开大会叫他们重选,咱干不了!"

程仁也发脾气道:"你们闹得太不像话,文同志说了不要你们来,你们偏要来,你们就操心自己的几亩地;你们把咱们干部的面子丢尽了! 你们全出去,这不是你们打架的地方! 你们到外边打去!"他接着又转了口气,"好哥哥兄弟们,咱们忘了是生死弟兄吗? 怎么胳膊肘子往外弯? 咱们要一条心,为芝麻大一点地,就闹不团结,这叫什么翻身! 咱们快别说了,看文同志回来了受批评。咱们当干部的,分了哪块地就哪块地,不分就不要。你们看张三哥从来也没分一块地,今年春上分了一石粮食,老早吃光了,也没说什么,咱们要学学他。"他自己也同张裕民一样,只分到过一石粮食。

这两个人经不住众人劝,没有打下去。赵全功知道自己理短,没有人同情,悄悄地走出去,还说:"别给咱地了,咱什么也不要,咱几十年没翻身,也没饿死,咱不翻身也行。"

钱文虎气狠狠地坐着不走,他也不说话,他想:"咱怎能为了叔伯哥哥受一辈子气呢!"

这件事,等不到文采从小组里回来,便又传开了,小组里一传两,两传三,慢慢又传到家庭里,于是小巷里,小院子里,又议论纷纷,他们并且互相鼓励说:"就几个评地委员也不行,他们要不向咱们报告,咱们就都不要地,让他们几个干部翻身就算了,咱们以后不去开会,看他们当谁的干部去!"

这事一直到文采杨亮宣布了,分地结果一定要在农会通过才能决定,大家才又高兴起来,他们并且帮助小组长,把浮财很快就分好了。

五十五　翻　身　乐

　　人们像蚂蚁搬家一样,把很多家具,从好几条路,搬运到好几家院子里,分类集中。他们扛着,抬着,吆喝着,笑骂着,他们像孩子们那样互相打闹,有的嘴里还嚼着从别人院子里拿的果干,女人们站在街头看热闹,小孩们跟着跑。东西集中好了,就让人去参观。一家一家的都走去看。女人跟在男人后边,媳妇跟在婆婆后边,女儿跟着娘,娘抱着孩子。他们指点着,娘儿们都指点着那崭新的立柜,那红漆箱子,那对高大瓷花瓶,这要给闺女做陪送多好。她们见了桌子想桌子,见了椅子想椅子,啊!那座钟多好!放一座在家里,一天响他几十回。她们又想衣服,那些红红绿绿一辈子也没穿过,买一件给媳妇,买一件给闺女,公公平平多好。媳妇们果然也爱这个,要是给分一件多好,今年过年就不发愁了。有的老婆就只想有个大瓮,有个罐,再有个坛子,筛子箩子,怎么得有个全套。男人们对这些全没兴致,他们就去看大犁、木犁、合子、穗顿、耙。这些人走了这个院子看了这一类,又走那个院子去看那一类。中等人家也来看热闹。民兵们四周监视着,不让他们动手。他们回到家里,老头老婆就商量开了,"唉!还能尽你要?就那末多东西,缺什么才能要什么,能够使唤的就不要,要多了也是不给。""对,人太多了,总得谁也分点。"

　　人们要忙着看,忙着商量,还要忙着分呢。小组长们把东西统计好,按组分摊。组员就在小组会上将填就的需要单和东西来斟酌。大伙公议,等到谁也没有话说了,小组长就把领来的条子分发。那上边有物件的名字和号码,大家将领得的条子到指定的地点去对条领货,丝毫都不会有错误。这些办法,也全是大家商量出来的,因为谁也没有什么经验。小组原来还有些涣散,开会人少,在背底下乱说话的人多。但自从有了这些事以后,他们觉得在会上讲话顶事,人就越来越多,也能按时。人多意见杂,于是又要经过大伙评,评定了才算数,这样小组会就严整起来了。谁也不敢马马虎虎,这样事情就进行得很顺利,几天他们就把什么都准备好了,现在只等着一个号令来搬东西了。

文采和杨亮他们已经没有什么多大的分歧,文采被群众的力量和智慧纠正了很多自高自大。他坐在评地委员会,听着他们争论,他从原则上可以发表意见,却不能解决具体问题。他们对地亩熟悉,一个人说了,别人全懂得那块地在哪里,那地的好坏应该列在哪一等,块头有多大;谁家的地四邻是谁,水路在哪儿,能打多少粮食。他们对人熟,谁种着的,地主怎么样,种地的人怎么样,给谁合适,他们谈得热闹,他插不下话。他帮他们写,名字又不熟;他帮他们算,他连三角几何都还懂得些,可是任天华的算盘子比他快得多。分物件也是一样,他开始不知怎样分才好,又怕大伙打架,都抢着要一样东西,但他们都想出法子来了,这个又能激起群众的情绪,又分得大家没意见。他对杨亮他们也减少了许多成见,他们在群众里比他有威信,那的确是因他们的作风是群众化的,自己总脱不掉那股知识分子的臭架子。他觉得群众不易接近,他常常就不知道该和他们说些什么话。像章品那样,与群众毫无间隔,了解他们,替他们做主,他是那样年轻,却又有那样魄力,这是他对群众运动的知识和坚定的立场所造成的,他不敢再把他看成一个幼稚者,不得不给他相当的尊敬。当然文采还是很轻松,有他的主观,还会装腔作势,但他的确已在逐渐修改自己,可以和人相处了。他这天就和他们赞叹着群众的聪明,也到各个放东西的地方去参观,也跟着大伙喜笑颜开。

分地的工作也做得差不多了,他们在写榜,在大街上公布,让大伙提意见。他们决定在旧历八月十四分东西;十四的晚上讨论分地;十五发出地亩条子,并且分卖果子的钱,晚上,全体休息;十六量地去,赶忙量好了地就要收秋了。这是不能耽误的大事,所有的忙碌都是因为这个理由啊。这时杨亮他们就可以回到县上去报告工作和回到原来的岗位上去了。

十四的那天,分得了领条的,都准备好了搬运东西时所需要的物件。有的准备了绳子、棍子,有的准备了麻袋,邀好了人,妇女也出发了。这次分东西分得很普遍,有许多中农也分到了一个小瓶,或者一个镜子,因此去领物件的人特别多。小组长们也分开了几个地方负责,对条,发货,号码不能错,人名不能错。货物出院还得有新条,有图章戳记,有条有理,一点也不会错。工作组的同志全来了。评地委员会的人也全来了。他们的地已经分好了,已有了空闲,有的人也要来搬取物件。杨亮和胡立功就常下手帮他们搬,一边搬一边就问:"还有什么吗?"人挤得很,又要验条子,这里就常塞住。妇女们总是挤在衣服、被子、厨房用具那些地方,她们又不识字,条子交上去了,领的东西不如意,眼睛望着更好的,就嚷道:"错了吧!咱不要这件,这件衣服太旧了。"拿了好衣服的,就笑逐颜开,披在身上比比画画。有些拿到了古老的、绣花的、红色的大衫时,便笑弯了腰,旁人也就戏谑开了。这一堆物件分发真繁重,有两个识字的男组长,还有女的也在这里看管递送。周月英就站在这里,她戴了顶破草帽,仍旧穿着她那件男式白布背心,手上拿了半截高粱秆,在那里指挥。她在那次斗争会上,妇女里面她第一个领头去打了钱文贵,抢在人中间,挥动着她的手臂,红色假珠子的手镯随着闪耀。那样的粗糙的妇女的手,从来都只在锅头、灶头、槽头、水里、地里,一任风吹雨打的下贱的手,却在一天高举了起来,下死劲打那个统治人的吃人的恶兽,这是多么动人的场面啊!这个也感动了她自己,她在这样做了后,好像把她平日的愤怒减少了很多。她对羊倌发脾气少了,温柔增多了,羊倌惦着分地的事,在家日子也多,她对人也就不那末尖利了。这次分东西好些妇女都很积极,参加了很多工作,她在这里便又表现了她的能干。

赵得禄的老婆,也分得了两件大衫,她穿了一件蓝士林布的,又合身又漂亮,手里拿了一件白布的,还有一段格子花布。她自己摸着胸前的光滑的布面,沿路问着人:"这是什么布呀!你看多细致,多么平呀!"

程仁跟着跑了几个地方看热闹,他看着人人都拉满了东西回家,禁不住欢喜。他分得了一些农具和粮食,有李昌帮他搬运。李昌自己抱着四个大花瓶,一跳一跳地往外走,碰着了胡立功,胡立功说:"要那个干什么?"李昌摇着他那雀斑的脸,笑道:"谁也不要这个,咱就要。"人丛里也有人笑道:"小昌兄弟!给你的'二尺半'要的吧,为什么不要件花衣服,今年冬天要坐轿了。"那个雀斑的面孔红了,他不答理人,一跳一跳地又走了。胡立功问:"谁叫二尺半?"那人答:"就是他那小个子童养媳妇,哈……""二尺半……哈……"胡立功也笑开了。

他们又看见顾长生的娘抱着两个鸡在人里面一拐一拐,她四处找人说话,看见文采了,急忙走过来,招呼道:"同志!你们太操心了,真想得到,这样谁也不缺什么了。"文采也笑起来,问她:"你没有母鸡吗?这是一对啊!""鸡!咱有,咱有好几只,都是咱花钱买了养大的,嗯,这个呢,嗯,这是翻身鸡呀,嘿……"这把很多人都引笑了。文采又问:"就没有分别的东西给你么?"那个女人又走近了些,眯着眼笑说:"嗯,还能不分吗?咱是抗属啦,是抗属就有五斗粮食,咱也有了,唉!庄稼也要收割了,咱也不缺,不过,嗯,文主任,咱也不能不要,为着是抗属才给的,是面子物件啦,嗯,对不对?"杨亮在旁边也觉得她很有意味,便也笑了:"大娘!快回去吧!好好的养着这两只翻身鸡啊!"

有些人挤在那里搬缸,年轻力壮的一人扛着一个,太大的就两人抬着走。这时里面有个老头围着一口黑的缸打转,他想方设计要拿走它,却又想不出一个办法。程仁也没有看清他是谁,想走过去帮他,刚走了几步,却听到一个极熟的声音在旁边响起,那声音说道:"大伯,咱们还有一个盔子呢!你来看,这盔子多么好呀!是白瓷的!"程仁停住了脚,看见从人丛里挤过去黑妮。她还穿着她的蓝色衫子,她并没有望见程仁,她高兴地跑了过去,把盔子举起来,在她大伯父脸前晃。钱文富跟着她笑,点着头,边说:"妮!你先把这缸想个办法吧,咱以为是个小缸,也没带根绳来。"黑妮答:"咱来背,大伯,你拿盔子。"于是她就去拿缸。只听她又大声笑道:"大伯!这缸是咱们家的啦,这缸咱就认识,是二伯那年打县上买回的,是口好缸,你看这釉子多厚……""嗯……妮,别多说,上到咱肩上吧。""不,咱背。""嗯……让大伯背吧。""大伯背不起,还是让咱背……"程仁呆了,这个意外的遇见使他一时不知所措,他奇怪:"你看,她还那末快乐着呢!她快乐什么呢?"但程仁立刻明白了,像忽然从梦中清醒一样,他陡地发觉了自己过去担心的可笑,"为什么她不会快乐呢?她原来是一个可怜的孤儿,斗争了钱文贵,就是解放了被钱文贵所压迫的人,她不正是一个被解放的么?她怎么会与钱文贵同忧戚呢?"程仁于是像一个自由了的战士,冲到钱文富面前,大声说道:"大表舅!咱来替你背。"他没等他们答应就把缸肩上了肩头,老头子摊开两只手望着他,不知说什么好,黑妮看见程仁那样的亲热的笑着,脸刷地一下就红了,她不知道怎么样才好,只好把脸回过一边去,装出好像不是这伙人一样。接着钱文富就跟在他后边慢慢地往外走,叽叽咕咕道:"嘿!嘿!……"黑妮已经收敛了笑容一言不发远远地走着。在他们后面更拥挤着一起起的人群。

一会儿,东西便搬完了,在各家的院子里空房子里却热闹了,有的小房塞满了红货家具,那些物件当摆设在自己家中时,更显得光辉,更显得可爱,满街满巷腾满了欢笑。

五十六　新　任　务

　　晚上,农会在开会的时候,老董从区上回来了,他走得满头大汗,一点也不像在秋凉的夜晚。他等不及会议的完结,便把文采拉了出来,他交给了他一封信,他带来了大同撤围的消息。大同的攻城工作实在做得好,眼看不几天就可以拿下了,可恨那×××,却带着绥远的队伍来援,咱们在卓资山消灭了他一部分,在丰镇又消灭他一个师,可是他还是带领了他的骑兵进了丰镇。张家口原来便处于两面作战的形势,拿大同还没有解决这个问题,现在就又回到原来的局面了,主力不得不东调,以防青龙桥的敌人西进。我们是有力量打退进攻的反动军队的,我们的士气仍然非常之高,许多在大同外围捞不着打仗的,可高兴了,宣誓不缴他几十支美国枪就不算人呢。我们延庆那边的工事原来就做得不错,顶坚固,不过现在仍须发动所有人力急速去怀来一带加修。如今是紧急任务来了,明天,唉,明天是中秋节,可是也不能管了,明天就得动员人夫出发呀!

　　这个消息当然不会使文采他们惊惶,然而也实在太出乎意外了。住在乡下,离城较远,看隔四五天的报纸,知道情况很少,如今忽然在军事上来了个突变,这就不得不使他们要慎重考虑今后村子的工作。但同老董同时下来的另外一个命令,即是"土改工作告一段落,结束后可暂不回返张垣,即日转赴涿鹿八区,有新的工作任务。"这是什么工作呢?可以不管它,但必须很快离开村子却是一定的。村子上的工作自然不会发生问题,这批村干部和积极分子都能担当得了;只是谣言,变天思想也许要乘机而起吧。这倒是不能不使人颇为担心的事。

会场上空气仍旧很热闹,赵全功被人提出来质问,他当然有些不服气,大声嚷:"你们说咱分了啥地呀!咱啥也没分,咱不分地你们还说咱吗?"郭全就向大伙儿认错,说自己糊涂,不会办事,并且他也向大伙儿声明:过去他们是给干部们分了一点好地,但自从经过打架,文采召集所有干部和评地委员开会,批评了某些人以后,他们就没有那么做了,知道那末不对,"总以为他们是有功之臣,唉,错了,咱错了……"

有些人也提出一些关于自己土地的问题。程仁、任天华、李昌,便向大家解释,大伙儿又提意见,在能够修改的情形下就调换一些地,开始好像意见很多,后来也就没有什么了。散会时间不晚,大家都感到很轻松,二十多天来的紧张,现在快结束了。他们等着明天的佳节,是中秋的佳节,也是翻身的佳节,有人说:"这还不容易记么,咱要告诉咱的子子孙孙,要他们都不要忘记,就是那年中秋,咱们家得了地,有了本,咱们才翻了身的啦!"而且他们愉快的计算着收秋应该有些准备,这是个什么年月啊!

张裕民他们回到文采的院子里来,他们感到工作的胜利,李昌更是愉快地唱着,程仁也露出稀有的笑容。他们带来了很多熟透了的葡萄,这里的葡萄是有名的好葡萄,比蜜还甜呢。他们自己吃着又让着,李昌还要去拉胡琴。但他们慢慢看出严肃性来了,他们问老董:"有事情发生了么?"

"没有什么要紧,"文采安慰他们,"不过咱们今晚得好好地讨论一下村上的工作,现在又有新的任务来了!"

张裕民是白色时代的党员,他是不容易受惊的,他说:"没关系,什么任务也要完成它!你们说吧!"

他们很细密地把收秋、出夫的事情和人员布置了一下。出夫至迟得在明天下午出发,而收秋工作因为战争的关系更要加紧,应该有组织地突击,妇女老头也要编在收秋小组中,他们按新地亩分粮。他们又来整理民兵,扩大一些人,他们要检查枪械子弹,并且老董和文采用了区上名义把张及第也委派当了副队长。张及第有打仗的经验,这就更加强了暖水屯的民兵小队。他们又委任了刘满来代替张正典,治安员的工作在这时很重要,要严密监视地主坏人的活动,要依靠群众。刘满是个坚决的人,做治安员很好,他会得到群众拥护的。他们把最近参加的党员也统计了一下,连旧有的共三十九个人,应该怎样加强他们的教育,给他们一些具体的工作,影响谁,帮助谁和监视着谁。这就要李昌和赵全功努力地负责,不要让黑板报停了,建立屋顶广播。村长江世荣已经撤销了。赵得禄当了村长。叫李宝堂郭富贵做村副,以后可能有战勤工作,一个人忙不过来的。农会还是程仁,程仁要抓紧收秋,要坚持分好的土地,不让有些人像今年春天一样,把地退回去。要多开小组会,听取大伙的意见。要教育他们,只有自己团结,坚决反对封建势力才能保障胜利。

事情来得匆促些,更没有想到他们走得这样快,大家都有些说不出来的感情。但没有时间惜别了,夜色已经很晚,他们还须忙着明天的事呢。

五十七　中　秋　节

天色一明,小学校门外就热闹起来了。有人从山上砍了松枝来,戏台上挤满了人工,他们把木条竖立在这儿。红色的纸花也来了,他们扎成了一个高大的彩牌。彩牌上边垂着大的红布横匾,匾上有几个大字:"庆祝土地还家"。后边两侧都挂了芦席,芦席上贴满了红绿纸条,上写标语:"彻底消灭封建","拥护土地改革","土地还老家,大家有饭吃","团结起来力量大","毛主席是咱们的救星","咱们要永远跟毛主席走","拥护八路军","共产党万岁"。跟着小学校的锣鼓也拿了出来,就在台上一个劲地敲。有的人赶来看热闹,有的人就赶忙跑回去吃饭。很多人家喝酒吃饺子呢。

文采他们也吃了顿饺子,主人还说:"唉,真对不起,咱们没买肉,就是西葫芦馅。"文采出来顺便走了几家去看,有的不错,至不如也吃南瓜面疙瘩。有很多人给他们送了水果来,梨子、苹果、葡萄,他们不肯收,送的人就生气,只好放在那里。早饭前他们就已经开了干部会,把夫子都准备好了。一百名青壮年一开完会就要出发的,三天就可以回来。

全村子的人都知道今天是个什么会,都愿意热闹一下,他们换了件新衣,早早收拾家里,也有人知道了一些时局,都并不在乎。有人去沙城买了炸药回来,他们把三眼枪也放开了,这种枪已经有好些年都不用了,是专门在过生日、娶媳妇时候用的,声音又大又脆,可好听呢。村子上有班会玩耍的旧人,也聚在一块,凑出一个音乐班子,他们还怨着前几天太忙了没想到,要是昨晚不开会也好,他们要演台戏是不困难的。这群人就在台上收拾了一个角落,他们便在那里吹打起来,街上人谁也知道他们是爱玩的,围着不走,问他们唱不唱。

侯忠全老头子也来看热闹,年长人都记得他年轻时的光景,告诉大伙说他扮相俊,嗓子脆,功架好,暖水屯就数他出色,年轻人都望着他那瘦猴儿样子发笑,问他道:"大伯!再来它一套吧,唱唱晦气,洗洗这几十年的背兴,你看怎样?"老头不言语,尽笑,但也老站在文武场前,听他们吹打。

人都来了,有几个小贩也在后边靠墙根摆下了摊子,许多人又吃水果又嗑瓜子。

过了一会,小学校的秧歌队出发了,他们扭了几条小巷两条大街,便又转回到台前了,他们在场子上打开了霸王鞭,他们打得很熟练整齐,歌子多,队形变化多,大伙都看呆了,说亏这群孩子们,记性真强。

243

像过大年似的,人们都拉开了嘴,互相问询。

干部们开完了会都来了,他们带来了一张毛主席的画像,是临时找了一个画匠画的,画得很有几分像,贴在一块门板上,他们把它供在后边桌子上,有人还要点香,大伙反对,说毛主席是不喜欢迷信的。人们都踮着脚看,小学生也挤在前一个角落里唱"东方红,太阳升,中国出了个毛泽东……"

民兵增加到五十来个人,都穿着一色的白褂子,头上系毛巾,腰上系皮带,每人都斜挂一个子弹带,和一个手榴弹带,里面有两颗手榴弹,两根带子成一个十字交叉在胸前,他们雄赳赳的。张及第也一样的装扮,他和张正国指挥着他们,他们排着队,站在一道,他们全体参加了会,他们唱歌,唱《八路军进行曲》,歌声雄壮,可威武咧。

干部们都挤在台上,程仁站了出来,宣布开会了。程仁说:"父老们!乡亲们!咱们今天这个会是庆祝土地回老家,咱们受苦,咱们祖祖辈辈做牛马,可是咱们没有地,咱们没吃的,没穿的,咱们的地哪儿去了?"

"给地主们剥削走了。"底下齐声地答应他。

"如今共产党政策,是耕者有其田,土地给受苦的人,你们说好不好?"程仁又问。

"好!"

"等下咱们要发纸条,这纸条条上写的是地,旧地契不顶事了,咱们要烧掉它。"

高兴的耳语通过全场。

程仁又接下去说:"这个办法,是咱们毛主席给想出的,毛主席是天下穷人的救星,他坐在延安,日日夜夜为咱们操心受累。咱们今天请出他老人家来,你们看,这就是他老人家画像,咱们要向他鞠躬,表表咱们的心。"

"鞠躬!给毛主席。"

"给毛主席鞠躬是该的!"

"……"底下纷纷地答应着。

程仁转过身去,恭恭敬敬望着毛主席像,喊道:"鞠躬!"台底下男男女女没有一点声音,都跟着把头低下去了。一共鞠了三次。程仁再转过身来,还得说下去,底下不知是谁领导着喊起来口号了:"拥护毛主席!毛主席万岁!"

接着李宝堂报告分地的情形和问题,并且向大伙解释为什么要给钱文贵他们留下够生活的地,只要他向大伙低头,不做恶事,他又愿意劳动,那还应该给他们地的,难道叫他讨饭或者偷人抢人吗?不给他地种,他就不干活,讨饭还不是吃咱们吗?他解释得大家都笑了,并不坚持原来的意见,什么也不留给他。

到了发条子的时候,全场没一个人讲话,注意地听着那条子上谁的地块亩数和四边,大伙都用眼睛紧张地送着每一个去领条子的人。走回来时,旁边的人就伸头来看他,他便紧紧地拿着那张小红纸条,好像那纸条有千斤重似的。有的便把它揣在腰带荷包里,再把手压在外边。有的又悄悄地问着,给识字的人看看,看和刚刚念的对不对。

名字一个一个地叫着。又分卖果子的钱,占了很长的时间,都没有一个人心急。条子散完了,也还没有人走,程仁大声喊:"打鼓放炮庆祝!"

李昌又领着喊口号,口号声震动山岳。锣鼓也打开了,乱打鼓,乱敲锣,唢呐也跟着吹奏。三眼枪一个跟着一个响。人们还是不断地喊。小学生又唱起歌来,谁也听不清他们唱的是什么。人们都像变成了小孩,欢喜这种乱闹。他们为一种极度欢乐,为一种极有意义的情感而激动而投入到一种好像是无意识的热闹了,这是多么的狂欢啊!

但程仁又在台上大喊了起来,许多人帮助他喊:"大家不要讲话,不要闹,不要唱歌。"声音还是不易停止下来,隔了一会,安静了些,才听到他喊:"游行示威!"

台上的红布横帐子穿在两个竹篙上取下来了,这一面横旗做了开路先锋,紧跟着它走的是丝弦班子,其次民兵,民兵后边便是全村老百姓,男子在前,妇女在后,最后是小学生。他们从大街穿小巷,从小巷走到村外边,队伍拉得很长,街巷两旁还有少数留在家的走出来看。每当他们走过一个地主家时,便喊"打倒封建地主"的口号,声震屋宇。那些地主家里都大敞开门,都没有人出来,只有少数几家有一两个站在门外,瞠目向着怒吼的群众。

队伍走过钱文贵家的时候,队伍大声喊:"打倒恶霸!"钱文贵的老婆,没躲开,她畏缩地站在那里,毫无表情地看着走过的人群,也像看热闹似的没有什么感觉,好像走过的人都同她没有关系,她并不认识谁一样。后来,她忽然发现了什么稀奇物件一样,她惊讶地摇着头,手打哆嗦,她朝队伍里面颤声叫道:"妮!黑妮!"但没有人应她,队伍一下就冲到前面去了。她摸着头,一拐一拐往回走。她觉得这世界真是变了。

队伍绕在村外走了一遭,到刚刚要踅回的时候,忽然刘满带着一些人站在队伍外边去,刘满又恢复了那天斗争会上的气概,他的疲乏已经休息过来了,他喊道:"到怀来去挖战壕的站出来!"

队伍停止了,人纷纷地走向他那边去,里面也有干部也有民兵。

刘满又问:"带了家伙没有?"

大家把铁锹举起来,啊!他们早都准备好了。

"不带被子,为什么棉衣也不带?晚上很冷的。"张裕民看着有些只披一件夹衫的人问。

"站队!"刘满又喊,"快些!"他们立刻站成了一个小队伍,全是年轻力壮的人,足有百来个。

"咱们为了保护咱们的土地去筑工事啊!走上!"刘满带领着他们往村外大道走去了。他们喊着口号,这群剩下的人停止不动,目送着他们,张裕民李昌也领导着喊开了:"保卫我们的土地,打倒反动派!拥护八路军!"小学生便又唱起歌来。小小的队伍越走越远,他们是多么的壮实,多么的迅速和精神饱满啊!到了望不见的时候,他们这才往回走,他们回到了戏台前,这时人就显得少了好些。张裕民又说了些明天到地里去的话,谁也得编在收秋队里,谁也得服从组织。大家听到都很高兴,都觉得他们想得周到。只有少数人背底下悄悄问道:"是怎么一回事呢,东边又要打仗了?"但大部分人都有着自信,他们散了会,一样的回家吃饺子过节。

五十八　小　　结

早早的吃了些晚饭,文采三个人和老董背着背包,让张裕民、程仁、赵得禄、张正国几人送出村东,他们都在尽力搜求村上有什么遗忘的事没有,都希望尽可能把什么事都想周到。但好像什么都说过了,几个村干部总是问:"还有什么话么?"或者惋惜地说:"唉!刚刚住熟!以后有空来啊!来帮助咱们工作!"他们不叫送了,他们又送了一程,到最后分手时,杨亮仍旧只能说:"依靠群众,才有力量,群众没觉悟时,想法启发他,群众起来时,不要害怕,要牢牢站在里面领导。对敌人要坚决,对自己要团结,你们都很明白,就是要一个劲干下去啊!"

他们分了手,文采几个朝县上走去,去到新的工作岗位去,沿路遇着一队一队的去挖战壕的民夫,那些人都是各村翻身的农民,都洋溢着新的气象,兴高采烈,都好像在说:"土地是咱们的,是咱们辛辛苦苦翻身的结果,你蒋介石就想来侵占吗?不行!咱们有咱们人民的军队八路军,有咱们千百万翻身农民,咱们一条心,保卫咱们土地!"

半路上老董去区上了,他们仍然继续前进,他们也同那些开赴前线的民夫一样,觉得是多么的自信和充实啊!当他们快到县城要过河的时候,一轮明月已在他们后边升起,他们回首望着那月亮,和望着那月亮下边的村庄,那是他们住过二十多天的暖水屯,他们这时在做什么呢?在欢庆着中秋,欢庆着翻身的佳节吧!路旁的柳丝轻轻地在天空上扫着。他们便又朝前赶路,他们跣足下水,涉过桑干河去。而对河的村庄,不,不只是村庄,县城南关的农民也同样地敲起锣鼓来了。欢腾的人声便夹在这锣鼓声中响起。啊!什么地方都是一样的啊!什么地方都是在这一月来中换了一个天地!世界由老百姓来管,那还有什么不能克服的困难呢。

他们晚上到了县上,汇报了工作,第二天当太阳刚刚出来照在桑干河上时,他们便又出发了,他们到八区一个新兵营去,帮助做一些政治教练的工作。